D1672404

LE SECRET
DE MARIE-ANTOINETTE

Laurent Joffrin

LE SECRET
DE MARIE-ANTOINETTE

Les enquêtes de Nicolas Le Floch, commissaire au Châtelet

BUCHET • CHASTEL

ISBN : 978-2-283-03839-0

LISTE DES PERSONNAGES

NICOLAS LE FLOCH : marquis de Ranreuil, commissaire de
  police au Châtelet
PIERRE BOURDEAU : inspecteur de police
LAURE DE FITZ-JAMES : princesse de Chimay, dame d'honneur
  de Marie-Antoinette
AIMÉ DE NOBLECOURT : ancien procureur
MARION : sa gouvernante
AMIRAL D'ARRANET : ancien lieutenant général des armées
  navales
AIMÉE D'ARRANET : maîtresse de Nicolas
TRIBORD : son majordome
GUILLAUME DE SEMACGUS : chirurgien de la marine
AWA : sa gouvernante
LOUIS XVI : roi de France
MARIE-ANTOINETTE : la reine, son épouse
MONSIEUR DE ROSSIGNOL : secrétaire et chiffreur de la reine
MONSIEUR DE SALLEMANE : second chiffreur de la reine et
  directeur du théâtre Montansier
MARQUIS DE LA FAYETTE : chef de la garde nationale
COMTE D'ANTRAIGUES : aristocrate royaliste
ROBESPIERRE : député à l'Assemblée nationale
CHODERLOS DE LACLOS : écrivain, officier, agent du duc
  d'Orléans
OLYMPE LE HÉREL : fille de pêcheur à Granville
JEAN SYLVAIN BAILLY : maire de Paris
CHARLES HENRI SANSON : bourreau de Paris
HENRI-ÉVRARD DE DREUX-BRÉZÉ : grand maître des cérémonies

I

FUITE

« Fermez la porte sur l'esprit de la
femme, et il s'échappera par la fenêtre ;
fermez la fenêtre, et il s'échappera par
le trou de la serrure ; bouchez la serrure, et il s'envolera avec la fumée par
la cheminée. »

WILLIAM SHAKESPEARE

Mardi 21 juin 1791

À la sortie du palais des Tuileries, la reine hésita.
Nicolas jeta un coup d'œil alentour et baissa la voix
jusqu'au chuchotement.

– Marchons, Madame, il faut aller.

Lèvres serrées, Marie-Antoinette passa son bras sous
le sien et s'avança d'un pas ferme. La nuit était close,
coupée par la lumière des torches. Autour d'eux, les
derniers courtisans venus pour le coucher du roi se

pressaient vers les voitures rangées au fond de la cour des Suisses ou bien le long de la rue Saint-Honoré. De loin en loin, devant les grilles, les sentinelles placées par M. de La Fayette, habituées au manège quotidien des derniers fidèles de la Cour, regardaient nonchalamment cette petite foule s'écouler dans la pénombre, tandis que les palefreniers tenaient les rênes des chevaux piaffant dans leurs brancards. Quelques instants plus tôt, mêlé aux courtisans, le roi avait précédé la reine. Il avait quitté sa chambre à pas de loup, fermant derrière lui les lourds rideaux qui entouraient son baldaquin pendant que son valet se préparait pour la nuit dans la pièce voisine, avant de prendre son poste au pied du lit. Dans le cabinet attenant, Louis s'était vêtu d'un habit vert de domestique, d'un long manteau gris et d'un chapeau rond. Déguisement nécessaire : quelque six cents gardes nationaux vivaient depuis des mois dans le palais pour garantir aux patriotes que la famille royale ne pouvait s'échapper. « Pas une souris ne peut sortir des Tuileries sans que je le sache », avait dit le marquis de La Fayette, commandant de la garde. Ce ramas de soldats censés protéger les souverains – mais qui, au vrai, les surveillaient – avait changé le palais en un vaste caravansérail où chacun déambulait comme il voulait durant le jour et se rencognait où il pouvait pendant la nuit.

Une fois les enfants de France partis vers dix heures avec Mme de Tourzel la gouvernante, Louis XVI puis Marie-Antoinette avaient suivi un tortueux passage qui prenait derrière la chambre royale ; ils avaient traversé les appartements vides du duc de Villequier, puis franchi, dans l'angoisse d'être reconnus, les salles du rez-de-chaussée où les gardes nationaux sommeillaient sur des matelas à même le sol ou bien fumaient en petits cercles avinés. Pour endormir les soupçons, depuis quinze jours, on avait demandé au chevalier de Coigny, dont la taille et la corpulence étaient celles du roi, de suivre chaque soir le même chemin pour sortir du palais, accoutumant les gardes au spectacle de ce grand et gros homme qui se dandinait pour regagner ses pénates après la cérémonie. Le roi était passé sans encombre, flanqué de Maldent, son garde du corps ; la reine le suivait au bras de Nicolas.

Soudain un cabriolet rangé dans la cour, avec deux soldats sur l'arrière, s'ébranla vers la rue Saint-Honoré : c'était la voiture de La Fayette, qui rentrait à l'Hôtel de Ville après son hommage au souverain. Une roue frôla Marie-Antoinette qui reconnut l'attelage à travers sa voilette et fouetta la caisse de sa badine avec un sourire, fort contente de sa crâne espièglerie. Nicolas pressa l'allure vers la rue Saint-Honoré. Encore quelques pas : ils furent hors des Tuileries, marchant comme deux pékins rentrant chez eux.

Encore fallait-il rejoindre la citadine conduite par M. de Fersen, qui les attendait dans la rue de l'Échelle, devant l'hôtel du Gaillarbois. Les rues étaient sombres, Nicolas se trompa de carrefour. Au bout de cinq minutes, ils comprirent qu'ils avaient manqué leur destination et se trouvaient dans la rue Saint-Nicaise. Nicolas regardait devant et derrière, tâchant de repérer son chemin. C'est la reine, voyant son embarras, qui le tira d'affaire. Elle arrêta un passant en redingote et lui demanda son chemin. Puis elle prit son compagnon par le bras et l'entraîna avec elle.

– Venez, mon ami, dit-elle d'une voix moqueuse, nos sujets en savent plus que nous. C'est ici, à droite et encore à droite.

Cinq minutes plus tard, devant l'hôtel du Gaillarbois, Marie-Antoinette remercia Nicolas et monta dans la voiture où l'attendait Louis XVI. Fersen fouetta les chevaux et la caisse disparut vers la porte Saint-Martin.

Dans la chambre du roi, le valet de nuit dormait comme un bienheureux au pied d'un lit déserté, tandis que le couple royal, échappant à la surveillance des patriotes, roulait par les rues obscures vers la barrière de La Villette et la route de Metz. On ne découvrirait leur fuite qu'au matin ; Louis XVI et sa famille avaient sept heures d'avance sur leurs futurs poursuivants. Jusque-là, leur dessein s'accomplissait sans obstacle. Mais ce n'était que le commencement : il fallait maintenant franchir une cinquantaine de lieues au milieu des mille périls d'un royaume en effervescence.

Nicolas revint en arrière et retrouva son cheval attaché sur la place du Palais-Royal, au coin de la rue de Richelieu. La première partie de sa mission était achevée, la reine était sortie des Tuileries sans être vue. La seconde était plus ardue : s'assurer, en chevauchant en avant de la voiture royale, qu'aucun obstacle imprévu ne vînt se mettre en travers de l'auguste fuite.

Nicolas monta en selle et pressa l'allure vers le faubourg Saint-Martin par la rue Saint-Honoré, passant derrière le Grand Châtelet, lieu de tant d'enquêtes depuis qu'il avait rejoint la police du roi. Celle-ci était inédite, moins policière et toute politique.

Une semaine plus tôt, le roi l'avait prié de venir le voir dans son cabinet.

– Mon cher marquis, avait dit Louis XVI, je suis prisonnier dans mon palais, La Fayette est mon geôlier, l'Assemblée foule aux pieds mes prérogatives, le peuple me surveille et m'humilie. Je dois partir. Vous m'avez toujours été fidèle, Ranreuil, vous êtes devenu un ami, m'aiderez-vous dans cette entreprise, qui est nécessaire au royaume ?

L'honneur commandait à Nicolas d'accepter sans hésiter, quoi qu'il pensât du projet. Devant son acquiescement, le roi lui avait déroulé le plan qu'il avait minutieusement mis au point avec le duc de Choiseul et le comte de Fersen : une fuite nocturne à la barbe de La Fayette, un voyage en berline par Metz jusqu'à Montmédy, place proche de la frontière, commandée par le marquis de Bouillé, le soldat le plus fidèle à la couronne. Avec François de Valory, gentilhomme de confiance, Nicolas devait accompagner la famille royale de loin, vérifier la sûreté des routes et la disponibilité des relais, prêt à intervenir si quelque inconvénient surgissait. Il accepta ce rôle d'éclaireur, tout en jugeant toute l'affaire du dernier funeste.

La fuite du roi, il le savait, ébranlerait le royaume, ruinerait la confiance du peuple, désavouerait cette partie de l'Assemblée qui voulait une monarchie limitée pour arrêter le cours tumultueux de la Révolution. Ainsi, il chevauchait vers La Villette la conscience déchirée, secondant une manœuvre qu'il réprouvait. Mélancolique mais décidé, il accomplissait sa mission avec un zèle amer, redoutant aussi bien son échec que sa réussite. Par un hasard trivial et malheureux, son humeur était encore assombrie par un mal de dents qui s'était soudain réveillé la veille, au milieu de la fébrilité des préparatifs.

Il passa sans qu'on le vît la porte Saint-Martin où les gardes chargés de la surveillance des quidams faisaient bombance, fêtant sans doute quelque événement domestique au milieu des ripailles. Mais quand il arriva à la barrière de La Villette, il comprit qu'un premier incident avait eu lieu. Peu après la rotonde du mur des Fermiers généraux construite par Ledoux, la citadine de Fersen était arrêtée au bord de la route de Bondy. Le roi était descendu de voiture et Nicolas repéra sa silhouette pataude. Il s'approcha.

– Sire, que se passe-t-il ?

– Je ne vois point la berline, répondit Louis XVI, nous devions la trouver ici, derrière la rotonde. Je cherche un passant qui l'aurait aperçue.

– Je m'en charge, coupa Nicolas, regagnez la citadine, sire, vous risquez trop d'être reconnu.

– Je ne le crains guère, répliqua le roi en souriant, la nuit, tous les chats sont gris, seraient-ils couronnés.

– C'est imprudent, sire, laissez-moi faire.

Louis XVI fit demi-tour ; Nicolas poussa son cheval sur la route et visita plusieurs ruelles adjacentes, obscures et silencieuses, inquiet du contretemps, ne comprenant pas comment on avait pu commettre pareil impair. Au bout d'un quart d'heure, l'angoisse prit fin : la berline attendait dans une impasse toute proche. Ses cochers avaient jugé plus sage de la dissimuler hors de la grand-route. À la lumière de sa lanterne, Nicolas vit une grosse voiture à six chevaux, avec une grande caisse peinte en vert et des roues jaune citron, capitonnée de velours et sentant le cuir neuf, où les conspirateurs avaient disposé les commodités du voyage, nécessaire de toilette et vase de nuit, provisions de bouche et bouteilles de vin pour un long voyage.

La famille royale changea de voiture sans bruit, Louis XVI et Marie-Antoinette s'installèrent sur une banquette de cuir, flanqués de leurs deux enfants. Mme Élisabeth et Mme de Tourzel étaient assises en face d'eux. La berline avait été commandée par Fersen au nom d'une amie de la Cour qui avait aussi prêté ses passeports aux conjurés. Ainsi Mme de Tourzel prit le rôle de la baronne de Korff, qui voyageait vers l'Allemagne avec ses deux enfants. Marie-Antoinette et Mme Élisabeth étaient sa gouvernante et sa suivante, Louis XVI, M. Durand, son intendant. La fable était vraisemblable et tous voyageaient sous la protection d'un sauf-conduit signé par le ministre Montmorin.

Au moment du départ, comme la berline allait s'ébranler dans la nuit vers Lagny et Meaux, Nicolas surprit une scène qui accrut son désarroi. Fersen s'était approché pour faire ses adieux à la famille royale. Il devait la rejoindre au bout du voyage, passant par Bruxelles pour revenir vers Montmédy. Il salua le roi, sa sœur, fit un signe aux enfants et s'inclina devant la reine. Comme il se relevait, Nicolas vit dans la lumière des lanternes le visage de Marie-Antoinette tourné vers le jeune comte suédois. Ce regard de triste tendresse qu'elle lui adressa, il le connaissait, habitué aux liaisons du cœur et aux séparations. Tout de crainte et de sollicitude, c'était le regard de l'amour. La scène ne dura qu'une seconde, mais elle lui glaça le sang. Ainsi les rumeurs qui couraient dans Paris, qu'il avait jugées infâmes, se trouvaient confirmées. Un sentiment intime, il le craignait, il le devinait, reliait donc Marie-Antoinette à ce comte de preste allure. Les mauvaises langues disaient vrai : la reine était duplice et le roi affligé d'infortune conjugale. Embarrassé, meurtri dans sa loyauté, Nicolas regarda la berline disparaître dans la nuit, emportant cette famille fugitive menacée par l'histoire et par ses propres infirmités.

Le voyage commença sans encombre, tandis que l'aube traçait dans le ciel sombre de longs sillons roses et bleus. La berline cheminait lentement mais sûrement, rejointe à Bondy par le cabriolet emmenant les dames de la suite royale qui allaient veiller sur les enfants. On accusait plus de deux heures de retard sur l'horaire prévu, mais le soleil, qui se leva tôt sur la campagne paisible – on était au solstice – emplit les passagers d'un candide optimisme. Les premiers relais furent franchis sans incident. Valory s'assurait à chaque fois de la disponibilité des chevaux. Les passeports en règle et le sauf-conduit de Montmorin rassuraient les maîtres de poste qui, sans méfiance, changeaient les attelages. Nicolas précédait le

plus souvent le convoi, jouant le rôle d'un voyageur soli-
taire occupé de ses affaires, jetant un regard distrait sur
les passagers de la berline. À Meaux, tandis qu'il déjeu-
nait d'un bol de café et de tartines de rillettes, il entendit
le roi attablé non loin dire en aparté à Mme Élisabeth :
– À cette heure, M. de La Fayette doit être bien
embarrassé de sa personne !

Les étapes suivantes furent nimbées de la même atmosphère, comme une partie de campagne impromptue
qui amusait les enfants, émaillée de propos joyeux et
de collations prises sur le pouce au milieu d'un paysage verdoyant, sous un soleil de plus en plus chaud.
Mais à Chaintrix, hameau de trois maisons au milieu des
champs, la première faute fut commise. Un dénommé
Vallet, gendre du maître de poste, qui avait assisté un
an plus tôt à la fête de la Fédération, reconnut le roi.
Il s'approcha de lui, intimidé, le chapeau à la main
et lui demanda pourquoi il voyageait en tel équipage.
Louis XVI hésita. Touché par sa déférence, au lieu de se
récrier et de maintenir la fiction, il confirma son identité
et se laissa entourer de respect et de flatteries. Le maître
de poste, invoquant la chaleur montante, invita la famille
à se rafraîchir dans l'auberge et, bientôt, un attroupement se fit autour de la famille attablée. Une demi-heure
se passa en aimables propos ; le roi expliqua qu'il devait
s'éloigner de Paris où la violence venue des faubourgs
mettait en danger ses enfants, assurant qu'il se retirait
dans ses provinces de l'Est par simple souci de sécurité,
ce qu'on accueillit d'un hochement de tête compréhensif.
Au-dehors, Nicolas commençait à bouillir, constatant à
sa montre que le convoi accusait maintenant trois heures
de retard et que, déjà, ils auraient dû rejoindre les soldats
du duc de Choiseul à Pont-de-Somme-Vesle. Enfin, la
reine se leva pour partir. Elle sortit de son nécessaire

deux écuelles d'argent qu'elle offrit à la femme du maître de poste. Nicolas en profita pour s'approcher du roi.

– Sire, murmura-t-il, il faut presser l'allure et, surtout, gardez l'anonymat aux prochaines étapes.

– Mon cher, répliqua le roi avec bonhomie, je ne crois pas que cela soit encore nécessaire. Vous le voyez, mon voyage est à l'abri de tout accident.

Les deux voitures s'ébranlèrent enfin. Aussitôt, comme pour réfuter la confiance du roi, la grosse berline heurta une borne à la sortie du hameau. On perdit encore une heure pour réparer. On traversa ensuite Châlons dans l'inquiétude : la municipalité était aux mains des Jacobins. Mais la ville était tranquille et on relaya sans peine. Quittant Châlons, puis la route de Metz, on obliqua vers le nord pour éviter Verdun ; on entrait dans le pays où cantonnaient les troupes de Bouillé.

– Nous sommes sauvés, dit Marie-Antoinette.

Mais à Pont-de-Somme-Vesle, là où devaient attendre les quarante hussards chargés d'escorter le convoi jusqu'à Montmédy, personne. Le village était calme, nulle part on n'apercevait les pelisses bleues à retroussis blancs des troupes amies. À la portière, le roi pâlit, donnant l'impression que toute la terre lui manquait. Valory et Nicolas poussèrent dans le village et autour, à la recherche des soldats. En vain : nul uniforme, nul officier, nulle troupe alentour. Nicolas revint près de la berline. Il donna l'ordre de relayer au plus vite et de repartir vers l'étape suivante.

Deux heures plus tard, au relais de poste de Sainte-Menehould, les soldats brillaient encore par leur absence. Nicolas interrogea les postillons attablés dans l'auberge. Ils lui répondirent que des hussards avaient attendu jusqu'à cinq heures, mais qu'ils venaient de lever le camp. Leur présence avait inquiété la population, qui craignait toujours une invasion de troupes étrangères par la frontière toute proche et supposait que leur présence annonçait des combats.

Le convoi arriva, Valory négocia un relais rapide avec le maître de poste, un certain Drouet, qui revenait des champs et s'était vêtu d'une robe de chambre pour le souper. Dans Sainte-Menehould, le tambour battait et les habitants commençaient à se répandre dans les rues. À la sortie du village, Nicolas trouva un détachement qui cheminait sur la route de Varennes, la dernière étape avant Montmédy. Il revint au relais de poste avec une dizaine de soldats. Voyant la reine, plusieurs d'entre eux la saluèrent d'un doigt à la visière, sous l'œil soudain méfiant des curieux attroupés dans le relais.

Il fallait déguerpir. Les hussards ne pouvaient intervenir au milieu de la foule ; ils se retirèrent. Drouet demanda les passeports des passagers. Comme ils étaient en règle, il ne put s'opposer à leur départ. On changea les chevaux et la berline reprit sa route. Cette fois, Nicolas chevaucha aux côtés du convoi dans le jour finissant. À gauche, sur le flanc d'une colline boisée, ils virent un moulin dont les ailes tournaient doucement. C'était celui de Valmy, qui deviendrait bientôt célèbre. Une heure plus tard, à la nuit close, ils s'approchaient de Varennes, dernière étape avant le salut.

Soudain, deux cavaliers les dépassèrent en trombe, l'un d'eux leur criant de s'arrêter. Nicolas reconnut Drouet. Il devina que le maître de poste de Sainte-Menehould les avait percés à jour, sans doute averti par un messager ou bien se souvenant, après coup, du visage du roi rencogné au fond de la berline. Nicolas donna l'ordre de continuer en fouettant les chevaux et piqua des deux à la suite de Drouet. À l'entrée de Varennes, là où le jeune Bouillé, fils du marquis, avait pour mission d'établir un relais de onze chevaux, il n'y avait personne. Nicolas entra dans le village. Le vieux bourg de Varennes s'étendait le long d'une rue en pente, la rue de la Basse-Cour, qui s'engouffrait sous la nef de l'église Saint-Gengoult et continuait jusqu'à la rive de l'Aire, qu'on franchissait à droite par un antique pont de bois. Comme il passait sous la voûte, Nicolas vit Drouet, accompagné de trois gardes nationaux, qui commençait d'établir un barrage de meubles et de charrettes en travers de la rue. Nicolas était seul : il ne pouvait les empêcher de poursuivre leur tâche. Il passa outre et s'arrêta devant l'auberge du Bras d'Or aux vitres illuminées, à la recherche des soldats du jeune Bouillé qui devaient protéger le convoi. Dans la salle, trois clients éméchés étaient attablés devant un pichet. Nicolas les questionna. Les soldats étaient restés à l'entrée de Varennes jusqu'à six heures, puis ils étaient partis pour rejoindre leur caserne. Nicolas comprit que le retard du convoi risquait de lui être fatal. De toute évidence, les officiers, ne voyant personne arriver, en avaient conclu que le voyage était remis.

– Savez-vous où sont les officiers ? demanda Nicolas.

Les pratiques de l'auberge lui indiquèrent l'hôtel du Grand Monarque, sur l'autre rive, dans la ville basse. Nicolas remonta à cheval, trouva l'hôtel et tambourina à la porte. À l'étage, une fenêtre s'ouvrit. Un jeune homme en chemise apparut, l'air égaré. C'était le jeune Bouillé.

– Le convoi est à l'entrée du village, cria Nicolas, rassemblez vos hommes !

– Ils sont partis, répondit piteusement Bouillé. Nous avons attendu trois heures mais nous ne pouvions nous maintenir, la population s'alarmait et posait des questions.

– Ainsi vous dormez quand le roi est au milieu des périls !

– Comment l'aurais-je su ? Le retard était tel que nous avons cru à une annulation.

– Où est le relais que vous deviez établir ?

– Nous l'avons déployé à la sortie du village, hors de la vue des habitants.

– Venez, s'il est encore temps !

Bouillé descendit à la hâte, sa chemise défaite sous sa redingote. Il prit son cheval à l'écurie et les deux hommes remontèrent en flèche vers l'église. Avant même d'y arriver, ils comprirent qu'il était trop tard. Devant eux, dans la lumière des torches, la berline stationnait sous la voûte de l'église, arrêtée par le barrage de Drouet. Un groupe de patriotes et de gardes nationaux entourait la caisse, interrogeant les passagers d'un ton inquisiteur. Nicolas craignit d'être à son tour pris à partie. Il resta à l'écart.

– Allez chercher vos hommes, jeta-t-il à Bouillé, il faut dégager la berline par la force.

– Ils sont à cinq lieues d'ici.

– Mais qui sont les jeanfoutres qui ont organisé tout cela ? lâcha Nicolas.

Soudain la cloche de l'église commença de sonner le tocsin. Les portes s'ouvraient, les fenêtres s'illuminaient.

– Dans une heure, dit Bouillé, toute la population sera ameutée. Ce sera une bataille rangée.

– Nous verrons. Allez les chercher.

Nicolas vit un gros homme en bonnet qui s'avançait guidé par deux gardes nationaux. Il supposa que c'était le maire, tiré de son lit par les habitants. On parlementa quelques minutes. Puis le roi, la reine, leurs enfants et les deux dames descendirent de la berline et suivirent le groupe qui portait des torches et des piques. Ils entrèrent dans une bâtisse de torchis où se tenait une épicerie qui vendait aussi des chandelles. Nicolas attendit un moment puis, voyant qu'une petite foule occupait maintenant la boutique, il se mélangea aux curieux pour entrer.

La famille royale était assise autour d'une méchante table à l'étage, entourée de gardes, d'habitants et d'élus de la municipalité. Nicolas se faufila et resta debout au milieu du groupe, derrière les gardes nationaux. Louis XVI avait renoncé à dissimuler son état.

– Eh bien, oui ! disait-il, je suis le roi, voici la reine et la famille royale. Je viens vivre parmi vous, dans le sein de mes enfants que je n'abandonne pas.

La reine était pâle et silencieuse, les enfants s'étaient retirés dans la pièce du fond pour dormir, accompagnés de Mme Élisabeth et de Mme de Tourzel. Le maire, un certain Sauce, parlait à voix basse avec le roi, plein de déférence, mais ferme dans son propos. Il décida que la famille resterait là pour la nuit, dans l'attente d'instructions venues de Paris.

Nicolas comprit que le sort du roi était scellé. Sauf à déclencher un massacre, la troupe ne pouvait agir. Quant aux instructions de Paris, leur sens n'était pas douteux : Sauce recevrait l'ordre de renvoyer la famille royale d'où elle venait, sous la garde des hommes de La Fayette. L'équipée prenait fin. La légèreté du jeune Bouillé, la méprise des officiers abusés par le retard de la berline avaient fait échouer l'entreprise. Le roi était pris. Il était désormais à la merci de l'Assemblée, bientôt prisonnier des patriotes parisiens.

La mort dans l'âme, Nicolas resta encore une heure dans la boutique de Sauce au milieu des curieux, contemplant d'un regard désespéré l'abaissement du souverain et la détresse de la reine. Soudain Marie-Antoinette le vit au milieu de la petite foule. D'un léger signe de la tête, elle l'invita à se rapprocher. Il joua des coudes et se retrouva debout derrière elle, comme un badaud avide de voir de près le couple royal. La conversation continuait entre Sauce, le roi et les habitants. La reine se retourna vers Nicolas et, comme si elle s'enquerrait d'un quelconque renseignement, lui parla à voix basse. Dans le brouhaha, leur échange passa inaperçu.

– Ranreuil, mon ami, dit-elle, nous sommes perdus. Nous allons rentrer à Paris. J'ai une dernière mission à vous confier, peu de chose à vrai dire, mais cela me tient à cœur.

– Les soldats peuvent encore intervenir.

– Non, le roi ne veut aucune violence. Nous sommes pris, il faut se résigner au malheur. Mais vous pouvez me rendre un précieux service.

– J'écoute Votre Majesté.

– Voilà. J'ai laissé entre les mains de mon secrétaire, Rossignol, qui est aussi mon chiffreur, une lettre confidentielle. Il doit la mettre en lieu sûr. Mais s'il tarde, il risque d'être arrêté par ces affreux Jacobins et de livrer ses secrets. Pouvez-vous repartir sur le champ à Paris et vérifier que tout est en ordre, avant notre retour ? Si la lettre est rendue publique alors que nous sommes prisonniers aux Tuileries, on s'en servira contre nous et le pire est à craindre.

– Je comprends Votre Majesté. Je repars donc cette nuit.

– Vous êtes un homme d'honneur, Ranreuil, ma gratitude est totale.

La conversation avait éveillé l'attention de plusieurs témoins, qui dardaient sur eux des regards soupçonneux. La reine le vit et se détourna, rapprochant sa chaise de la table. Nicolas fit un pas en arrière puis, par petits mouvements, gagna le fond de la pièce. Il attendit encore un quart d'heure et s'esquiva par l'escalier, se frayant un chemin dans la foule désormais nombreuse qui entourait la boutique. Il remonta à cheval et s'enfonça dans la nuit, laissant la monarchie en pleine tourmente dans un village de l'Argonne.

II

RETOURS

« La vie est un départ et la mort un retour. »

LAO-TSEU

Mercredi 22 juin 1791

Nicolas chevauchait dans la nuit comme un spectre. Depuis l'avant-veille au matin il n'avait pas fermé l'œil, rompu par plus de douze heures de monte, affamé et sale, guidé par une lune intermittente sur des chemins obscurs, sentant qu'il arrivait au bout de ses forces. Fidèle à la reine prisonnière, il avait pris la route sitôt sa mission assignée. Il avait subtilisé en partant de Varennes, dans le magasin de l'épicier Sauce, un quart de poulet qui traînait sur la table de l'étage. Pour comble de malheur, en croquant dans la viande froide, sa dent malade avait heurté l'os, réveillant soudain la douleur qui vrillait sa mâchoire gauche. La lassitude, les courbatures et le mal qui lui enserrait le bas du visage lui composaient une humeur noire.

Ainsi, comme il l'avait craint, la présomptueuse équipée royale se terminait en catastrophe. Louis XVI ramené à Paris ne serait plus qu'un roi sous écrou. Jusque-là, sa présence aux Tuileries, quand bien même elle était contrainte et humiliante, maintenait le fragile équilibre politique du royaume. La majorité de l'assemblée voulait une monarchie constitutionnelle, qui sauvait Louis XVI et contenait la pression des faubourgs gagnés aux Jacobins. Restant aux Tuileries, le roi était abaissé, changé en roi soliveau ? Certes. Mais Louis restait roi et, avec l'appui du peuple des campagnes, il pouvait espérer des jours meilleurs ; le fleuve révolutionnaire restait dans son lit et la monarchie survivait.

En s'évadant, Louis XVI disloquait cet édifice branlant. Nicolas le pressentait : pris à Varennes, près de la frontière, ramené *manu militari* par les députés en colère, il perdait la confiance de ses sujets et renforçait dangereusement ses ennemis des clubs et des sections parisiennes. La Révolution en serait excitée, électrisée, relancée sur la voie du désordre. Nicolas avait fidèlement appliqué le plan dont il voyait toutes les faiblesses. Les retards du convoi et la désinvolture des jeunes aristocrates placés à la tête des troupes fidèles avaient ruiné l'entreprise. Sa loyauté était intacte mais ses espoirs anéantis. Avec la monarchie, c'est toute sa vie au service de souverains aimés qui se défaisait. Agent sûr, paladin de la police déjouant les intrigues qui menaçaient le régime, il se sentait trahi par ses maîtres, non qu'ils fussent duplices ou méchants, mais parce que leur légèreté, leurs convictions désuètes, leur ignorance du cours nouveau, minaient leur propre cause. Une rage sourde, une déception amère, un désarroi profond l'assaillaient dans cette nuit du désastre qui énervait sa foi et son énergie. Il avançait dans une obscurité désespérante. Autant que celle de la route, c'était celle de son destin.

Soudain, la silhouette d'une ferme basse se dressa derrière un virage sur le ciel étoilé. Il reconnut le relais de Chaintrix, signalé par une lanterne sourde qui luisait au-dessus du portail. Indifférent à l'heure, rendu intraitable par la fatigue, il obtint du maître de poste, tiré de son lit en bonnet de nuit, une chambre décrépite qui donnait sur l'écurie. Sans même se déshabiller, il s'écroula sur un lit défoncé et s'abîma dans le sommeil.

Mercredi 22 juin 1791

Réveillé à dix heures par l'arrivée de la diligence et l'effervescence subséquente, il se leva à grand-peine et descendit dans la salle commune, la gencive douloureuse et l'esprit embrumé. Un grand bol de café noir lui rendit sa lucidité ; il calcula qu'en étapes serrées il serait à Paris bien avant le cortège royal. À cette heure, devinait-il, les agents de l'Assemblée avaient sûrement pris le contrôle de la situation, lisant au roi les ordres des députés, formant un convoi sous escorte et prenant la route du retour. Le cortège avancerait lentement au milieu de la curiosité populaire, il s'arrêterait dans les villes pour laisser la famille royale se reposer : Louis XVI et Marie-Antoinette ne seraient pas aux Tuileries avant deux ou trois jours. Tout cela laissait le temps à Nicolas de piquer sur Paris, de courir au palais et de mettre en sécurité cette lettre qui inquiétait tant la reine. Il commanda son dîner, tandis que les voyageurs de la diligence se dégourdissaient les jambes dans la cour et que les palefreniers s'affairaient au changement d'attelage.

Une odeur d'oignons cuits et de cochon grillé se mêlait aux forts effluves de l'écurie.

Ces auberges de relais qui quadrillaient le pays jouissaient d'une double réputation : on y dormait mal, on y mangeait bien. À onze heures, l'aubergiste déposa sur sa table le premier plat du menu réservé aux voyageurs : une soupe à l'oignon fumante accompagnée d'un pichet de vin rouge des coteaux de Champagne. La chaleur du bouillon revigora quelque peu Nicolas, qui retrouvait lentement ses forces. Le vin changea son humeur. Pendant le trajet vers Varennes, il avait encore mesuré la popularité du souverain, sa bonhomme familiarité avec ses sujets, le respect qui souvent l'entourait jusque chez les patriotes les plus convaincus. Tout n'était pas perdu.

Un pâté en croûte mitonné, suivi d'un chou farci, bourré de viande de veau, de chair à saucisse, de jambon, de lardons et d'échalotes, relevé de poivre et de vin jaune, achevèrent de lui rendre son alacrité. Soignant son spleen à grandes rasades, il vida deux pichets. De nouveau loquace, il se lia avec le maître de poste. La nouvelle de l'arrestation du roi était parvenue à midi par les postillons arrivés du relais suivant sur la route de Varennes. Les pratiques du lieu, les voyageurs, les palefreniers et les servantes commentaient l'événement d'un ton grave.

– Qu'allait-il faire si près de la frontière ? demandait l'aubergiste, supputant d'une voix angoissée l'arrivée de troupes étrangères.

– N'ayez crainte, répondit Nicolas, l'empereur d'Autriche ne veut pas de guerre avec la France. Le roi voulait sans doute se mettre sous la protection de l'armée, sans plus.

On lançait des hypothèses, on anticipait de grands périls, on cherchait à se rassurer en misant sur la sagesse de l'Assemblée, en qui on avait confiance.

– J'ai vu passer hier au soir les représentants de Paris, raconta le maître de poste. Ils m'ont questionné sur la berline. Ils m'ont surtout dit que notre roi avait été enlevé par une bande factieuse et qu'ils le ramèneraient aux Tuileries pour qu'il applique la Constitution sous leur surveillance.

Nicolas s'étonna de cette théorie si contraire à la réalité. Puis il comprit que les députés cherchaient à limiter les effets politiques de la fuite royale en inventant la fable d'un rapt. Si Louis XVI avait pris la route de l'Est à son corps défendant, ou bien sous l'influence pernicieuse de mauvais conseillers, on pouvait l'excuser et le laisser sur le trône, ce qui sauverait la nouvelle Constitution. Ce pieux mensonge convaincrait-il le peuple ? Il en doutait. L'aubergiste renforça son scepticisme :

– Quand nous l'avons vu, rappela-t-il, il ne nous a pas semblé prisonnier…

– Peut-être était-il menacé, hasarda Nicolas qui voulait accréditer la fable inventée par l'Assemblée.

De conjectures en rumeurs, la conversation se poursuivit tandis que l'hôtesse servait une tarte aux pommes, bientôt suivie des cafés et du marc de Champagne. La tête tournée par son repas trop arrosé, Nicolas enfourcha son cheval et reprit la route. Un soleil ardent réchauffait les bois et les prés, la poussière voletait sous les sabots de sa monture, le chant des oiseaux accompagnait sa chevauchée. L'été s'installait dans la campagne qui resplendissait sous une lumière dorée. Rien autour de lui n'évoquait la tourmente qui s'était abattue sur le royaume.

Ce décor bucolique imposa à son esprit les images de la terre de Ranreuil, souvenir tendre et douloureux. Après son aventure du Code noir[1], il avait quitté Paris pour un séjour dans son château de Bretagne défendu par des tours sévères au milieu des bois. Aimée d'Arranet l'avait suivi, intronisée pour la première fois compagne officielle du marquis et quasi maîtresse de maison, fort contente de cette promotion. Louis, le fils qu'il avait eu avec sa première compagne, la Satin, n'avait point grogné et l'enfançon Nicolas, son petit-fils, courant et babillant en toutes circonstances, les avait fêtés tous deux avec force cris. Ce furent aimables et heureuses journées passées à la chasse avec ses gens fidèles et sa chienne Vénus[2], matins triomphants sur la plage de Guérande à nager dans l'eau froide du printemps breton, soupers arrosés autour de la cheminée familiale, où chacun se sentait libre et facile, plaisantant, discourant et s'interpellant sans contrainte. Pourquoi chevauchait-il en hâte sur les routes de Champagne dans une mission pénible et dangereuse, à cent lieues de chez lui, alors que sa carrière était pour ainsi dire achevée, sa fortune faite, sa famille établie et son avenir de hobereau choyé et révéré sur une terre familière, tout aussi assuré ? À son âge, il eût mieux valu, de loin, tenir que courir. Et pourtant, il courait toujours, risquant vie, position et réputation au service d'un roi incapable de se maintenir, ballotté par les événements inouïs de Paris, entraînant dans sa chute tout un monde dont Nicolas était le défenseur et le bénéficiaire.

D'autant que l'incendie, jusque-là circonscrit dans les villes, risquait à tout moment d'embraser les campagnes. Autour de Ranreuil, le pays était calme, les émotions populaires de Nantes n'avaient point de répercussions sur des paysans dévots et soumis à leur seigneur. Guérande, toute proche, vivait comme devant au bord des marais salants qui procuraient à la ville une chiche prospérité. Mais les décrets de l'Assemblée menaçaient désormais cet ordre débonnaire. Les députés avaient décidé que les prêtres, maintenant salariés par l'État, devaient, comme les autres fonctionnaires, prêter serment à la Constitution.

Mesure logique, mesure funeste. La plupart des clercs, avant tout fidèles à Rome, ne voulaient en aucun cas « jurer », sans que le pape l'eût permis. Or le souverain pontife réprouvait toute la politique française depuis 1789 : les curés de Bretagne, résistant à l'Assemblée, se plaçaient désormais, *ipso facto*, dans les rangs des ennemis de la Révolution. Les autorités élues de Bretagne se gardaient pour l'instant de toute mesure de contrainte. Mais que se passerait-il si l'Assemblée, toute à son œuvre de transformation du royaume, exigeait l'obéissance ? Rompu aux méandres de la politique, fin connaisseur des arcanes provinciaux, le marquis de Ranreuil anticipait déjà des troubles, qui pouvaient mettre le feu à la paisible Bretagne et menacer la sécurité de ses terres. Souci désormais lancinant : Nicolas devait-il laisser sa famille à portée des révolutionnaires qui ne manqueraient pas, si la Révolution se raidissait, de se tourner contre « les aristocrates » et les « séides du Bourbon » ? Les grands seigneurs, l'un après l'autre, émigraient en Angleterre, en Belgique, en Italie, le comte de Provence avait fui les Tuileries en même temps que le roi et, plus chanceux que son frère, n'avait pas été pris. Un temps viendrait, Nicolas le pressentait, où ni les propriétés ni les personnes de la noblesse ne seraient plus protégées par les lois.

Jeudi 23 juin 1791

Il arriva à Meaux après une longue traite coupée de relais rapides. Il dormit dans un hôtel de la grand-place et repartit de bon matin, toujours vrillé par son mal de dents, que les cahots de la chevauchée réveillaient à chaque instant, accroissant sans cesse une douleur devenue insupportable. À Bondy, il dut montrer patte blanche à un barrage de patriotes. Son passeport de commissaire y pourvut, tout comme à la barrière de La Villette dont la surveillance s'était manifestement resserrée. Et toujours sa carie, accompagnée désormais d'un abcès qui déformait sa joue, noircissait sa molaire et son humeur.

Il entra dans un Paris en bruyante effervescence. Partout des groupes anxieux commentaient les nouvelles ; à chaque coin de rue on vendait les feuilles incendiaires qui annonçaient l'arrivée du roi prisonnier ; sur toutes les places des assemblées disparates péroraient, les uns demandant la suspension du monarque, les autres son emprisonnement, les plus politiques la proclamation de la République. Des bandes de gardes nationaux et de sectionnaires armés de piques sillonnaient les rues bondées d'un grand concours de peuple, vociférant des adresses à l'Assemblée ou vilipendant la couronne. Nicolas eut le plus grand mal à se frayer un chemin dans la rue Saint-Martin encombrée de pratiques désœuvrés et d'artisans travaillant sur les trottoirs. Il obliqua à droite sur la place de Grève, prit par le quai de la Mégisserie qui surplombait la rive boueuse de la Seine et se fit jour vers le palais des Tuileries dont l'imposante silhouette barrait la perspective des Champs-Élysées. Passant devant le Pont-Neuf, toujours souffrant, il pensa un instant aller voir un de ces arracheurs de dents qui officiaient devant la statue de Henri IV, perchés sur une estrade et offrant leurs services aux passants entourés d'une petite fanfare et de baladins faisant des tours. Après tout, ils avaient un savoir limité mais expéditif : ils l'opéreraient à vif et en public, engendrant une terrible douleur. Au moins, l'affaire serait derrière lui. Il souffrirait de l'opération, mais non plus du mal qui ne pouvait qu'empirer, lui rendant la vie pour ainsi dire impossible. Puis il se ravisa :

il avait besoin d'un véritable homme de l'art, il le trouverait aux Tuileries.

Il entra par le portail de la rue Saint-Honoré, qu'il avait nuitamment franchie trois jours plus tôt au bras de Marie-Antoinette. Le mal de dents semblait plus aigu à chaque pas, l'abcès lui semblait croître à vue d'œil. Il se demanda comment il pourrait accomplir sans coup férir sa mission dans un tel état de souffrance.

Marchant dans les couloirs du palais toujours encombrés des gardes de M. de La Fayette, il se pressa vers le cabinet de la reine. Il tomba sur le marquis de Dreux-Brézé plongé dans la plus vive agitation, préparant les appartements des souverains en route vers la capitale. Il demanda Rossignol, le secrétaire et chiffreur dont Marie-Antoinette lui avait indiqué le nom. Un valet de chambre répondit que ce précieux serviteur était sorti pour vaquer et qu'il serait de retour dans la fin de l'après-midi. Il fallait encore patienter deux heures. Le délai lui parut insupportable. Condamné à attendre, Nicolas résolut d'aller voir Dubois-Foucou, le chirurgien qui veillait sur les dents de Louis XVI depuis toujours. Au moins celui-là maîtrisait-il son art, quoique Nicolas s'en méfiât comme de tous les gens de médecine. Il savait qu'un praticien des années 1720, Pierre Fauchard, avait ordonné quelque peu les connaissances disparates d'une chirurgie dentaire jusque-là confiée… aux barbiers et largement méprisée par la médecine. Ce Fauchard avait rendu les soins plus sûrs, il avait perfectionné les instruments de dentisterie, pinces, vis, leviers et tenailles. Mais il n'avait pas su atténuer le martyre des patients. « Cela fait plus mal que d'être décapité », lui avait dit un jour un seigneur plein d'esprit qui sortait des mains d'un praticien. Celui dont Nicolas se flattait d'être un lointain descendant, le grand Louis XIV, souffrant comme lui d'une carie impitoyable, avait eu une portion de son palais arrachée au cours d'une extraction. Le roi avait supporté sans une plainte l'opération, seulement pâle et tremblant, mais il avait ensuite, quand il buvait, un écoulement du liquide par le nez, ce qui n'était guère majestueux.

Nicolas arriva chez son sauveur – qui serait aussi son bourreau – dans une petite maison de la rue Croix-des-Petits-Champs. Dubois-Foucou, un petit homme souriant poudré de blanc et cravaté serré, recevait un patient. Quand il vit Nicolas, qu'il connaissait de longue main, et recueillit ses plaintes, il fit sortir son visiteur relégué dans l'antichambre et installa son nouveau pratique dans un fauteuil élevé muni d'un appuie-tête molletonné et de deux accoudoirs où des lanières de cuir étaient fixées. Il prit une tige de métal recourbé et piqua la dent coupable. Nicolas poussa un hurlement. Il lui avait semblé qu'on lui enfonçait un couteau jusque dans la cervelle.

– Voilà une belle carie accompagnée d'une magnifique fluxion, remarqua le chirurgien, content de trouver un spécimen remarquable qui enrichissait son savoir.

– Qu'allez-vous faire ? demanda Nicolas en tâchant de dissimuler son anxiété.

– Il n'est d'autre moyen, à ce stade, que de vous en débarrasser. C'est l'affaire d'une minute. Ensuite l'abcès se videra et la gencive se cicatrisera. Il n'est d'autre choix.

Cette minute annoncée parut une portion d'éternité à Nicolas, qui lorgnait avec crainte vers les instruments barbares alignés sur la table de Dubois-Foucou, semblables à ses yeux aux instruments de torture possédés par son ami le bourreau Sanson.

– Bien, allons-y, lâcha le dentiste d'une voix douce.

Il noua les lanières de cuir autour des poignets de Nicolas, passa autour de sa taille une ceinture qui le reliait au fauteuil, ce qui protégerait le chirurgien contre les convulsions intempestives de son patient. Il prit ensuite une sorte de couteau à double lame et à ressort qu'il appelait un « perroquet » et commença d'opérer. L'instrument enserra la dent. En le secouant, Dubois-Foucou commença de la déchausser, tandis que la victime ligotée poussait un long hurlement. Nicolas, qui n'était pourtant guère douillet et avait plusieurs fois subi des blessures, était pâle comme un linge et tremblait de tous ses membres. Puis le dentiste fit le geste redouté : il s'empara d'une tenaille. Décidé, presque brutal, il prit en étau la molaire récalcitrante et tira trois fois avec toute la force de son bras. Trois fois, le hurlement se perdit dans les aigus tandis que Nicolas se tordait dans ses liens. La troisième fois fut la bonne. La dent finit par consentir, mais Nicolas perdit connaissance et s'affaissa sur son fauteuil.

Le dentiste présenta les sels dont l'âpre odeur ramena son patient à la vie. Il cautérisa la plaie avec une flamme, ce qui provoqua d'autres plaintes sonores, puis frotta la gencive avec une pâte d'opium.

– Ne pouviez-vous l'appliquer plus tôt ? demanda Nicolas.

– C'eût été inutile, ces douleurs d'opération résistent à tous les onguents.

Nicolas fut libéré de ses liens et épongea son front ruisselant avec une serviette imbibée d'eau de Cologne, obligeamment tendue par Dubois-Foucou. Il rinça sa bouche et rejeta sang et eau à profusion dans une bassine.

– Reposez-vous un moment dans l'antichambre, conseilla le dentiste, vous me semblez fort pâle.

Nicolas se leva, chancelant, tendit deux pièces d'or au dentiste, le prix de son martyre, et marcha lentement vers un fauteuil capitonné prévu pour les malades après l'opération. Au bout d'une demi-heure, la douleur s'atténua sous l'effet de l'opium. Elle avait changé de nature. Ce n'était plus ce mal lancinant qui enserrait son crâne et son visage, mais la coupante souffrance d'une plaie à vif. Nicolas sentit un début de forces lui revenir. Il attendit encore un quart d'heure et pensa qu'il pouvait reprendre le fil de sa mission, quoique encore saisi d'un tremblement irrépressible.

Dans la rue des Petits-Champs, il héla un fiacre et s'en retourna vers les Tuileries, affaibli, souffrant encore, mais soulagé. Revenu auprès de Dreux-Brézé, il s'enquit de nouveau de la présence de Rossignol. Nouvelle réponse négative. Il attendit encore une heure puis, n'y tenant plus, demanda au marquis s'il en savait plus sur ce Rossignol. Dreux-Brézé convoqua le valet qui avait annoncé l'absence du secrétaire.

— Le sieur Rossignol vous a mandé où il allait ? demanda Nicolas.

— Ce n'est pas lui qui m'a parlé, c'est un garde national qui venait de quitter son cabinet.

— Et qu'a-t-il dit au juste ?

— Que Rossignol sortait sous peu et reviendrait deux heures plus tard.

— Vous ne l'avez donc pas vu ?

— Non. J'avais à faire.

Nicolas se tourna vers le maître de cérémonie.

— Et vous, monsieur le marquis, l'avez-vous vu sortir ?

— Non, pas plus. Il est arrivé ce matin, m'a salué, puis il a rejoint son cabinet. Vers deux heures, quand vous êtes arrivé, j'ai appris qu'il était sorti.

— Voilà qui est étrange. Pour quitter le palais, Rossignol devait passer devant votre bureau. Et vous ne l'avez pas vu.

— Je ne suis pas chargé de sa surveillance, répondit Dreux-Brézé, un peu piqué. Il a pu s'esquiver sans que je le remarque.

— En fait, continua Nicolas, il a pu aussi bien changer d'avis et rester dans son cabinet.

– En effet. Je me suis fié à ce qu'on me disait. Tout cela est d'un dernier banal. Rossignol est un homme de confiance, il va et vient à sa guise.

– Monsieur le marquis, s'enquit poliment Nicolas, verriez-vous un inconvénient à ce que nous allions vérifier ? On ne sait jamais. Peut-être est-il tout bonnement à sa table de travail.

– À votre aise, Nicolas, c'est vous le policier. Faites, vous êtes dans votre rôle.

Suivi de Dreux-Brézé et du valet messager, Nicolas marcha à travers deux couloirs perpendiculaires vers le cabinet de Rossignol. Arrivé devant la porte, il frappa deux fois, sans réponse, puis, pour être sûr de son fait, ouvrit le battant de bois sculpté. Le spectacle qu'il découvrit le laissa commotionné.

Le cabinet de Rossignol était sens dessus dessous, chaises renversées, tiroirs ouverts, dossiers éparpillés, armoires béantes. Et au centre de la pièce, dans une pose en croix, le visage convulsé, Rossignol gisait, ensanglanté, un poignard planté dans la poitrine.

III

ENQUÊTE

Jeudi 23 juin 1791

Ils étaient debout, interdits, devant ce cadavre incongru
au cœur du palais des rois. Toujours affaibli par son
opération, Nicolas réfléchissait, remuant de sombres
pressentiments. Ainsi, la mission simple que lui avait
confiée la reine prenait un tour dramatique ; il devinait
que l'assassinat de Rossignol cachait une intrigue. Il jeta
un coup d'œil aux meubles renversés et aux papiers dispersés. Il n'en douta pas : la lettre dont Marie-Antoinette
faisait si grand cas avait à coup sûr disparu. Il se tourna
vers Dreux-Brézé.

– Savez-vous, monsieur le marquis, ce que contenaient ces meubles et ces armoires ?

– Les papiers de la reine, répondit-il, des plus anodins aux plus secrets.

– Ses lettres ?

– Sans doute. Rossignol avait pour mission d'en faire des copies et de les conserver. Pour certaines d'entre elles, il appliquait le chiffre royal, qui les rendait impénétrables au commun des mortels.

Nicolas scruta les deux armoires et le bureau de Rossignol. Les trois meubles étaient vides, leur contenu avait été répandu sur le sol. L'assassin avait fouillé tranquillement et prélevé parmi ces papiers ceux qui l'intéressaient, jetant au sol les documents sans importance pour lui. Vrai ou faux garde national, il avait endormi la méfiance du valet et de Dreux-Brézé. Nicolas ne doutait pas, sous bénéfice d'inventaire minutieux, que la lettre de Marie-Antoinette figurait parmi les papiers emportés.

Dans l'immédiat, il fallait ouvrir une enquête de police : le bruit de cet assassinat se répandrait dans le palais. Les autorités en seraient averties. Il fallait appliquer la procédure policière habituelle, sauf à redoubler les soupçons de l'Assemblée et des hommes de La Fayette. Nicolas suggéra à Dreux-Brézé de quérir la police du Grand Châtelet, compétente en la matière. Le marquis s'exécuta, tandis que Nicolas examinait papiers et armoires pour tenter de débusquer un pli cacheté qui aurait échappé à la vigilance du meurtrier. Il ne trouva rien et s'ancra dans l'idée que la lettre secrète avait bien disparu, pour tomber dans des mains ennemies.

Une demi-heure se passa en vaines recherches quand la police arriva du Grand Châtelet. Un groupe de commissaires et d'exempts entra dans le cabinet où Nicolas les attendait. À sa tête, il reconnut aussitôt Pierre Bourdeau, son ami et son fidèle adjoint au temps où ils exerçaient ensemble le métier d'enquêteur du roi. Il s'avança vers lui, les bras écartés et le sourire aux lèvres, heureux de revoir son compagnon d'aventures. Il s'interrompit et recula d'un pas : Bourdeau avait porté sur lui un regard froid, marquant une distance tout officielle. Décontenancé, Nicolas se reprit et attendit.

– Avez-vous laissé cette pièce en l'état ? interrogea Bourdeau d'un ton rogue.

– Nous n'avons touché à rien, mon cher Pierre, répondit Nicolas, tâchant de retrouver le ton avenant qui présidait à leur ancien commerce.

Bourdeau éluda et poursuivit son interrogatoire. Avec une retenue toute professionnelle, il se fit conter les circonstances de la découverte, les allées et venues du valet, les explications de Dreux-Brézé, l'emploi du temps de Nicolas, la disposition des lieux, couloirs, bureaux et cabinets. Puis il explora en silence la scène du crime, visant les armoires ouvertes, les meubles renversés, les papiers qui jonchaient le sol. L'examen dura une bonne trentaine de minutes, le tout dans le silence de l'assistance.

– Il y a là des traces de lutte, conclut Bourdeau. M'est avis que ce sieur Rossignol a surpris son assassin qui fouillait dans ses affaires. Il a dû l'interpeller, chercher à le saisir et l'autre n'a eu d'autre échappatoire que de le tuer sur place.

Nicolas avait déjà formé cette hypothèse au spectacle du désordre qui régnait dans la pièce, mais il laissa son ancien collègue mener ses investigations à sa guise.

– Regardez, continua Bourdeau, penché sur le cadavre qui gisait sur le tapis. Il y a sur sa paume droite une profonde estafilade. Il s'est défendu, c'est l'évidence. Il a même tenté de saisir le poignard que l'autre avait sorti, pour en détourner le coup.

– Je l'avais vu, mon cher Bourdeau, mais je ne voulais empiéter sur ton enquête, reprit Nicolas, s'attirant un nouveau regard noir.

Bourdeau resta de marbre et sortit seulement un carnet où il commença à transcrire ses observations. Dix minutes silencieuses se passèrent encore. Nicolas ne savait plus quelle contenance adopter avec son ami, qui menaçait, manifestement, de ne plus l'être.

– Je fais enlever le corps, lâcha Bourdeau, nous l'examinerons plus avant au Châtelet. Mais en attendant, je veux savoir quelle était l'exacte fonction de ce Rossignol et tâcher de comprendre qui était ce garde national qui a échappé si facilement à votre vigilance.

– Une personne est toute désignée pour vous éclairer, répondit Dreux-Brézé. C'est la suivante de confiance de la reine, chargée des affaires particulières.

– Et qui est-elle ? répliqua Bourdeau.

– Laure de Fitz-James.

Ce nom tomba comme la foudre au milieu de la pièce. Bourdeau et Nicolas échangèrent un regard de surprise.

– Je croyais qu'elle avait quitté le palais après cette terrible affaire du Code noir, avança Nicolas.

– La reine a eu connaissance de toute cette intrigue. Elle a pardonné à Mme de Fitz-James, qui avait seulement montré trop de zèle royaliste aux yeux de sa souveraine, mais dont les qualités d'énergie et d'intelligence lui sont précieuses.

Bourdeau et Nicolas croisèrent encore leurs regards. La confiance de Marie-Antoinette leur paraissait bien légère. Sinueuse, dissimulée, Laure de Fitz-James avait montré deux mois plus tôt un penchant coupable pour les combinaisons suspectes et cruelles. Ils ne dirent mot néanmoins : la volonté de la reine prévalait en son entourage, ils ne pouvaient récuser celle qu'on leur désignait comme la meilleure source possible. Dix minutes plus tard, Laure de Fitz-James fit son entrée dans la pièce, toujours fine et belle, la taille élégamment prise dans sa robe de cour en velours bleu ciel. Elle répondit simplement et directement aux questions de Bourdeau.

Rossignol était un collaborateur de longue main pour la Cour, expliqua-t-elle, il organisait et conservait la correspondance de la souveraine, et exerçait ce métier particulier de chiffreur, qui exigeait connaissance approfondie des codes secrets et de la manière de les briser, pour assurer à la reine la discrétion de ses échanges avec l'extérieur. Il officiait aussi pour le roi, dans un cabinet attenant au bureau royal, distinct de celui de Marie-Antoinette. On pouvait en déduire facilement que l'effraction et l'assassinat subséquent visaient bien les secrets de la reine, lesquels, précisa Laure de Fitz-James, ressortissaient de la vie ordinaire d'une souveraine dans un grand pays. Il s'agissait donc d'une opération maligne d'espionnage et d'un crime d'État. Interrogée sur le garde national aperçu par le valet de la reine, elle plaida l'ignorance, mais souligna que sa qualité le désignait comme un fidèle de La Fayette à tout le moins, sinon comme un agent infiltré de quelque faction révolutionnaire ennemie de la couronne. Elle promit d'investiguer auprès des officiers de la garde pour tenter d'identifier cet audacieux coupable.

Tandis qu'elle parlait, assurée et pleine d'intelligente repartie, Nicolas ne pouvait s'empêcher d'admirer l'élégance de son maintien et l'harmonie de son visage. Les souvenirs d'une passion vécue dans un passé récent lui revenaient en mémoire, suscitant chez lui un trouble à la fois sensuel et douloureux. Furtivement, Laure lui lançait de temps à autre un regard qui exprimait une discrète émotion, même si les deux anciens amants s'étaient retrouvés, il y a peu, des deux côtés opposés d'une intrigue sanglante. Bourdeau laissait son regard aller de l'un à l'autre, mesurant sans doute, sans rien en laisser paraître, toute l'ironie d'une situation aussi paradoxale qu'inopinée.

Au bout d'une heure de questionnements, la petite assemblée se sépara après avoir détaillé les pistes à suivre, tandis que deux exempts enlevaient sur un brancard le corps qu'ils avaient enveloppé d'un drap. Laure enquêterait parmi la garde royale ; Bourdeau tâcherait de reconstituer, en interrogeant les soldats de faction, l'itinéraire de l'assassin ; il rejoindrait ensuite le Grand Châtelet, où le bourreau Sanson procéderait à l'autopsie.

Au moment où ils allaient se quitter, Nicolas prit Bourdeau à part dans l'encoignure d'une fenêtre.

– Mon ami, quel est le sens de ta soudaine froideur ? Serions-nous fâchés ?

– Je suis en effet fâché, lança Bourdeau. Tu étais partie prenante de cette fuite funeste et honteuse vers l'est. Je le sais : je suis venu te voir le 21 juin au matin, on m'a répondu que tu étais parti dans la nuit. C'est-à-dire au même moment que la famille royale. Ne le nie pas : tu étais du voyage.

– Ordre du roi, rétorqua Nicolas. Je suis son serviteur, tu le sais, je n'ai pas l'habitude de me soustraire à mon devoir.

– Ton devoir était de le dissuader de se soustraire à la volonté de l'Assemblée, qui détient désormais la souveraineté. Elle vient d'ordonner l'arrestation de tous ceux qui ont accompagné le roi. Je devrais donc te mettre en cellule…

– Crois-tu que j'aie approuvé cette équipée ?

– Tu l'as secondée, cela suffit.

– Je suis fidèle à mes amis, au roi, à la reine et à toi…

– Fidèle aux trois à la fois : voilà qui sera de plus en plus malaisé.

– Pierre, mon ami, nous ne pouvons vider ici cette querelle. Je mesure le service que tu me rends en me laissant en liberté. Te reste-t-il encore assez d'estime envers moi pour que nous soupions ensemble ? Nous pourrons parler à notre aise.

Bourdeau, hésitant, regarda par la fenêtre le temps de réfléchir, passa d'un pied sur l'autre, puis se décida.

– Fort bien, je souperai. Mais la chose sera moins plaisante qu'à l'ordinaire, je te préviens.

– Je suis prêt à tout entendre.

– Et à n'en rien faire, comme souvent. En attendant, personne ne doit savoir que tu as trempé dans cette affaire de fuite royale. Sinon la police devra se saisir de toi.

– Personne ne le sait en dehors de la famille royale, qui ne dira rien sur ce point. Quant aux autres participants, ils ont pris la poudre d'escampette. Sois tranquille, ton geste me touche et ton courroux me déchire le cœur. Rompre avec toi serait la pire chose qui puisse m'arriver.

Bourdeau se détourna, ému. Nicolas reprit :

– Allons ensemble voir notre ami Sanson. Il nous faut résoudre cette énigme, quoi que nous en pensions.

Bourdeau grommela des mots indistincts qui valaient acceptation. Ils prirent ensemble le couloir qui menait à la grande galerie et à la sortie de la rue Saint-Honoré, marchant en silence, le visage fermé. Ils contournèrent le Louvre, longèrent la Seine par le quai de la Mégisserie et débouchèrent devant la façade sévère du Grand Châtelet, où la police avait encore ses quartiers. Ils passèrent sous la voûte obscure qui menait au bâtiment principal et descendirent l'escalier qui conduisait au sous-sol. Par chance, Sanson était encore là, prêt à examiner le cadavre que les exempts avaient déposé sur la longue table qui servait aux autopsies. Toujours calme et souriant, le tranquille bourreau qui les avait si souvent secondés les salua avec chaleur.

– Bonsoir, mes amis. Je vois que vous ne perdez pas l'habitude de trouver toutes sortes de cadavres sur votre chemin.

– Celui-ci est venu jusqu'à nous, releva Nicolas. Le meurtre a eu lieu près des appartements de la reine. C'est d'ores et déjà une affaire d'État qui requiert toute notre diligence.

– Alors mettons-nous au travail pour faire parler ce mort, plaisanta Sanson.

Nicolas jeta un coup d'œil aux instruments de torture qui pendaient aux murs de la cave où officiait Sanson. La scène du dentiste lui revint à l'esprit, estompée par la découverte du crime et par l'apaisement de la douleur prodigué par la pâte d'opium. Au fond, c'étaient les mêmes outils qu'employaient la médecine et la justice. Sinon que Louis XVI avait aboli la torture, tandis que les dentistes la pratiquaient toujours.

Le bourreau retira le poignard sanguinolent de la poitrine de Rossignol. Puis il défit sa redingote et sa chemise, découvrant un torse percé en plusieurs endroits.

– L'assassin s'y est repris à plusieurs fois. L'autre devait se défendre comme un diable.

– Nous avons observé des traces de lutte, précisa Bourdeau.

– C'est ce qui me semble, continua Sanson. D'ailleurs les coupures de la main en attestent. Il a cherché à saisir le poignard qui l'accablait.

Il dégrafa le reste des vêtements de Rossignol, dénudant entièrement son cadavre. Les autres parties du corps étaient intactes.

– Je vois des hématomes à la jointure des doigts. Ce pauvre homme s'est battu avec ses poings. L'assassin doit en porter les marques. Il a eu du mal à prendre le dessus. D'où l'usage du poignard, qu'il a manié avec précision. Regardez, les plaies montrent que la lame a été enfoncée à l'horizontale, dans le sens des côtes. C'est une précaution que prennent les professionnels pour que le poignard ne soit pas arrêté par les os. La direction des plaies indique aussi sa taille. Elles sont droites, ce qui veut dire que l'assassin avait la corpulence de sa victime, sinon il aurait frappé de haut en bas, ou de bas en haut. Vous cherchez un quidam fort en muscles, de la même taille que la victime, habile au couteau, qui ne devait pas en être à son premier combat à mort. Un militaire sans doute, ou bien un brigand chevronné, avec des bleus sur le corps ou sur le visage.

– Un garde national, en tout cas.

– Plus que cela, répondit Sanson. Les gardes nationaux sont le plus souvent des bourgeois volontaires, peu familiers des affrontements armés. Celui-là avait du métier.

– C'est un indice précieux, admit Nicolas, toujours admiratif devant la précision du bourreau-légiste.

– Ce brave chiffreur a été dépêché par un sicaire d'expérience, conclut Sanson. Je ne saurais vous en dire plus.

– À quelle heure a-t-il été tué ?

– Dans l'après-midi, à coup sûr. La rigidité du cadavre n'est point encore prononcée. Je ne saurais dire à quelle heure exactement, vous le devinez…

Nicolas calcula que le meurtre avait eu lieu pendant qu'il souffrait sur le fauteuil du chirurgien. Rossignol avait dit qu'il partait pour deux ou trois heures ; il est revenu plus tôt et a surpris le garde national fouillant ses papiers. L'autre n'a pu s'échapper qu'en le tuant.

Ils quittèrent Sanson et sortirent pensifs du Grand Châtelet, méditant cette information : celui qui avait fouillé le cabinet de Rossignol n'était pas un assassin de rencontre. Il agissait en homme de l'art, rompu aux missions dangereuses, surpris dans ses œuvres.

– Où souperons-nous ? demanda Bourdeau.

– Allons chez Noblecourt, où je loge en général, répondit Nicolas. Pourquoi abandonner nos bonnes habitudes ? De plus, notre ami magistrat ploie sous le poids des ans et s'affaiblit de semaine en semaine. Nos occasions de le voir sont désormais comptées, je ne voudrais pas qu'il nous quitte sans que nous l'ayons revu.

Ils marchèrent par la rue des Prouvaires dans la chaleur plus clémente de la fin de journée, enveloppés par les senteurs des halles, pour arriver sur le parvis de Saint-Eustache, au début de la rue Montmartre. L'hôtel ventru où demeurait Noblecourt leur était familier. Ils frappèrent l'huis, Marion la gouvernante vint ouvrir.

– Ah, monsieur le marquis, s'exclama-t-elle, à la bonne heure. Vous venez voir notre maître. Il en sera heureux.

– Comment va-t-il ? s'enquit Nicolas.

– Hum, lâcha-t-elle, il est fatigué…

Ils entrèrent, la chatte Mouchette vint se frotter sur leurs jambes et la chienne Vénus renifla leurs culottes en remuant la queue. Ils montèrent les marches jusqu'au cabinet du vieux magistrat. Assis dans son fauteuil à roulettes devant la fenêtre, celui-ci tourna difficilement la tête et un rayon d'aise illumina son regard qui filtrait à travers des paupières affaissées. Malgré les ans et l'épuisement, il restait lucide et guilleret, soigneusement mis dans une veste d'intérieur en velours rouge, sa perruque grise poudrée sur sa tête chenue.

– Nicolas ! lança-t-il d'une voix réduite à un mince filet. Tu viens voir ton très vieil ami. Voilà une visite que tu n'auras bientôt plus l'occasion de faire. Mes forces m'abandonnent.

– Vous me semblez égal à vous-même, se récria Nicolas, vous avez l'œil vif et le verbe assuré.

– C'est une façade. Je ne tarderai pas à rejoindre mon seigneur et maître.

– Ta, ta, ta, renchérit Nicolas, l'heure n'est pas arrivée, n'anticipez pas.

– Prenez place, Marion apportera le vin de Champagne.

Nicolas fut pris d'une brusque mélancolie. Ainsi son ami Noblecourt, qui l'avait jadis accueilli à Paris et guidé dans ses premiers pas de policier, qui le tenait pour son fils, allait bientôt s'éclipser. Le départ de son mentor était comme un glas qui accompagnait la chute du monde qu'il avait connu, bousculé par une tourmente politique sans exemple. Ils s'assirent autour de Noblecourt qui donna ses ordres pour le dîner. Le vin jaune et pétillant apparut sur un plateau. Ils devisèrent un moment, avant de voiturer le magistrat vers la salle à manger.

– Ainsi, reprit Noblecourt, le roi a été arrêté. La populace est en émoi et les Jacobins sont aux cent coups. Décidément, notre fin est proche, dans tous les sens du terme. J'ai trop aimé ce siècle, je ne veux pas en voir le terme.

– Cette équipée a été menée par des jeanfoutres, lâcha brutalement Nicolas.

– Tu en faisais partie, coupa Bourdeau, dont l'ire ne se dissipait pas.

– Tu étais donc avec le roi, Nicolas ? s'étonna Noblecourt.

– De loin, oui. Je n'ai rien pu faire. Le roi a été reconnu à Sainte-Menehould et saisi à Varennes, à deux heures du salut. Il était en retard et il avait été imprudent dans les étapes précédentes ; le maître de poste de Sainte-Menehould a ameuté les patriotes de Varennes ; ils ont dressé une barricade qui a immobilisé le convoi. Le roi a refusé le secours des soldats pour éviter toute violence. Le maire, un épicier, lui a intimé l'ordre d'attendre les instructions de Paris. Dès lors, il était perdu.

– Cette monarchie est décidément abandonnée de la Providence, soupira Noblecourt.

– Elle est surveillée par le peuple, qui a fait son devoir jusque dans les lointaines provinces, répliqua Bourdeau.

Nicolas allait répondre quand Ramatuelle entra, sa toque blanche plantée sur le crâne. C'était un rituel bien installé : quand il recevait pour le souper, Noblecourt demandait à son cuisinier de venir réciter le menu avant de servir.

– Nous commencerons par une soupe à la Jacobine, qui m'a paru conforme à l'humeur du moment, commença Ramatuelle, qui ne manquait pas d'esprit. Rassurez-vous, la recette ne vient pas de ces Jacobins enragés, mais des moines dont ils ont pris abusivement le nom. Elle comprend plusieurs viandes, surtout du perdreau, des légumes en abondance, des poireaux en l'espèce, le tout longuement cuit à petit feu, agrémenté d'un bouillon d'amande et mitonné avec soin dans du pain bis. J'ai utilisé l'instrument essentiel : la cocotte en cuivre où j'ai fait fondre le beurre sans le noircir, les oignons et les échalotes émincés, avant d'y ajouter le perdreau poivré et salé, doré sur toutes ses faces, arrosé d'un verre de cognac.

– C'est une soupe de frappard ! s'exclama Bourdeau, qui avait déjà goûté, quelques années auparavant, au nectar servi chez Noblecourt. Nicolas avait oublié le sens du mot « frappard ». Devant son regard étonné, Noblecourt, dont la mémoire était intacte, l'affranchit avec un sourire :

– Les frappards sont ces moines aux mœurs libertines qui font le bonheur des libelles inspirés par M. Voltaire. Ils s'écartaient de la morale chrétienne mais respectaient en tout point celle de la cuisine…

– J'ai ensuite tiré du *Cuisinier français*, qui est notre bréviaire à nous, conservateurs du goût, un aloyau que j'ai appelé l'aloyau Noblecourt, en hommage à mon maître.

– S'il vient du *Cuisinier*, objecta Noblecourt, il ne saurait prendre mon nom mais garder celui de son auteur, le grand La Varenne.

– La Varenne n'y verrait pas d'obstacle, répondit Ramatuelle, vous êtes son meilleur disciple !

– Soit, consentit le vieux magistrat, au moins ma mémoire ne sera pas entièrement perdue...

– C'est un plat jadis prisé par le roi Louis XV, poursuivit Ramatuelle. J'ai un lourd filet de bœuf, des épinards frais, des carottes, de l'ail, du thym et du laurier, une sauce à la chicorée avec de l'huile de tournesol. Tout cela est cuit saignant pendant vingt minutes dans le four très chaud.

– Le Bien-Aimé n'aurait rien redit à la chose, remarqua Noblecourt.

– Nous terminerons par le baba Nicolas, conclut Ramatuelle, qui adaptait ses recettes en fonction des convives. La pâte en lèvera comme une brioche et sera imbibée de madère et de rhum à la sortie du four.

Ramatuelle se retira d'une démarche cérémonieuse. Nicolas se dit que sa plaie à la mâchoire le changeait en piètre convive, incapable d'honorer un tel festin. Il en fit l'aveu à ses amis, qui compatirent et excusèrent par avance son maigre appétit.

Entre-temps, depuis leur arrivée, Noblecourt avait discrètement observé les deux policiers. Il risqua une réflexion, sur le ton enjoué qu'il affectionnait.

– Ainsi, voilà deux amis fâchés.

– Tout juste, mon cher Noblecourt, répondit Bourdeau. Nous sommes entre nous, je peux vous dire pourquoi. Avec la complicité de notre ami Nicolas, le roi vient de briser le fragile équilibre du royaume. Il était entendu qu'il acceptait les décrets de l'Assemblée, qui représente le peuple. Sa fuite montre qu'il joue double jeu. Il trahit la confiance de ses sujets et met les députés dans une situation impossible. Alors que ce sont eux qui, seuls, peuvent le sauver. N'y a-t-il pas là sujet d'un juste courroux ?

Ramatuelle revint avec un valet et posa la soupe fumante sur la table. Les convives s'interrompirent pour faire honneur à la chère. Puis les échanges reprirent.

– Je comprends, hasarda Noblecourt. Mais Nicolas avait le devoir d'aider son souverain, qui reste le roi légitime et qui a répandu sur lui ses bontés. C'est une affaire d'honneur et l'honneur est notre bien le plus cher, à nous autres aristocrates.

– C'est une affaire politique, riposta Bourdeau, votre honneur désuet n'est qu'un embarras en cette circonstance. Le roi devait accepter le cours nouveau. Il a feint de le faire et s'est enfui. Au lieu d'arrêter la Révolution, il la fouette. L'édifice va être jeté bas par la réaction du peuple.

– C'est un fait que l'Assemblée a déjà pris des mesures extrêmes, confirma Noblecourt. Elle veut lever cent mille hommes, elle a fermé les frontières, elle a rétabli la loi martiale. Les feuilles révolutionnaires se déchaînent. Elles demandent la suspension du roi ou bien sa déchéance. Certains pamphlets parlent même d'instaurer une république !

– Le roi était prisonnier aux Tuileries, plaida Nicolas, je comprends qu'il ait voulu se libérer...

– Pour se mettre dans les mains de l'étranger ! coupa Bourdeau.

– Non, rétorqua Nicolas, le roi allait à Montmédy, une place de l'Est, pour se mettre sous la protection des troupes fidèles. Il n'a jamais été question de passer la frontière. Il voulait lancer un appel au pays, s'appuyer sur ses sujets et négocier avec l'Assemblée. Il ne souhaite ni guerre ni violence. Il a interdit qu'on tire le moindre coup de fusil pour le dégager à Varennes.

– C'est la fable qu'on t'a servie, reprit Bourdeau.

– Je ne crois pas, souffla Nicolas, qui cherchait à terminer cette âpre discussion avec son ami de toujours en déviant le propos. Mon cher Noblecourt, reprit-il, comment devinez-vous la suite des événements ?

– Il y a deux partis à l'Assemblée. Ceux qui veulent sauver le roi et la Constitution pour arrêter la Révolution au point où elle est rendue. Ce sont messieurs La Fayette, Barnave, Duport et les Lameth. Et ceux qui veulent pousser les feux du désordre, qui s'agitent aux Jacobins ou aux Cordeliers. Ce sont les fanatiques : Danton, Brissot, Robespierre et quelques autres.

– Ceux-là vont prendre le dessus, anticipa Nicolas.

– Ce n'est pas sûr, corrigea Noblecourt, dont la sagacité était intacte, alimentée par les correspondants qu'il gardait à la Cour et dans l'Assemblée. Les monarchiens ont trouvé une parade en clamant que le roi avait été enlevé par Bouillé et ses sbires. Ils s'apprêtent à répandre cette légende dans le public pour maintenir le roi et sauver leur Constitution.

– Jamais le peuple ne souscrira à cette fantasmagorie, objecta Bourdeau.

– Ce sera la version officielle. M. de La Fayette tient la garde nationale, il l'imposera à la pointe des baïonnettes s'il le faut.

La conversation se poursuivit tandis que Ramatuelle apportait l'aloyau Noblecourt, dont les tranches rouges fondaient sous la dent, relevées par le thym et le laurier. Nicolas avala quelques légumes mais s'abstint de toucher à cette viande pourtant si tentante. Le chaud sur sa plaie lui causait des élancements cruels.

On quitta la politique pour revenir à l'assassinat. Noblecourt se fit raconter les événements. À la fin du récit, il tira la conclusion que Nicolas avait déjà formulée par-devers lui. Le meurtrier voulait mettre à profit l'absence de Marie-Antoinette et l'émoi qui régnait aux Tuileries pour s'emparer de papiers compromettants. Il a été surpris et s'est dégagé en dépêchant Rossignol. Noblecourt supputa qu'il agissait pour le compte d'une faction hostile à la couronne, sans doute dans l'intérêt de ces exagérés qui veulent abattre définitivement l'ordre ancien.

Les babas au madère remplacèrent la viande sur la table, accompagnés des liqueurs chères à Noblecourt. Puis le vieux magistrat annonça qu'il était trop faible pour veiller tard. Il se fit voiturer vers sa chambre par Marion tandis que Bourdeau prenait congé. Nicolas accompagna son ami à la porte.

– Mon cher Pierre, je te serai éternellement reconnaissant pour ta magnanimité. Je crains qu'elle doive encore se manifester dans les prochains jours. Nous devons retrouver cet assassin. Je calcule que c'est même notre intérêt commun. Si des papiers compromettants sont mis sur la place publique, cela ne peut servir que nos adversaires communs. Tu veux le retour à l'ordre et le maintien du roi et de la Constitution. Moi aussi. Nous sommes condamnés à agir ensemble.

Bourdeau avait déjà compris que cette alliance était inévitable. Quoique toujours en colère, il consentit à enquêter de concert.

– Je l'ai moi aussi conclu de la situation, concéda-t-il avec un ton de réticence. Nous sommes opposés par les opinions et réunis par la nécessité. Mais ne crois pas que cela vaille pardon.

– Alors voyons-nous demain matin. Nous irons interroger les gens des Tuileries pour tâcher d'en savoir plus sur ce garde national expert au poignard.

IV

SILENCE

« Le silence est le plus haut degré de
la sagesse. »

PINDARE

Vendredi 24 juin 1791

Le lendemain à six heures, Nicolas fut tiré d'un lourd
sommeil par le coq qui s'égosillait dans la basse-cour
de l'hôtel Noblecourt. Il retrouvait difficilement ses
forces après l'interminable chevauchée de Varennes et
sa mâchoire lui faisait encore mal. Il ouvrit les volets
de bois de sa petite chambre sous les toits, qui donnait sur le soleil levant. Le ciel rosissait au-dessus du
bois de Vincennes qu'il apercevait au loin entre les deux
colonnes de la barrière du Trône. Il prit un peu de pâte
d'opium pour apaiser la douleur de sa gencive encore
enflée. Dans le miroir qui surplombait le guéridon de

toilette, il observa les cheveux blancs qui se mêlaient à sa toison noire. La cinquantaine prélevait son tribut, creusant son visage d'homme fait, plissant son cou et son front de sillons nouveaux. Il pensa à la terre de Ranreuil, si calme et si plaisante, où Aimée d'Arranet était restée pour veiller sur la famille en maîtresse de maison désormais installée. Il soupira devant la journée qui s'annonçait, étreint par le regret de cette douce retraite au milieu des siens.

Il descendit dans la cour et noya sa nostalgie sous le jet d'eau froide qu'il faisait jaillir de la pompe de fonte à grands coups. Marion entrouvrit la porte de l'office, eut un mouvement de recul devant sa nudité inondée et referma le battant avec un sourire complice. Vénus et Mouchette l'avaient suivi dans ses ablutions, l'une tournant autour de lui en jappant, l'autre pelotonnée contre un mur pour éviter les éclaboussures. Il remonta une serviette nouée autour de la taille puis, vêtu de propre, revint dans la cuisine où l'attendaient le café fumant et les tranches de brioche chaudes venues de la boulangerie mitoyenne. Il mangea comme un ogre tandis que la maisonnée restait silencieuse, en l'absence de Noblecourt qui dormait encore à l'étage.

À huit heures, l'estomac calé, rasé de frais, sanglé dans sa redingote et le tricorne sur le crâne, il prit le chemin des Tuileries où devait le retrouver Bourdeau. Devant le Pont-Neuf, il avisa une petite foule qui se pressait au pied de la statue d'Henri IV. Un orateur matinal haranguait les passants, provoquant un attroupement. C'était une diatribe contre la couronne, qui se termina par la distribution d'une pétition imprimée par le club des Cordeliers. Elle exigeait la déchéance du roi. Les assistants se passaient les feuilles et faisaient une file d'attente pour les signer sur un tréteau muni de plumes et d'un encrier.

Nicolas passa son chemin. Sur le quai du Louvre, il vit un vendeur de journaux qui proposait le dernier numéro du *Père Duchesne*. Il prit un exemplaire et lut la prose d'Hébert, truffée de jurons, qui vouait aux gémonies « le Gros Cochon et l'Autrichienne », exigeait leur mise en jugement et moquait l'arrestation de Varennes, qu'il attribuait à l'appétit sans frein de Louis XVI. Selon lui, le roi avait décidé de faire halte dans l'auberge du lieu pour se goinfrer, ce qui avait causé sa perte. Nicolas frissonna légèrement quand il remarqua au bas de l'article un entrefilet réclamant que tous ceux qui avaient concouru à la fuite royale eussent leur tête mise au bout d'une pique.

Il arriva au palais par la rue Saint-Honoré. Les gardes nationaux, dont le nombre avait soudain décuplé, encombraient les cours et les salles du rez-de-chaussée. On avait annoncé le retour du roi pour l'après-midi. Sur ordre de La Fayette, les Tuileries étaient changées en une forteresse en défense. Le marquis, attaqué de toutes parts depuis l'évasion royale, puis quelque peu réhabilité par l'arrestation de Varennes, voulait montrer son zèle patriotique à la foule parisienne. Bourdeau attendait à l'entrée de la grande salle centrale. Ils se saluèrent à peine plus chaleureusement que la veille et se frayèrent un chemin vers les appartements de la reine, où ils avaient rendez-vous avec Laure de Fitz-James.

La jeune femme les accueillit dans l'antichambre de Marie-Antoinette et les fit asseoir en face d'elle sur des chaises dorées couvertes d'un velours grenat.

– Mes amis, commença-t-elle, je suis à votre disposition. J'ai peut-être un indice qui vous aidera dans votre recherche.

Nicolas se dit *in petto* que le terme d'amis définissait mal leurs liens nouveaux. Trois mois plus tôt, Laure de Fitz-James intriguait avec son cousin Villeparisis dans une sanglante affaire destinée à servir les colons des îles du Vent. Elle avait trempé dans un complot qui laissait derrière lui plusieurs cadavres et qui avait bien failli coûter la vie à Nicolas. Elle avait certes changé de camp au dernier moment, puis secondé les deux policiers dans leur quête du coupable ; la reine lui avait pardonné ces écarts. Mais le toupet aristocratique qu'elle montrait en affectant d'ignorer ses tout récents méfaits irrita au plus haut point Nicolas. Il n'en laissa rien paraître : Bourdeau et lui avaient besoin des renseignements que la jeune femme s'apprêtait à leur fournir. Il ne pouvait s'empêcher, aussi bien, de remarquer la grâce de son maintien. Laure était serrée dans le costume de chasse qu'elle affectionnait, la taille bien prise et la gorge avantageuse, rappelant à Nicolas les émois de leur ancienne liaison.

– Quel est donc cet indice ? demanda Bourdeau, comblant le silence de Nicolas.

– J'ai examiné les rôles du régiment de la garde nationale chargé de protéger la reine – ou plus exactement de la surveiller. Il y avait hier quatre soldats désignés pour garder les appartements. Je les ai fait chercher. L'un d'eux a disparu. C'est un nommé Soufflet, brasseur dans le faubourg Saint-Antoine, qui a participé à la prise de la Bastille. Cet homme avait déjà attiré notre attention : il est membre du club des Jacobins et professe des opinions patriotiques fort affirmées. Nous avions demandé au marquis de La Fayette son remplacement, ce qui nous avait été refusé. Nous sommes sûrs qu'il renseigne ses amis jacobins sur nos faits et gestes. Pour nous, c'est un agent de Robespierre.

– Ce sont là suppositions, remarqua Bourdeau.

– Pas seulement. Cet individu a toujours sur lui des journaux séditieux. Il a tenté de gagner à sa cause les autres gardes nationaux de son régiment. Il est connu comme agitateur et démocrate fanatique. La Fayette le sait, mais il doit ménager toutes les factions. Au demeu-rant, il a préféré garder ce Soufflet, le connaissant, plutôt que le renvoyer pour que les Jacobins introduisent dans la garde des Tuileries un autre agent dont il ignorerait l'identité.

– Avez-vous envoyé quelqu'un chez lui ? demanda Nicolas.

– Si fait, mon cher, reprit Laure avec un sourire. Son épouse a ouvert hier soir à mon émissaire, et déclaré qu'elle ne l'avait pas vu depuis le matin et qu'il n'était pas rentré à son heure habituelle. Elle était inquiète et ne s'expliquait pas pourquoi il avait ainsi disparu.

– C'est en effet étrange, confirma Nicolas. Cette absence le désigne comme suspect. Mais sa qualité de garde national lui permettait-elle de connaître le cabinet de Rossignol et de savoir qu'il gardait auprès de lui des papiers importants ?

– Bien sûr. Il était en poste depuis deux mois, au plus près de notre souveraine. Tous ces gens parlent entre eux, y compris avec nos fidèles serviteurs. Il a pu comprendre très vite la fonction de Rossignol, situer son bureau et deviner qu'il y avait là des papiers qui pouvaient intéresser ses amis politiques. C'est très vraisemblable.

– Il pouvait circuler à loisir dans les appartements de la reine ? interrogea Bourdeau.

– Pas dans son intimité. Mais Rossignol travaillait dans une pièce plus écartée, à proximité, certes, mais dans la partie administrative de l'aile royale. Un endroit où pas-saient les fonctionnaires de la couronne et où la présence d'un garde national ne suscitait pas de méfiance.

– Il a donc pu entrer dans ce bureau, où Rossignol l'a probablement surpris… poursuivit Nicolas.

– Très aisément. Le départ de la famille royale a créé un désordre dans le palais et la surveillance s'est relâchée, puisque les appartements étaient vides. Personne n'a songé aux papiers de Rossignol.

Sauf la reine, songea Nicolas. Elle avait vu cette faille et l'avait chargé de la combler une fois arrêtée à Varennes. L'hypothèse de Laure tenait debout : la présence de la garde nationale de La Fayette dans le palais introduisait dans les entours des souverains toutes sortes d'individus étrangers à la Cour, dont certains étaient des ennemis affichés de la monarchie.

– Son épouse a-t-elle idée de là où il aurait pu se cacher ?

– Elle n'en a rien dit, par ignorance ou par complicité. Soufflet avait des horaires réguliers. Le couple habite au-dessus de l'atelier de brasserie. Soufflet revenait chez lui dès qu'il le pouvait pour surveiller son établissement et vaquer à ses affaires.

– Quel est son signalement ?

– Les officiers de la garde nous l'ont communiqué. C'est un individu de bonne taille, mince et fort, glabre et de peau très pâle. Il a deux signes distinctifs : une abondante chevelure blonde, très reconnaissable, et des marques de petite vérole sur le visage.

– Tout cela paraît solide, remarqua Nicolas. M'est avis que nous devons aller aux Jacobins, pour tâcher de glaner quelques éclaircissements. Si Soufflet est notre homme, il a sans doute pris attache avec ses amis pour leur transmettre les documents et pour trouver un refuge. C'est un assassin en fuite : il a besoin de soutien pour échapper à nos recherches.

Tout en parlant, Nicolas se souvint des éléments fournis par Sanson : selon lui, l'assassin était un tueur consommé, déjà expert dans le maniement des armes. Ce qui ne collait guère avec la personnalité de Soufflet. Mais peut-être s'était-il aguerri dans la garde, apprenant le métier de soldat. Nicolas voulut vérifier.

– Soufflet a-t-il derrière lui une carrière militaire ?

– Je ne crois pas. Il est brasseur depuis longtemps, m'a-t-on rapporté. Nicolas n'insista pas, ne souhaitant pas partager avec Laure les éléments que les deux policiers étaient seuls à connaître. Il dévia l'interrogatoire sur une autre question, qui le tracassait.

– Rossignol était le chiffreur de la reine. Doit-on en déduire que les papiers que ce Soufflet a pu saisir sont écrits avec un code ?

– Assurément, répondit Laure. La reine tient au secret de sa correspondance. C'est la moindre des choses pour la reine de France.

– Elle écrivait donc ses lettres et les passait à Rossignol pour qu'il les transcrive ?

– Oui. Parfois, elle codait elle-même ses missives, mais c'était plus rare.

Nicolas songea au regard qu'il avait surpris le soir de la fuite des Tuileries entre Marie-Antoinette et Fersen. Une hypothèse s'était formée dans son esprit pendant sa chevauchée de retour : si la reine tenait tant à récupérer sa lettre, c'est peut-être parce qu'il s'agissait d'une correspondance amoureuse entre elle et le diplomate suédois. L'aurait-elle confiée à Rossignol ? C'était un serviteur de toute confiance. Marie-Antoinette lui aurait-elle remis en dépôt une missive aussi sensible ? Difficile à dire. Mais son empressement à retrouver le papier, au milieu du malheur de Varennes, montrait qu'elle attachait une extrême importance à son contenu.

– Que devenaient les originaux écrits en clair ? poursuivit Nicolas.

– Rossignol les détruisait aussitôt. Il gardait une copie des documents, mais dans la version chiffrée.

– Ce qui veut dire qu'un lecteur ignorant le code ne peut avoir accès au contenu des lettres.

– Si fait.

– Et qui connaissait le code ?

– Rossignol, la reine et ses correspondants.

– Rossignol travaillait seul ?

– Il avait un remplaçant pour les cas où il était indisponible, M. de Sallemane, qui dirige aussi le théâtre Montansier. C'est un ami de Rossignol, qui lui rend service de temps en temps. Il est homme de confiance et ne dira pas un mot de tout cela.

Nicolas fut un peu rassuré par les explications de Laure. Si Soufflet avait emporté des papiers, il ne pouvait les lire. À moins qu'il ne soit aussi expert en écriture chiffrée, ce qui était invraisemblable.

Ils mirent fin à l'entrevue avec Laure, lui demandant seulement la permission de retourner dans le cabinet de Rossignol pour examiner plus avant les papiers restants. Ils restèrent là deux heures, fourrageant dans le désordre du bureau, cherchant à comprendre ce qui avait disparu. Comme ils le pressentaient, ils ne trouvèrent que des textes chiffrés anciens, ou bien écrits en clair, dont l'objet portait sur des affaires politiques connues, sans rien qui puisse compromettre les souverains. L'assassin avait en revanche emporté les messages codés les plus récents, supputant sans doute que ceux-là agitaient les sujets embarrassants. Ce sicaire savait ce qu'il faisait : il voulait de toute évidence rendre public des correspondances qui accableraient la reine, pour ébranler un peu plus sa position dans le public et auprès de l'Assemblée. Tout cela découlait d'une intrigue redoutable et méditée de longue main.

Ils sortirent du cabinet, constatant que le palais était soudain pris d'une fièvre. Ils virent Dreux-Brézé, qui leur annonça que la famille royale rentrerait à Paris par les boulevards du nord et la place Louis XV vers trois ou quatre heures.

– Nous devons aller au club des Jacobins, dit Bourdeau.

– Oui, mais les séances ont lieu le soir. À cette heure, nous ne trouverons personne. De plus, je me sens le devoir d'aller au-devant du roi et de la reine. Allons dîner, mon cher Pierre, nous ferons un point d'étape sur l'enquête, puis nous irons à la rencontre du cortège. Ce sera un spectacle historique, tu le devines.

– Je n'aime dans cette occurrence ni le départ ni l'arrivée, répliqua Bourdeau. Mais si nous n'avons pas mieux à faire...

Ils mangèrent au Pied-de-Bœuf, la taverne des halles où ils avaient leurs habitudes. Les reconnaissant, le tavernier leur annonça triomphalement qu'il servait ce jour l'un de leurs plats favoris, le ris de veau piqué de lard, roulé dans les fines herbes et mouillé pour moitié de vin blanc et de bouillon double avec du sel, du poivre, un bouquet garni et des groseilles à maquereau écrasées dans un filet de vinaigre, le tout arrosé d'une sorte de ratafia que le patron confectionnait à partir d'eau-de-vie, de safran, de cannelle, d'amandes amères, de clous de girofle et de fleur d'oranger. Cette fois, Nicolas réussit, parcimonieusement, à faire honneur à cette robuste cuisine, non sans réveiller plusieurs fois sa douleur par une mastication imprudente.

À deux heures, ragaillardis mais quelque peu assommés par le repas, ils prirent de nouveau le quai de la Mégisserie, puis celui du Louvre pour se poster sur le passage du cortège, qui devait longer la Seine en contrebas du jardin des Tuileries avant de rentrer au palais. Déjà des curieux affluaient des rues alentour. Les deux policiers virent sur un mur une affiche signée La Fayette, qui interdisait sous peine de prison toute manifestation sur le passage du roi, qu'il s'agît de l'applaudir ou de le conspuer.

À trois heures, la foule avait envahi les deux côtés du quai, attendant en silence l'arrivée de la berline. Les Parisiens étaient partout, amassés sur les berges ou derrière la barrière de pierre qui entourait le jardin. Vers la place, on voyait des habitants aux fenêtres, aux portes et même d'autres qui s'étaient juchés sur les toits par les lucarnes. Un moment se passa, puis on entendit, à l'entrée du quai, le bruit de bottes d'une escorte et le roulement ferré de la berline. Le cortège s'avançait vers les Tuileries, entouré d'un détachement de gardes en bonnet à poil qui marchaient en cadence, baïonnette au canon. Le soleil ardent faisait briller les lames pointues tournées vers le ciel. Sur les trottoirs, d'autres gardes nationaux présentaient leur fusil, la crosse en l'air, en signe d'hostilité. La voiture roulait lentement, on voyait de mieux en mieux ses passagers à travers les deux vitres de la voiture. Le roi et la reine, immobiles, lorgnaient la foule d'un regard inquiet, leurs deux enfants assis auprès d'eux. Le cortège avait été attaqué plusieurs fois sur le trajet de Varennes à Paris. La Fayette avait ordonné que des soldats se tinssent sur les marchepieds et le toit de la caisse, fusil pointé vers l'extérieur.

Nicolas contemplait les deux souverains prisonniers, qui s'avançaient au milieu des Parisiens dont aucun n'avait enlevé son chapeau. Le plus terrible, remarqua Nicolas, c'était l'immense silence qui régnait sur la scène, pire que les huées ou les insultes. C'était celui d'un peuple abusé et déçu par son roi. On n'entendait plus que le piétinement des soldats, le bruissement des arbres du jardin et les cris des bateliers au loin sur la Seine. Vingt minutes se passèrent au milieu de ce reproche vivant. La foule muette et fermée regardait passer la monarchie française en disgrâce, sans dire un mot ni bouger, écrasant de sa réprobation silencieuse l'attitude d'un monarque qu'elle ne reconnaissait plus. Le cortège tourna devant le pavillon de Flore et disparut aux yeux de l'assistance. La royauté rentrait dans son palais. C'est-à-dire qu'elle regagnait sa prison.

On arrêta la voiture au pied des marches de la terrasse qui s'étendait au bas des Tuileries. Là une foule hostile n'attendait qu'une occasion pour écharper, non le couple royal mais les gardes du corps qu'on soupçonnait de complicité dans la fuite de Varennes et qui seraient sans défense une fois les monarques descendus de leur berline. Le roi le comprit et refusa de quitter la caisse. On avertit l'Assemblée qui délégua vingt députés. Ils entourèrent le convoi, eux-mêmes protégés par les gardes nationaux qui croisèrent leurs baïonnettes pour faire un couloir d'acier vers le palais. Le roi et la reine alors descendirent et deux députés, Aiguillon et Noailles, ceux-là mêmes qui avaient déclenché l'abolition des privilèges lors de la nuit du 4 août 1789, les conduisirent par la main jusqu'au palais.

À leur suite, mêlés aux curieux, Nicolas et Bourdeau fendirent la foule pour parvenir à leur tour aux Tuileries. Ils passèrent le cordon de gardes en montrant leur passeport et montèrent les marches vers les appartements royaux. Nicolas trouva Dreux-Brézé qui s'affairait pour mettre en branle le service du palais. Il lui demanda de prévenir la reine de sa présence. Le marquis revint quelques minutes plus tard.

– La reine s'installe dans ses appartements. Elle peut vous recevoir dans une heure.

Cette prompte acceptation marquait l'importance que Marie-Antoinette attachait à la mission de Nicolas. Les deux policiers attendirent dans une antichambre sans cesse traversée de valets, de gardes et de courtisans, tandis que la foule se dispersait lentement à l'extérieur du palais. Puis Nicolas laissa Bourdeau et suivit Dreux-Brézé vers le boudoir de la souveraine. Marie-Antoinette l'attendait assise dans son grand fauteuil, calme et défaite. À sa vue, Nicolas fut saisi d'effroi. La chevelure de la souveraine, dont il connaissait le blond cendré, était entièrement blanche. La reine vit son trouble.

– Oui, mon ami, j'ai vieilli de dix ans en deux jours. C'est ainsi. Je crois que le Ciel nous a délaissés.

– Le voyage fut donc si pénible, Madame ?

– Affreux, mon ami, affreux. Beaucoup de Français nous aiment encore. Mais les autres sont d'une méchanceté cruelle. On a craché sur le roi, qui ne pouvait réagir. On nous a hués, maudits, insultés. Notre fidèle Dampierre, qui était venu nous saluer à Châlons, a été mis en pièces sous nos yeux de la plus terrible façon et les gardes ont laissé faire.

Elle s'interrompit, assaillie par les larmes, le regard dans le vague. Puis elle laissa tomber, d'une voix mourante :

– À la fin, que leur ai-je donc fait ?

Puis elle se reprit, ravala ses pleurs et parla d'un ton plus ferme.

– Mais je ne vous vois point pour égrener mes malheurs. Au moins m'êtes-vous fidèle, ce qui marque votre courage. Avez-vous donc des nouvelles de cette lettre dont je vous ai parlé à Varennes ? Comme vous l'avez compris, elle me soucie.

– Malheureusement, ces nouvelles ne sont pas bonnes, Madame. Je suis revenu au plus vite. Mais quand j'ai pu aller voir Rossignol, je l'ai trouvé mort, assassiné.

Marie-Antoinette pâlit d'un coup.

– Assassiné ? Aux Tuileries ? Comment est-ce possible ?

– Nous soupçonnons un garde national proche des Jacobins.

– Mais pourquoi s'en est-il pris à ce pauvre Rossignol, le plus inoffensif des hommes ?

– Nous pensons que Rossignol l'a surpris dans son cabinet et que l'autre l'a tué pour se dégager.

– Il était donc entré là. Pour fouiller dans mes papiers, je le suppose.

– Oui, la pièce était dans le plus grand désordre.

– A-t-il emporté quelque chose ?

– Oui, les lettres codées les plus récentes ont disparu.

Marie-Antoinette s'affaissa dans son fauteuil, écrasée par l'annonce de Nicolas. Elle resta muette, les mains tremblantes et le visage décomposé. Un long moment se passa dans un silence de plomb. Nicolas chercha des mots de réconfort.

– Ces lettres sont codées, Madame. Elles sont impénétrables au profane.

– C'est vrai, dit-elle, mon code est solide. Mais ils vont chercher des hommes de l'art pour le briser.

– À moins que nous ne les arrêtions avant, ajouta Nicolas d'une voix confiante.

– Ah ? Auriez-vous donc une piste ?

– Nous allons ce soir au club des Jacobins à la recherche de ce Soufflet, qui en est membre. Avec un peu de chance, nous trouverons un indice.

Il vit dans son regard que la reine retrouvait un peu d'espoir.

– Je n'ose vous le demander, à vous qui avez tant fait. Mais notre sort à tous dépend de votre diligence.

– Je le sais, Madame. Aussi je vous demande permission pour me retirer et vaquer.

– Allez, mon ami. Votre fidélité me donne un peu de baume à l'âme…

Il se retira à reculons, après une révérence appuyée, pour bien signifier son respect de l'ancienne étiquette. Il retrouva Bourdeau qui patientait dans l'antichambre. Tous deux se dirigèrent vers la rue Saint-Honoré où siégeait le club des Jacobins et où se trouvait peut-être l'unique piste qui pouvait encore sauver la reine éplorée.

V

DISCOURS

« Les hommes sages sont toujours
vrais dans leur conduite et dans leurs
discours. Ils ne disent pas tout ce qu'ils
pensent, mais ils pensent tout ce qu'ils
disent. »

GOTTHOLD EPHRAIM LESSING

Vendredi 24 juin 1791

Le club des Jacobins se tenait dans la chapelle de
l'ancien couvent qui se dressait au milieu d'une cour,
derrière un seul cyprès planté comme un piquet au milieu
des pavés. La porte, restée ouverte à cause la chaleur,
était surmontée d'un drapeau tricolore lui-même coiffé,
sur sa hampe, d'un bonnet phrygien, tel qu'en portaient
les esclaves dans l'Antiquité. Le bâtiment était simple,
austère, sans éclat. Pourtant c'était un temple où l'on
célébrait un culte à l'importance nationale, au nom d'un

credo qui avait remué le royaume. C'était le temple de la Révolution.

Arrivés à huit heures du soir, Nicolas et Bourdeau marchèrent vers l'entrée tandis que plusieurs membres du club convergeaient sur la chapelle d'un pas pressé. Ils pénétrèrent dans une vaste salle d'église surmontée d'un toit en forme de carène renversée, comme celle un navire qui aurait chaviré.

Quelque trois cents personnes étaient assises sur les gradins de bois qui bordaient les deux côtés de la nef dans la longueur, surmontés de plusieurs bustes parmi lesquels on reconnaissait les visages sculptés de Voltaire et de Mirabeau, dont les augustes figures régnaient sur les débats. À gauche, au milieu des travées, le président officiait devant une table couverte d'une étoffe rouge. En face de lui, un orateur perruqué parlait d'une voix véhémente et heurtée, qui roulait comme une vague sous la voûte boisée du bâtiment. Le soleil de la journée avait chauffé les grosses pierres de la chapelle ; il régnait une chaleur étouffante qui semblait entretenue par la tension qui dominait l'assemblée, accompagnée de la forte odeur corporelle de ceux qui avaient passé leur journée au labeur. Les deux policiers montrèrent leur passeport et se ménagèrent une place sur un banc près de la porte.

D'abord nommé « club Breton », puis « Société des amis de la Constitution », le club des Jacobins, qui tenait son nom du couvent qui lui donnait asile, réunissait la fine fleur du personnel révolutionnaire. On y débattait plusieurs fois par semaine des événements politiques, on préparait les séances pour donner au parti des patriotes son unité et son efficacité d'action, on y discutait les projets qui seraient présentés en séance à l'Assemblée et on entretenait une correspondance suivie avec les sociétés révolutionnaires qui avaient éclos dans toutes les villes du royaume. Mirabeau jusqu'à sa mort, La Fayette,

Condorcet, les frères Lameth, Brissot, Barnave, Roland, Billaud-Varenne, Pétion ou Robespierre, fourbissaient leurs arguments devant cette assemblée fiévreuse où se décidaient, en fait, les grandes orientations de la politique révolutionnaire, répercutées ensuite dans les provinces les plus reculées par le truchement d'un réseau de correspondants. Les patriotes « monarchiens », qui voulaient maintenir le roi et sauver la Constitution, formaient la majorité. Mais la fuite de Louis XVI, Nicolas le devinait aisément, avait renforcé l'aile gauche du mouvement patriotique.

À la tribune, l'orateur, que les policiers ne connaissaient pas et dont seul le buste dépassait au-dessus d'une paroi de bois peint, prononçait un réquisitoire enflammé contre la couronne. Quand il eut fini, ils le virent avec surprise quitter la tribune assis dans un fauteuil roulant actionné par deux petites manivelles au mouvement horizontal, qu'il faisait tourner frénétiquement. Ils reconnurent alors Couthon, dont l'infirmité n'entravait en rien l'énergie rhétorique.

Nicolas observa ce cénacle enfiévré, tâchant de distinguer dans l'assistance un homme blond à petite vérole qui correspondrait au signalement de Soufflet transmis par Laure de Fitz-James. Mais même en fouillant du regard l'assistance, travée après travée, parmi ces avocats en perruque, ces marchands en chemise, ces banquiers poudrés, ces artisans en tablier ou ces militaires à boutons dorés, il ne trouva personne de cet aspect. Toutefois, il reconnut au passage Choderlos de Laclos, l'écrivain et journaliste qui se dépensait depuis deux ans au service du duc d'Orléans et qu'il connaissait bien. Il se dit que celui-là serait de bon conseil pour retrouver ce Soufflet qui brillait par son absence.

Interrompant les applaudissements qui émanaient de la gauche, le président remercia et annonça d'une voix forte :

– La parole est au député de l'Assemblée, Robespierre !

Un petit homme mince se leva, engoncé dans une redingote de soie, la cravate nouée très haut sur le cou, le visage surmonté d'une perruque courte soigneusement poudrée. Son regard froid et bleu perçait dans un visage blanc, au-dessus d'un nez légèrement épaté. Le silence se fit, marquant l'autorité de ce logicien qui avait si souvent, depuis deux ans, éclairé la marche de la Révolution. Il gagna lentement la tribune et posa devant lui une liasse de papiers couverts d'une fine écriture. Il parlait d'une voix nette et fluette, qui intimait l'attention. Après une analyse rigoureuse de la situation créée par la fuite du roi et son retour, il déroula un raisonnement implacable qui concluait à la culpabilité de Louis XVI, à sa suspension et à sa punition par l'Assemblée constituante, désormais seule détentrice de la légitimité. Légaliste, attaché plus que d'autres à la régularité des formes, Robespierre se garda de prononcer le mot de république, proscrit par la Constitution récemment votée. Mais la nouvelle architecture du pouvoir, qu'il disait imposée par les circonstances, revenait à l'établir sans la proclamer.

Il avait à peine terminé sa démonstration qu'un député athlétique aux traits réguliers, quoiqu'un peu vulgaires, leva brusquement son bras. Nicolas reconnut Antoine Barnave, qu'il avait entendu plaider avec feu, deux mois plus tôt à l'Assemblée, contre l'égalité proposée par l'abbé Grégoire pour les « libres de couleur » dans les îles du Vent. Député puis maire de Grenoble, patriote sincère, l'un des premiers, lors de l'Assemblée de Vizille en 1788, à demander l'instauration d'un régime constitutionnel, Barnave, avec Duport et les frères Lameth, bataillait désormais pour contenir le processus révolutionnaire au nom de l'ordre et de la propriété. Son prestige était grand ; il faisait en sus partie des trois représentants du peuple qui venaient d'accompagner le retour de la berline royale à Paris. Il s'empara de la tribune en empoignant vigoureusement, de chaque côté, les deux montants de bois qui l'entouraient. Avec force, il prit la défense du roi en détaillant la thèse de l'enlèvement, déjà développée par La Fayette dès l'annonce de la fuite. Comme il revenait de l'Est et qu'il avait passé trois jours avec la famille royale, ses affirmations semblaient puisées au plus près des événements. Il accusa Bouillé et le parti aristocratique, contre qui il proposa que l'Assemblée prononçât une dure condamnation. Puis il termina la première partie de son discours par cette formule : « La Constitution, voilà notre guide ! L'Assemblée nationale, voilà notre point de ralliement ! » La majorité éclata en applaudissements.

Barnave fit une pause, jetant sur la salle des regards satisfaits. Puis il reprit sa péroraison. Il brossa alors le tableau terrible d'une France qui s'écarterait de cette voie raisonnable de la monarchie constitutionnelle pour se jeter dans le désordre et l'anarchie. Puis il conclut en ramassant son propos, qui exprimait les peurs des propriétaires. « Allons-nous terminer la Révolution, jeta-t-il en fin de discours, allons-nous la recommencer ? Un pas de plus serait un acte funeste et coupable. Un pas de plus dans la ligne de la liberté serait la destruction de la royauté, dans la ligne de l'égalité, la destruction de la propriété ! » Une ovation souleva l'assistance, tandis que les partisans de Robespierre se rencognaient sur leur banc.

Le reste de la soirée se passa en glose plus ou moins fiévreuse autour des idées qui venaient d'être exposées par Robespierre et Barnave. Deux partis se distinguaient dans le club : la majorité voulait sauver le roi et s'en tenir à cette Constitution qu'on venait d'approuver, étroitement censitaire, qui assurait le pouvoir de la bourgeoisie sur la Révolution et garantissait le règne de la loi et de la propriété. La minorité voulait abaisser le roi, sinon le destituer, pour consacrer le pouvoir sans partage des représentants du peuple et avancer à marche forcée vers un régime démocratique.

Vers onze heures, la séance fut levée, après un vote qui traduisait la prédominance des monarchiens. Comme l'assistance s'ébrouait après cette longue délibération et commençait de se diriger vers la sortie, Nicolas et Bourdeau se frayèrent un chemin vers Robespierre, qu'ils souhaitaient interroger, leur semblant le plus à même de leur parler de ce Soufflet qui professait les idées les plus avancées.

– Monsieur de Robespierre, lança Nicolas en montrant son passeport, nous sommes de la police, nous souhaiterions vous entretenir quelques minutes, ce ne sera pas long.

– La police du roi ? répondit le député. Qu'aurais-je à vous dire ?

– La police de la Commune de Paris, précisa Bourdeau, qui agit au nom du peuple.

Il disait la vérité : depuis 1789, le pouvoir de police à Paris avait changé de mains. Nicolas restait fidèle à la couronne, mais ses anciens collègues, comme Bourdeau, relevaient désormais de l'autorité de la municipalité, contrôlée par les patriotes. Robespierre saisit aussitôt la nuance. Il accepta à contrecœur l'entrevue, arguant qu'il était fatigué et qu'il ne pouvait leur consacrer plus de quelques instants.

– Quelle affaire vous amène ? demanda-t-il d'un ton impatienté.

– Un meurtre, monsieur le député. Un secrétaire des Tuileries vient d'être assassiné.

– C'est fort triste, mais en quoi cela me concerne-t-il ?

– En rien, sinon que le suspect était membre du club des Jacobins et défendait des idées proches des vôtres, à ce qu'on nous a dit.

– Je ne saurais être tenu pour responsable des fautes ou des crimes commis par les membres du club. Si sa culpabilité est confirmée, il sera exclu, voilà tout, et la justice passera.

– Bien sûr, nous n'insinuons rien à votre encontre, expliqua Nicolas, nous cherchons seulement à éclaircir l'affaire. Peut-être connaissez-vous cet homme ?

– Mais comment se nomme-t-il ?

– Soufflet.

Nicolas observa le député avec acuité. Mais rien dans son visage ne trahit un quelconque embarras.

– Ce nom me rappelle vaguement quelque chose. J'ai dû le lire sur les rôles du club, dont je m'occupe de temps à autre. Mais je ne le situe pas.

– C'est un homme grand et blond, avec un visage marqué de petite vérole.

– Je n'en ai pas souvenir, répondit Robespierre. Il y a plus de mille adhérents aux Jacobins, comment me souviendrais-je de chacun d'eux ?

– Celui-là était de votre bord, d'où nos questions.

– Mais cela ne me dit rien. Vous devriez interroger les secrétaires du club. Ils en sauront peut-être plus.

Robespierre parlait du ton de la parfaite innocence. Si Soufflet était l'un de ses agents, il n'en laissait rien paraître et restait de marbre face aux questions. Puis, comme un homme soudain saisi d'une idée nouvelle, il afficha une mimique intéressée.

– Vous dites qu'il a tué quelqu'un aux Tuileries. C'est donc dans l'entour de la couronne. L'affaire est sensible. Mais qui a-t-il occis, au juste ?

– Rossignol, un proche collaborateur du cabinet royal. Il a été tué hier, dans son bureau, à deux pas des appartements royaux.

– Rossignol ? Le chiffreur de la correspondance royale ?

– Oui. Le connaissiez-vous ?

– Personnellement, non. Mais nous autres députés bataillons depuis deux ans avec la Cour. Nous finissons par en saisir les arcanes. Je déduis de vos propos que l'assassin s'intéressait au courrier secret de Louis et de Marie-Antoinette. Voilà qui signale une affaire d'État.

– C'en est une, monsieur le député, confirma Nicolas. Plusieurs papiers ont disparu.

– Je serais curieux de les lire, remarqua Robespierre. Je suppute qu'ils contiennent les preuves des intrigues du roi.

Nicolas se dit que Robespierre était candidement ignorant de toute l'affaire, ou bien, s'il était lié au meurtre, qu'il en désignait les ressorts par une habileté suprême destinée à détourner les soupçons. Le député l'observait de son regard bleu. Il vint tout de suite au-devant de son raisonnement, comme s'il lisait dans ses pensées.

– Je comprends mieux pourquoi vous êtes venus à moi. Vous suspectez une intrigue que nous aurions organisée pour confondre celles de la couronne en pénétrant sa correspondance. Mais je vous arrête sur-le-champ. Nous sommes les représentants du peuple, nous agissons au grand jour, sous les yeux de l'Assemblée nationale. Nous ne sommes pas des sicaires de théâtre qui useraient de procédés vulgaires et obliques. Le complot et l'assassinat ne sont pas dans nos cordes.

– Nous ne l'avons pas suggéré un instant, se récria Nicolas. Nous cherchons ce Soufflet, voilà tout.

– Alors allez interroger les secrétaires. Tenez, je les vois qui rangent des papiers autour de la tribune du président. Dépêchez-vous, ils vont partir.

Robespierre mit fin à la conversation, salua courtoisement et tourna les talons, s'éloignant d'un pas vif.

L'interrogatoire des secrétaires ne fut guère plus fructueux. Certes, ils confirmèrent que Soufflet figurait sur les rôles du club et qu'ils l'avaient vu plusieurs fois en séance au cours des mois précédents. Mais ils n'en savaient pas plus. En tout cas, il était absent ce jour et ils ignoraient qui il pouvait bien connaître dans le club.

La chapelle se vidait peu à peu, encore occupée par de petits groupes qui poursuivaient la discussion, dispersés dans les travées de bois. Nicolas, tout en interrogeant les secrétaires, avait suivi des yeux Choderlos de Laclos, qui tenait un conciliabule avec son maître le duc d'Orléans. On disait dans Paris que le cousin du roi, toujours avide de jouer un rôle, intriguait pour imposer, à la faveur de la fuite de Varennes, une régence du royaume à son profit. Ne tirant rien de ses interlocuteurs, Nicolas entraîna Bourdeau vers Laclos qui les vit arriver du coin de l'œil et abrégea son entretien pour venir au-devant d'eux.

Les deux policiers lui résumèrent l'objet de leur recherche, mais Laclos n'en savait pas plus que les secrétaires. L'ancien militaire devenu agent politique, auteur licencieux des *Liaisons dangereuses* et redoutable agitateur, semblait néanmoins content de les voir, sans doute au souvenir d'enquêtes anciennes où il avait joué sa partie avec finesse. Affable, toujours aigu dans ses vues et avide de renseignements de première main sur les affaires en cours, il leur proposa de se renseigner de son côté et de les retrouver le lendemain pour dîner dans son restaurant préféré. Les deux policiers acceptèrent de bon cœur : l'établissement offrait à ses pratiques, dans une galerie du Palais-Royal, l'une des meilleures tables de Paris et peut-être Laclos, lui-même au centre d'un réseau serré d'informateurs, pourrait-il les mieux éclairer.

Samedi 25 juin 1791

La matinée du lendemain fut passée à des recherches inévitables et vaines. Bourdeau alla dans le faubourg Saint-Antoine interroger la dame Soufflet, qui le reçut éplorée dans sa brasserie, sans nouvelles de son mari, incapable de fournir le moindre indice qui eût pu aiguiller l'enquête. Elle ne comprenait pas pourquoi Soufflet avait disparu et se désespérait de son absence. Quand le policier lui exposa les soupçons qui pesaient sur lui, elle se récria avec une surabondance de larmes, jurant ses grands dieux qu'il était le plus pacifique des hommes, passionné d'idées nouvelles, ardent partisan de la Révolution, assidu dans sa section et aux Jacobins, mais réprouvant les intrigues et les violences.

– Il a pris part à l'assaut de la Bastille, objecta Bourdeau.

– C'était cas exceptionnel, répondit-elle, il fallait se défendre contre les menées de la Cour. Au demeurant, il n'a participé à aucun combat, se contentant de suivre la foule. Il a de plus cherché à protéger les invalides pris à partie après la chute de la forteresse, ajouta-t-elle.

Le témoignage d'une épouse ne valait pas grand-chose, mais ses protestations avaient l'accent de la vérité et elle confirma que Soufflet n'avait derrière lui aucune carrière militaire. Bourdeau revint vers le Grand Châtelet en se disant que ces précisions ne cadraient guère avec les déductions de Sanson : l'assassin était rompu au maniement du poignard, soutenait l'aimable bourreau, ce que rien n'indiquait dans l'itinéraire de Soufflet. Aux Tuileries, Nicolas avait questionné de son côté les officiers de la garde nationale. Ils firent eux aussi le portrait d'un sujet débonnaire, engagé par conviction sincère, mais novice dans la fonction militaire et fort étranger à toute compétence de combat. Décidément la piste qu'ils suivaient ressemblait à une impasse. Ils se retrouvèrent à l'entrée du Palais-Royal à midi pour honorer le rendez-vous donné par Choderlos de Laclos.

Comme toujours, une foule déambulait dans le jardin, les uns pour visiter les boutiques qui s'alignaient sous les galeries, les autres pour prendre la température politique auprès des orateurs qui prenaient tour à tour la parole sous les arbres ou des vendeurs de pamphlets qui annonçaient les nouvelles.

Laclos les attendait à sa table habituelle, dans le grand salon orné de papier chinois et d'acajou. Ils étaient à peine assis que Beauvilliers, le maître des lieux, les rejoignit pour les saluer en se courbant très bas. Cuisinier inventif et talentueux, il avait cette particularité de se souvenir comme si c'était hier de tous ses clients, y compris ceux qui étaient venus des années plus tôt.

– Voilà bien longtemps que j'ai eu le plaisir de vous voir, lança-t-il aux deux policiers.

– Service du roi et de l'Assemblée, répondit Nicolas, qui ménageait autant que possible les convictions de Bourdeau.

– Vous faites bien de les citer tous deux, reprit Beauvilliers, car on ne sait plus qui gouverne, surtout depuis cette triste équipée de Varennes.

– La politique en décidera, ce n'est pas notre rayon, se défendit Nicolas. Les importants s'agitent, pendant ce temps, il faut bien continuer de courir après les voleurs et les assassins.

– Et continuer de nourrir le monde du mieux qu'on le peut, poursuivit Beauvilliers. Voilà une sage philosophie.

– À propos, qu'avez-vous à offrir à mes amis les fins limiers ? demanda Laclos.

– Vous n'êtes pas venus depuis longtemps. Je vous conseille, très modestement, de commencer par les soufflés de la maison.

Beauvilliers avait eu l'idée de ces soufflés en 1783, quand il avait vu passer dans le ciel de Paris la montgolfière de M. Pilâtre de Rozier. Il avait cherché longtemps le moyen de faire gonfler un gâteau comme le ballon chauffé qui s'élevait dans les airs. Il avait fini, à force d'expériences, par confectionner une pâte de fromage, d'œufs et de farine que ses proportions rendaient aussi légère que la montgolfière, sans toutefois s'envoler au firmament. Le soufflé était né, pour devenir une spécialité de la maison, renommée puis imitée dans tout le royaume.

– Fort bien, mon cher, dit Laclos. Et quoi donc après ce début fort aérien ?

Beauvilliers proposa un plat de volailles en crème et un assortiment de légumes grillés aux herbes.

Un serveur en livrée apporta la bouteille de vin de Champagne et versa dans les verres le nectar doré piqué de bulles d'argent.

– Avez-vous progressé dans vos recherches ? demanda Laclos, toujours friand des affaires de police.

Nicolas et Bourdeau avaient résolu en traversant le jardin de parler sans détours à Laclos, qui était homme d'intrigue mais avait fait preuve envers eux d'une irréprochable loyauté.

– Non, mon cher, répondit-il, nous cherchons ce Soufflet dont nous vous avons parlé, mais il est introuvable. Pour être francs, il ne cadre pas tout à fait avec le portrait d'un assassin consommé, mais sa disparition le désigne automatiquement comme suspect.

– Contez-moi les circonstances exactes du meurtre. Je ne puis vous aider sans en savoir autant que vous.

Bourdeau résuma l'affaire et énuméra les rares indices qu'ils avaient relevés auprès de Laure de Fitz-James et de Sanson.

– Il est donc clair que l'assassin a mis la main sur la correspondance secrète de la reine, conclut Laclos.

– Oui, selon toute vraisemblance, admit Nicolas.
Mais cette correspondance est chiffrée. Elle est illisible
au commun des mortels.

– Sauf par un travail patient d'essais et d'erreurs,
ce qui est le travail des cryptanalystes, précisa Laclos,
qui semblait en savoir long sur les codes secrets, ce
qui n'étonna point les policiers, parlant à un homme
de combinaisons et d'actions obliques. Cela vous laisse
un délai, poursuivit Laclos, mais n'écarte pas le danger.
Ceux qui ont ourdi cette opération sont membres d'une
faction organisée. Ils peuvent avoir des spécialistes à leur
main, ou bien en trouver.

L'arrivée du plat principal interrompit l'échange et ils
entamèrent le poulet qu'un vin de Bourgogne généreuse-
ment servi arrosait de la plus agréable manière. Pendant
ce temps, Bourdeau avait pris une mine concentrée,
comme s'il cherchait dans sa mémoire quelque élément
remisé qui lui échappait. Soudain son visage s'éclaira.

– Sapristi ! lâcha-t-il, nous aurions dû y penser plus
tôt. Laure de Fitz-James nous a parlé d'un spécialiste,
justement, celui qui assistait Rossignol quand il était
indisponible.

Nicolas comprit aussitôt l'importance du fait.

– Oui, un certain Sallemane, continua-t-il, qui dirige
le théâtre Montansier. Il maîtrise par définition les codes
de la reine, puisqu'il suppléait Rossignol.

Rayonnant, Bourdeau finit le raisonnement, sous le
regard intéressé de Laclos.

– Si nos adversaires connaissent son existence, ils iront
peut-être le voir. Il faut visiter ce Sallemane au plus vite.
Peut-être sont-ils déjà venus.

– Vous n'aurez guère de peine, remarqua Laclos, le
théâtre Montansier se trouve dans la rue voisine, qui
longe notre jardin.

– Fort bien, nous irons une fois cet excellent repas achevé.

Ils terminèrent le poulet et les légumes. Beauvilliers revint les voir, posant sur la table un imposant plateau de fromage.

– La faction dont vous parlez, mon cher Laclos, ce sont les ennemis du roi, qui conspirent pour le faire destituer et instaurer la république...

– C'est la piste qui vient à l'esprit, répondit-il. Mais soyez prudents. Vous vous souvenez que dans l'affaire du Palais-Royal, à laquelle je fus mêlé par vous, l'attaque ne venait pas de la gauche mais des monarchistes exagérés réunis autour du marquis de Favras[1].

– Elle pourrait cette fois venir de la faction orléaniste, hasarda Bourdeau avec une pointe d'insolence, puisqu'il parlait à l'un des principaux faiseurs du duc d'Orléans, dont chacun savait qu'il œuvrait pour faire sauter la couronne de la tête des Bourbons sur celle de la branche cousine.

– Voilà bien une pointe perfide, mon cher, mais je ne suis point un assassin, vous le savez. J'en tiens pour la monarchie constitutionnelle, qui me paraît la seule issue favorable pour cette Révolution. Mon maître en serait la tête, qui gouvernerait le royaume avec sagesse, mieux en tout cas que ce roi hésitant et mouvant, qui est d'une grande intelligence mais d'une petite volonté et qui vient de se perdre à Varennes dans une équipée mal conçue et mal conduite.

Nicolas reconnut *in petto* que le jugement de Laclos sur Louis XVI ne manquait pas de pertinence. Il faillit rétorquer que le duc d'Orléans, quoique riche à millions et fort ambitieux en politique, manquait lui aussi de constance, passant ses journées à intriguer et ses nuits à bambocher, quand cela n'était pas l'inverse. Mais il était l'hôte de Laclos, dans ce Palais-Royal qui était le domaine de Philippe d'Orléans. La réplique eût été inconvenante.

– De quelle autre faction parlez-vous ? demanda-t-il. Y aurait-il autour de la couronne des faux amis du roi qui agiraient en coulisse contre lui ?

– Ses frères portent sur Louis le même jugement que moi, expliqua Laclos. Provence et Artois ont leurs partisans, qui piaffent en lisière et s'agitent pour inverser le cours des choses. Il y a aussi de grands seigneurs menacés par les temps nouveaux qui pourraient ourdir la chute du roi pour ouvrir la voie à l'anarchie et provoquer l'intervention des puissances. Je ne saurais dire lesquels, mais leur existence est tout sauf invraisemblable.

Nicolas songea à ce Villeparisis avec lequel il avait eu fort à faire, un colon des îles du Vent qui avait perpétré plusieurs meurtres pour donner à la politique du royaume un cours plus conservateur, quitte à embarrasser la couronne. La présence à la Cour, ou dans l'émigration de Milan et de Coblence, de personnages plus royalistes que le roi était un fait admis. La publicité donnée à des lettres compromettantes de Marie-Antoinette pourrait faire partie d'un plan plus vaste destiné à écarter Louis XVI et à mettre fin par la guerre au mouvement de réforme en cours. Les feuilles incendiaires qu'on distribuait dans Paris pour le compte de Marat ou de Desmoulins étaient emplies de ces hypothèses de complot qui n'étaient pas toutes fantaisistes.

– Nous garderons cette possibilité en tête, conclut Nicolas. Mais il nous faut des faits tangibles pour agir. Pour l'instant, ce Soufflet est le suspect désigné. Il faut le retrouver, ensuite nous pourrons aviser.

– Buvez votre café et partez en chasse, répondit Laclos d'un ton bonhomme. Mes vœux vous accompagnent. Sortez du jardin par la galerie où s'ouvre ce restaurant. Vous trouverez le théâtre à main gauche.

Ils allaient se lever quand un commissaire en uniforme se présenta à l'entrée de l'établissement, demandant les deux policiers. Un serveur le conduisit à leur table.

— Ah, je vous trouve ! C'est heureux, lâcha-t-il d'une voix essoufflée. On m'a dit au Châtelet que vous dîniez ici. Je porte un message urgent.

— Quel est-il ? demanda Bourdeau.

— Je le tiens du bourreau Sanson. La police a ramassé ce matin dans le filet de l'écluse de Sèvres un corps percé de coups de poignard. Le cadavre est sur sa table, au sous-sol du Châtelet. Sanson vous prie de le rejoindre au plus vite. Il pense qu'il s'agit d'un individu dont vous lui avez parlé. Un certain Soufflet.

VI

TOURMENTS

« Le sage est heureux jusque dans les tortures. »

ARISTOTE

Samedi 25 juin 1791

Quand les deux policiers arrivèrent auprès de Sanson, le doute ne fut plus permis : le cadavre correspondait au signalement donné par Laure de Fitz-James ; encore collés par la vase, les cheveux étaient d'un blond de paille et la peau du visage, que le séjour dans l'eau n'avait pas encore dissoute, était grêlée des petites cavités laissées par la variole. Les yeux avaient été mangés par les poissons, ce qui donnait au visage un aspect d'autant plus sinistre. Mais le corps, estimait Sanson, avait séjourné dans la Seine moins de deux journées, un temps trop court pour qu'il devienne méconnaissable. C'était bien celui de Soufflet.

Les exempts de service l'avaient repêché le matin dans le filet qui barrait le cours du fleuve à Asnières. Ils le faisaient deux ou trois fois par semaine avec les noyés parisiens charriés par le courant, qu'ils soient tombés à l'eau par accident – rares étaient ceux qui savaient nager parmi le peuple – ou qu'ils aient décidé de mettre fin à leurs jours par ce moyen aquatique et définitif. Il restait à confirmer son identité en demandant à sa veuve de le reconnaître.

– Au début, expliqua Sanson, j'ai cru à une mort par noyade : c'est le cas général des corps venus par ce truchement. Mais en le dénudant j'ai observé ceci.

Il pointait avec son couteau deux plaies horizontales ouvertes dans le dos du mort.

– Je les ai mesurées avec une règle, ajouta-t-il. Elles sont horizontales, droites, et elles présentent la largeur exacte des blessures qui ont occis Rossignol. Ce Soufflet a été tué hier, m'est avis avec la même arme qui a dépêché votre chiffreur.

Sanson s'était emparé d'une scie. Il retourna le cadavre et se mit à découper sa poitrine pour parfaire son examen. La chair amollie par l'eau s'ouvrit facilement, et le sang apparut sous les mouvements alternatifs de l'instrument. Il scia trois côtes avec un raclement macabre et ouvrit largement le thorax.

– Il y a beaucoup de sang et point d'eau dans les poumons, nota-t-il d'une voix indifférente, tandis que Nicolas sortait un mouchoir pour se protéger le nez de l'odeur pestilentielle dégagée par l'opération. Cela signifie qu'il était mort avant d'être jeté à l'eau, sinon le sang se serait écoulé par les deux blessures, ce qui est corroboré par l'aspect des poumons : s'il s'était noyé, ceux-ci seraient gorgés d'eau. Il a été assassiné on ne sait où et son corps a été balancé à la Seine, sans doute non loin du centre, le temps qu'il soit emporté jusqu'à Asnières. Les assassins devaient être pressés : ils ont pris le risque

que leur victime soit repêchée, alors qu'un enterrement dans un endroit discret aurait été beaucoup plus sûr.

– Il est peut-être mort aux Tuileries où il officiait et jeté dans la Seine en contrebas, hasarda Bourdeau. Ce devait être en pleine nuit, sinon le transport du corps eût été bien malaisé.

Nicolas jugea l'hypothèse vraisemblable. Restait à éclaircir un mystère redoublé : Soufflet passait de la qualité de suspect à celle de victime, ce qui rendait son rôle bien plus opaque.

– Il a été dépêché par le même poignard, celui du sicaire professionnel qui a déjà occis Rossignol, avança-t-il, réfléchissant tout haut. Il n'est donc point l'assassin. A-t-il lui aussi surpris l'effraction pour être éliminé à son tour ? Mais il a été poignardé dans le dos, ce qui écarte l'hypothèse d'une lutte. Est-ce alors un complice dont on s'est ensuite débarrassé ? Dans ce cas, il est logique qu'il ait été assailli par traîtrise. Tout cela signifie, en tout cas, que le garde qui sortait du bureau de Rossignol et qui a dit que le chiffreur allait sortir n'était pas Soufflet, c'était l'assassin. Nous avons trop vite pensé à Soufflet ; nous aurions dû interroger le valet qui a transmis l'information à Dreux-Brézé. Il nous aurait donné un signalement.

– Il est encore temps de le faire, conclut Bourdeau.

– Oui, nous repasserons aux Tuileries pour le questionner. Mais il me semble plus urgent d'aller voir ce Sallemane, l'adjoint de Rossignol. Il détient la clé du code. Les conspirateurs ont pu avoir la même idée que nous.

Ils quittèrent Sanson après maints remerciements, que le bourreau accueillit avec sa grâce habituelle.

Vingt minutes plus tard, ils entraient dans le théâtre Montansier, au coin nord-ouest du Palais-Royal. Il n'y avait personne dans le hall, ce qui n'était pas surprenant : la représentation avait lieu le soir. Ils avisèrent la porte à deux battants qui ouvrait sur le parterre. La salle était vide, plongée dans la pénombre, seul un reflet venu des coulisses laissait voir les rangées de fauteuils et les allées désertes. Ils se dirigèrent vers la scène pour trouver l'entrée des loges des comédiens, qui devait se trouver sur un des côtés.

Soudain ils s'arrêtèrent. Ils venaient d'entendre un cri poussé derrière la scène. Nicolas regarda Bourdeau et mit son doigt sur sa bouche pour lui intimer le silence. Ils s'avancèrent à pas de loup et virent sur la droite une autre porte à double battant surmontée d'un écriteau : « Interdit au public ». Ils la poussèrent doucement pour entrer dans un couloir étroit et sombre où s'alignaient plusieurs portes fermées. Tout au fond, la lumière d'une lampe filtrait à travers un carreau. Un nouveau cri se fit entendre, plus distinctement. Ils s'approchèrent sans bruit et risquèrent un regard à travers la vitre. Là, au milieu d'un bureau tapissé d'étagères portant des classeurs, deux hommes en uniforme de garde national étaient debout autour d'un troisième en civil, assis et ligoté sur son fauteuil. L'un des deux tenait un poignard à la main, pointé sur la gorge du prisonnier qui jetait alentour des regards éperdus. Du sang coulait sur le col de sa chemise de deux blessures ouvertes sur son cou.

— Vas-tu livrer ce code, à la fin ? demanda-t-il doucement, tandis qu'il enfonçait lentement la pointe de la lame dans sa gorge.

— Jamais, répondit l'autre en gémissant, j'ai juré le secret.

Le sbire poussa un soupir et lui prit le bras dans son poing fermé. Il sortit une courte corde de sa poche et lança :

— Tu seras plus bavard avec un doigt en moins.

Il maintint le bras de sa victime sur l'accoudoir et tendit la corde à son complice.

Nicolas regarda Bourdeau, lui parla par signes et sortit de son tricorne le petit pistolet dont il ne se séparait jamais. Il compta jusqu'à trois avec ses doigts sous l'œil de Bourdeau qui avait lui aussi sorti son arme, puis entra brusquement dans le bureau.

– Police ! Vous ne bougez plus, hurla-t-il, ou vous êtes un homme mort !

Ébahi une seconde, l'autre lui jeta un regard furieux, s'esquiva vivement sur la droite et sortit de sa poche un pistolet qu'il arma en un clin d'œil. Il allait tirer quand Nicolas fit feu. La balle le frappa en plein front, il s'écroula au pied du bureau. Voyant cela, son complice se jeta en avant, bouscula Nicolas et se précipita vers la sortie. À un mètre, Bourdeau en embuscade tira à son tour, en prenant soin de viser son adversaire à l'épaule. L'homme poussa un cri et s'arrêta net, saisi par la douleur. Nicolas en profita pour le ceinturer et le jeter sur le sol. Bourdeau prit la corde, lui réunit les deux mains et les garrotta solidement. Puis les deux policiers se tournèrent vers le prisonnier tourmenté et défirent ses liens.

– Messieurs, jeta-t-il en souriant, j'ai rarement été aussi content de voir la police chez moi !

– Monsieur de Sallemane, je suppose, avança Nicolas.

– Si fait, pour vous servir...

– Nous cherchions ces assassins, vous avez eu l'obligeance de les attirer chez vous, soyez-en remercié.

– Voilà un honneur dont je me serais passé, remarqua Sallemane d'un ton léger en essuyant le sang qui coulait dans son cou. Messieurs, ajouta-t-il, il y a dans cette petite armoire un cognac de vingt ans d'âge. Soyez assez aimables pour m'en servir un verre. Et prenez-en un au passage.

Bourdeau s'exécuta et servit dans trois verres une large rasade, tandis que Nicolas détachait Sallemane. Celui-ci avala son cognac d'un trait et tendit de nouveau son verre, que Bourdeau remplit aussitôt.

– Peut-être pouvez-vous m'expliquer le sens de cette curieuse saynète ? demanda Sallemane. Me voici le héros d'une ténébreuse intrigue. Je la mettrais dans une pièce que le public n'y croirait guère.

Nicolas sourit, s'approcha de lui et examina ses plaies. Il y versa un peu de cognac et les pansa avec un mouchoir.

– Ce sont des égratignures, dit le blessé. Ils ont voulu me faire peur. Voyant que j'étais mal luné, ils allaient passer aux choses sérieuses. Vous m'avez épargné une séance très désagréable. Alors dites-moi : de quoi s'agit-il ?

Nicolas conta à Sallemane le meurtre de Rossignol et les recherches qu'ils avaient entamées pour retrouver les assassins. L'autre écouta, concentré et muet. Puis il conclut :

– Tout cela est logique. Ils avaient occis le chiffreur, ils ont voulu interroger son suppléant. Ils m'ont mis sous le nez la lettre de la reine dont vous parlez. Tenez, la voici, sur le bureau.

Le cœur battant, Nicolas prit le papier. Le texte était fait de caractères sans suite, mystérieux à souhait. C'était bien la lettre. Il fut satisfait d'avoir rempli la mission confiée par Marie-Antoinette.

– Ne cherchez pas à comprendre, objecta Sallemane, Rossignol a chiffré le texte avec le système de Vigenère.

– Savez-vous le déchiffrer ?

– Oui, mais il me faudra de longues heures de travail. Il me manque les mots-clés que la reine a choisis en accord avec son correspondant. Il faut d'abord les deviner. Même en connaissant le système, comme moi, cela exige toutes sortes d'essais.

– Auriez-vous l'obligeance d'effectuer ce travail pour nous ? Je rendrai la lettre à sa rédactrice, mais je veux d'abord comprendre le sens de cette intrigue.

– Je ne peux rien vous refuser.

– Mais nous avons ici un homme qui en connaît aussi le fin mot, coupa Bourdeau en désignant l'homme ligoté à terre.

– Très juste, mon ami. Il va se faire un plaisir de nous affranchir.

Nicolas fit un clin d'œil discret à Bourdeau. Ils relevèrent le sbire et l'installèrent à la place de Sallemane qui céda volontiers son fauteuil.

– La roue tourne, déclara Nicolas avec un regard sinistre. Te voici dans un nouveau rôle.

– Je n'ai rien à vous dire. Moi aussi, j'ai juré le secret.

Nicolas fut surpris. Le sicaire s'exprimait avec un accent élégant, qui ne cadrait pas avec celui qu'aurait eu un brigand de sac et de corde. Il fit signe à Bourdeau. Celui-ci saisit le poignard que le premier assassin avait laissé tomber sur le bureau et le pointa sur l'épaule du blessé.

– Nous allons voir, lança-t-il d'une voix sourde.

Il toucha de la pointe la blessure, arrachant au prisonnier un hurlement de douleur.

– Tu as sûrement une clavicule cassée. Il te faut voir un médecin. Tu en auras un quand tu auras tout raconté.

L'autre secoua la tête, Bourdeau poussa la lame en avant, déclenchant un hurlement encore plus sonore.

– Nous avons tout notre temps, lâcha le policier. Tu te prépares un mauvais quart d'heure.

Ils n'eurent pas longtemps à attendre. Le visage déformé par la douleur, l'homme céda au bout de quelques minutes. Alors il conta son histoire, qui glaça le sang des policiers.

Profitant de l'absence des souverains et du désordre ambiant, son complice était entré dans le bureau du chiffre tandis qu'il attendait dans la salle du bas, surveillant les allées et venues. Le premier sbire avait commencé à fouiller, mais Rossignol était revenu plus tôt que prévu.

Au terme d'une lutte sauvage, la victime avait succombé. Ils étaient repartis séparément, après que l'assassin avait prévenu un valet de l'absence du chiffreur. Ils s'étaient ensuite concertés : pour plus de sûreté, il fallait égarer la police en lui désignant un coupable. C'est ainsi qu'ils attendirent la sortie de Soufflet, dont les sympathies jacobines étaient connues au sein de la garde. Ils le dépêchèrent dans le jardin du pavillon de Flore à la faveur de la nuit, enveloppèrent son corps d'un drap qu'ils avaient apporté et le jetèrent en contrebas dans la Seine. Son absence valut culpabilité aux yeux de Laure de Fitz-James.

– Quel est ton nom et quel est celui de ton acolyte ? coupa Nicolas.

– Je suis le chevalier de Moncé et mon ami était le baron de Contade.

Les deux policiers échangèrent un regard de surprise. Ainsi les assassins n'étaient pas les hommes de main qu'ils avaient imaginés. Ils étaient membres de l'aristocratie, sans doute des militaires, ce qui augurait d'un complot d'autant plus dangereux, sans doute une opération de royalistes exaltés montée au cœur de la monarchie, avec toutes les subreptices ramifications qu'on pouvait supposer.

– Quel était le but de l'opération ? demanda Bourdeau.

– Rendre publique la lettre, confirma Moncé. Mais je n'en sais pas plus. Je viens d'être recruté, j'ai seulement assisté Contade, qui dirigeait l'opération.

– Recruté, dis-tu ? Mais recruté par qui ?

– Mon honneur m'interdit d'en dire plus. Mais nous travaillons pour le bien du royaume. Si vous êtes fidèles à la monarchie, vous devriez le comprendre. Celle-ci doit survivre aux faiblesses des monarques, tout est là. Et cessez de me tutoyer, ce n'est pas de mon rang.

Nicolas ignora ces considérations, attaché d'abord aux faits tangibles.

– Ton honneur t'a donc commandé de participer à l'assassinat de deux innocents. Il ne vaut pas cher.

– Ces temps troublés nous obligent à des moyens plus expéditifs qu'à l'ordinaire.

Bourdeau reprit le poignard avec un air de fureur contenue. L'autre jeta de nouveaux regards épouvantés.

– Quand tu dis « nous », qui désignes-tu ? demanda Nicolas.

Après un long moment d'hésitation, voyant que sa situation était désespérée, il lâcha dans un souffle :

– Nous sommes les Chevaliers de la foi.

– Les Chevaliers de la foi ?

– Oui, continua-t-il, nous sommes les soldats de l'ancienne religion et de la vraie monarchie.

– Et qui est votre chef ?

Le prisonnier se referma comme une huître. Bourdeau reprit le poignard et l'approcha de son épaule.

– Un aristocrate, lâcha l'autre.

Puis, sans doute abattu par la douleur et par une situation sans issue face à ces policiers implacables, il s'abandonna.

– C'est le comte d'Antraigues.

Ce nom éveilla un souvenir vague dans la mémoire de Nicolas. Il l'avait entendu à la Cour, sans se rappeler exactement dans quelles circonstances.

– Et où loge-t-il, ce comte ?

– Je ne le connais pas. C'est Contade qui le voyait et prenait les instructions. Je sais seulement qu'il possède un hôtel dans le faubourg Saint-Germain, rue de l'Université. Je vous l'ai dit, je viens d'être recruté, par Contade.

– Y a-t-il d'autres Chevaliers de la foi dans Paris ?

– Certainement, mais j'en ignore tout. Nous sommes cloisonnés, comme il sied à ce genre de confrérie.

Les deux policiers jugèrent qu'ils en savaient assez pour agir. Nicolas rangea la précieuse lettre dans la poche intérieure de sa redingote. Bourdeau alla au Châtelet quérir de l'aide. Il revint avec une voiture de la police, où ils déposèrent le corps de Contade. Ils rentrèrent au Châtelet, accompagnés de Sallemane qu'ils avaient invité à les suivre. Le cadavre fut entreposé dans la morgue du sous-sol et Moncé enfermé dans une cellule. Sallemane fut prié d'attendre leur retour pour compléter sa déposition, ce qu'il accepta de bonne grâce.

Puis ils repartirent avec une petite troupe de commissaires et d'exempts vers la rue de l'Université. Ils ne furent pas longs à trouver l'hôtel du comte d'Antraigues, que des voisins connaissaient. Les policiers s'alignèrent de chaque côté de la lourde porte cochère et Nicolas sonna en tirant la corde qui pendait le long d'un des deux piliers d'entrée. Deux minutes se passèrent. Un domestique en livrée vint ouvrir.

– Police, dit Nicolas, nous venons voir le comte d'Antraigues.

– Monsieur le comte est sorti. Il faudra revenir.

– Pas question, coupa Nicolas.

Il bouscula le domestique et se précipita vers l'entrée de l'hôtel, suivi par les autres policiers.

– Passez par-derrière, cria-t-il, il est peut-être en train de s'enfuir !

Quatre policiers contournèrent le bâtiment pendant que Nicolas et Bourdeau se ruaient à l'intérieur. Ils franchirent une entrée de marbre, traversèrent une pièce vide et firent irruption dans un salon qui donnait sur le jardin. Aussitôt, ils remarquèrent une porte-fenêtre ouverte qui battait dans un courant d'air. Sur la table basse, au centre de la pièce, ils avisèrent un verre de vin à moitié vide et un plateau d'amuse-gueules.

– Il vient de s'enfuir par-derrière, tous après lui ! ordonna Nicolas.

Ils se dispersèrent dans le petit parc qui s'étendait derrière le salon. Au bout de cinq minutes, ils avaient en vain exploré la vaste pelouse parsemée de buissons. Le comte avait disparu. Puis, cherchant mieux, ils découvrirent un passage entre les frondaisons qui menait, vingt toises plus loin, à une deuxième cour où se dressait une écurie. Il y avait place pour deux chevaux, mais l'un d'eux manquait. Au fond de la cour, la porte qui donnait sur la rue de Bourbon était ouverte. Nicolas et Bourdeau la franchirent ensemble. La rue était vide. Ils entendirent l'écho d'un cheval au galop, venant d'une rue perpendiculaire. Mais quand ils parvinrent au carrefour, le cavalier avait disparu.

– Nous l'avons manqué, dit piteusement Nicolas. Il suit à coup sûr un itinéraire reconnu à l'avance. Il ira plus vite que nous, même si nous trouvons un cheval.

Au fond de lui-même, il se reprocha sa précipitation. Il eût fallu reconnaître les lieux, découvrir la seconde sortie et y poster des policiers.

– Nous avons son nom et son opération est ratée, c'est déjà quelque chose, ajouta Bourdeau en guise de consolation.

– Mais son réseau est intact, corrigea Nicolas. Nous devons poursuivre l'enquête.

Ils revinrent au Châtelet, décidés à interroger plus avant le sieur de Moncé, qui devait se morfondre dans sa cellule. Ils le trouvèrent allongé sur un bat-flanc, l'épaule bandée, pâle et défait. Nicolas avait son plan.

– Tu es le complice et non l'assassin, lança-t-il en s'asseyant près de Moncé sur le bat-flanc. Nous le savons mais la justice l'ignore. Nous pouvons donc te charger à loisir et te mettre un ou deux meurtres sur le dos. Dans ce cas, c'est la mort assurée. Mais nous pouvons aussi atténuer ton rôle et plaider ton ignorance, auquel cas les juges seront cléments. Tu as ton sort entre tes mains.

Tu nous aides et tu sors de prison dans un an ou deux.
Tu refuses et tu pars pour l'échafaud.

Moncé le regardait effaré, tâchant de bien saisir le
dilemme qui se présentait. L'expression de son regard
allait d'une sinistre consternation à un début d'espoir.
Il resta silencieux, puis une question lui vint.

– Sauront-ils que j'ai parlé ? demanda-t-il.

– Je ferai en sorte que le procès ait lieu à huis clos. Et
j'inventerai une fable pour expliquer le succès de notre
enquête. Tes aveux resteront confidentiels.

– Ils chercheront à m'atteindre. Quand je sortirai,
même dans deux ans, ils me feront un mauvais parti.
Ils sont impitoyables.

– As-tu du bien ?

– J'ai une petite terre et un manoir dans le Vendômois,
au bord du Loir.

– Fais-la vendre par un agent et garde la somme. Tu
pourras émigrer, nous te fournirons une escorte jusqu'à
la frontière. Ensuite, tu te perdras dans le vaste monde…

– Je veux un papier où tout cela sera consigné, avec
votre signature.

Nicolas accéda à la demande. Il avait déjà passé ce
genre de contrat avec des témoins utiles. Il réclama du
papier, écrivit sous les yeux de Moncé et signa en bas
de la page. Il lui tendit le papier.

– Voici ma part de l'accord. J'attends la tienne.

Moncé prit la feuille, la rangea dans son vêtement et
se mit à raconter.

Un mois plus tôt, Contade, un ancien officier qu'il
avait connu lors de la guerre d'Indépendance américaine
et qui était son voisin dans le Vendômois, avait repris
son attache. Au cours d'un repas bien arrosé, ils avaient
disserté sur la situation du royaume, déplorant tous deux,
en monarchistes sans faille, les attentats perpétrés contre
la religion et la tradition par les députés de l'Assemblée.

La fin des anciennes prérogatives nobiliaires et la nationalisation des biens du clergé les avaient particulièrement indignés, redoublées maintenant par le serment à la nation exigé des prêtres catholiques. Militaires épris d'ordre et de hiérarchie, ils en vinrent à critiquer la faiblesse du roi, l'humiliation imposée à la Cour, le refus de la violence sans cesse opposé à ses partisans par la couronne. Au cours de deux autres soupers, offerts par Contade, ils vérifièrent leurs vues communes, leur déception devant la pusillanimité du roi, leur certitude que seule une action de force menée par la partie saine de l'armée, si besoin avec l'appui des puissances d'Europe, pourrait rétablir l'Église dans ses droits et la monarchie dans son autorité. Si bien qu'après cette longue entrée en matière Contade apprit à Moncé que la noblesse la plus courageuse, la plus dévouée aux traditions du royaume, commençait à s'organiser pour favoriser le retour de l'ordre ancien, avec ou sans l'actuelle dynastie des Bourbons, dont la faiblesse les consternait. Contade parla à Moncé du comte d'Antraigues, le chef de cette conjuration secrète, et lui décrivit les activités de la société des Chevaliers de la foi, qui venait de se former dans Paris avec l'appui, disait-il, d'une puissance étrangère hostile à la Révolution. Organisée dans le secret, soumise à une discipline de fer, exigeant de ses membres un dévouement sans limites, la société avait décidé d'agir pour son idéal sans reculer devant des moyens obliques ou violents. La tiédeur n'est plus de mise, disait Contade. Entre la Révolution et la monarchie, une lutte à mort est engagée, dans laquelle ceux qui lésinent sur les expédients se placent *ipso facto* dans le camp de l'ennemi. Hobereau vendômois vivant de ses droits seigneuriaux avant leur abolition, héritier d'une famille de longue noblesse, catholique intransigeant assidu à la messe et à vêpres, militaire rigide féru de discipline et d'honneur,

Moncé avait été séduit par le dévouement total imposé par la société à ses membres et par la promesse d'être prochainement adoubé au sein des Chevaliers de la foi. Avec deux ou trois autres aristocrates de cette opinion, il avait participé à des réunions secrètes où l'on agitait maints projets d'action.

Un soir Contade lui avait dévoilé sa première mission, qu'ils accompliraient ensemble : infiltrer la garde nationale de M. de La Fayette pour le compte des Chevaliers de la foi. Anciens militaires, les deux conspirateurs, excipant de leur campagne d'Amérique aux côtés de Rochambeau et de La Fayette, formulant une vague adhésion aux principes de la garde nationale, n'eurent aucun mal à se faire admettre dans un régiment chargé de la surveillance des Tuileries. Puis, de fil en aiguille, au cours d'autres entrevues, Contade, qui prenait seul ses instructions du comte d'Antraigues, décida d'espionner la vie de la Cour et les faits et gestes des souverains, dont la politique hésitante face à l'Assemblée leur semblait mener au pire. Jusqu'à cette journée du 21 juin qui laissa déserts les appartements royaux. Excité à l'idée de jouer un rôle décisif, Contade, guidé par d'Antraigues, entraîna son ami dans l'entreprise que leur suggérait le hasard de l'Histoire : saisir en son absence la correspondance secrète de la reine, de manière à détenir un moyen redoutable d'action ou de chantage. Contade ne doutait pas que cette correspondance contînt des secrets inavouables par la couronne : en s'en emparant, les Chevaliers de la foi tiendraient entre leurs mains le sort de cette famille qui avait perdu leur confiance. Il suffisait alors de la rendre publique pour déclencher la déchéance de Louis XVI, ce qui contraindrait immanquablement l'Europe des rois à intervenir en France pour sauvegarder la monarchie, quitte à changer de monarque. Les deux frères du roi, disait-il, Provence et Artois, retirés en Italie et en Allemagne, prendraient alors avantageusement sa place pour appliquer enfin la politique de fermeté qui leur paraissait de toute nécessité.

Dans un palais bouleversé par la fuite de la famille royale, cette tâche d'espionnage paraissait aisée. Le retour inopiné de Rossignol dans son bureau avait tout fait déraper. Il avait fallu tuer le chiffreur, puis jeter en pâture aux enquêteurs un faux coupable choisi parmi les plus jacobins, de manière à égarer les efforts policiers. De simple espion, Moncé devenait le complice d'un double assassinat, condamné à seconder Contade dans des agissements dont il n'avait pas d'emblée mesuré la violence et la portée. Jusqu'à la scène meurtrière du théâtre Montansier.

– Combien y a-t-il de ces Chevaliers de la foi ? demanda Nicolas.

– Je n'en ai pas l'idée. Ils agissent en petites unités séparées. Seul d'Antraigues le sait.

– Tu ne l'as jamais vu ? questionna Bourdeau.

– Non. Je ne suis pas censé connaître son nom. Mais Contade m'était proche, il m'a fait des confidences.

– D'Antraigues travaille pour le comte d'Artois, pour Provence ?

– Je ne crois pas. En tout cas, rien de ce qui m'a été confié ne l'indique. En revanche, il est lié aux Anglais.

– Comment le sais-tu ?

– Contade m'a dit que l'Angleterre finançait la société. Je sais que d'Antraigues devait faire un voyage à Jersey pour resserrer les liens avec le gouvernement de Saint-James.

– À Jersey ?

– Oui, au château de Mont-Orgueil. J'ignore où cela se trouve, mais j'ai retenu le nom. Jersey n'est pas loin de la France et les liaisons sont simples par Saint-Malo ou Granville. Une partie de la noblesse bretonne et normande y a trouvé refuge. Pour d'Antraigues, c'est plus simple que d'aller à Londres. Je suppose qu'il voit là-bas des émissaires du gouvernement anglais.

– Jersey est un nid d'émigrés, confirma Bourdeau. Je suppose que d'Antraigues peut y recruter facilement.

– Il est en fuite, remarqua Nicolas. M'est avis qu'il est parti pour Jersey. Il sait désormais que son intrigue a échoué et que nous le recherchons. Il ne doit guère avoir d'autre solution pour se cacher en sûreté et il devait de toute manière y aller. Il sera bientôt hors d'atteinte.

La piste aboutissait à une impasse. Ils quittèrent Moncé quelque peu rasséréné sur son sort. Revenus dans le bureau de Bourdeau, ils y trouvèrent Sallemane qui prenait son mal en patience.

– Messieurs, lança le chiffreur du théâtre, je vous dois beaucoup et je suis prêt à vous aider autant que je le pourrai. Mais pour l'instant, j'ai une représentation à assurer, qui commence dans deux heures. Je vous demande la permission de regagner mon théâtre pour donner des instructions et vérifier que les comédiens sont bien là. C'est une engeance frivole, il faut les tenir à l'œil.

– Nous avions beaucoup de questions à poser, objecta Nicolas, et nous voudrions savoir ce qu'il y a dans cette lettre qui a déjà provoqué la mort de trois personnes.

– Je le comprends fort bien. Je pourrai la regarder, mais pas sur l'heure. Laissez-moi ouvrir mon théâtre et je suis à vous. Nous pouvons souper au Palais-Royal, si cela vous chante. Je vous offre le couvert, c'est la moindre des choses que je puisse faire. Nous examinerons cette énigme ensemble.

– Fort bien, répondit Bourdeau. Voilà une invitation pleine de promesses. Peut-être allons-nous comprendre enfin le secret de la reine.

VII

CODE

« Si vous voulez qu'on garde votre
secret, le plus sûr est de le garder
vous-même. »

SÉNÈQUE

Samedi 25 juin 1791

Le Café de Foy, où Nicolas et Bourdeau devaient
retrouver Sallemane, devait sa fortune au joli minois
de sa première patronne, une jeune et charmante dame
épousée par le tenancier des lieux, un certain Joussereau.
C'est du moins l'histoire qu'on raconta. Le bruit de sa
beauté était venu aux oreilles du duc d'Orléans, proprié-
taire des terrains du Palais-Royal, grand seigneur aux
mœurs relâchées et toujours en chasse galante. Voulant
juger par lui-même, le duc vint un jour de 1774 dégus-
ter une glace dans le café qui se situait à l'époque rue

de Richelieu. Ce qu'il vit fut à son goût et la dame Joussereau fut conviée à une entrevue particulière, que bien d'autres suivirent. Attentive aux intérêts de Joussereau, sinon à son amour-propre d'époux, la jeune femme obtint du duc égrillard l'autorisation exclusive de vendre des rafraîchissements dans la grande allée des marronniers du jardin et d'y mettre des chaises pour le confort des pratiques. Ainsi fut lancée la mode des terrasses parisiennes, qui s'installa avec un succès prodigieux. Et quand les colonnades de pierre furent achevées autour du jardin, en 1784, les Joussereau purent louer deux appartements, aux numéros cinquante-sept à soixante de la galerie Montpensier.

Protégés par le duc, forts de leur monopole, favorisés par leur situation au coin nord-ouest du Palais-Royal, entre les maisons de jeu, les boutiques de mode et les galeries où déambulaient le soir des dizaines de courtisanes aux chairs offertes, les Joussereau firent du Café de Foy un grand rendez-vous parisien. L'établissement prit même sa place dans l'histoire de France : c'est là que Camille Desmoulins, le 12 juillet 1789, montant sur une chaise de la fameuse terrasse, dénonça à la foule attroupée la « Saint-Barthélemy des patriotes » ourdie par la cour de Versailles, pressant les Parisiens de saisir les armes entreposées à la Bastille.

Depuis, en dépit de cette heure de gloire révolutionnaire, le café avait peu à peu dérivé en politique, pour servir finalement de refuge aux gens de l'autre bord, les aristocrates qui avaient pris l'habitude de se retrouver autour d'une glace ou d'une limonade pour soupirer sur les délices de l'ancien monde et les cruautés du nouveau. C'est ainsi que M. de Sallemane, proche de la Cour et voisin par son théâtre situé à quelques pas, avait pris ses habitudes au Café de Foy, lui aussi charmé par les atours de la jeune patronne désormais trentenaire, qui avait tant œuvré pour le fonds de commerce de son mari. Le soir, les Joussereau, toujours avisés, servaient, en sus des rafraîchissements, quelques plats canailles prisés par la clientèle, qui pouvait souper à un prix abordable en s'épargnant le cérémonial un peu guindé des restaurants alentour. Après avoir accueilli avec chaleur les deux policiers, M. de Sallemane commanda des assiettes de boudin noir aux pommes et un pichet des coteaux du Lyonnais. Le vin fut bientôt sur la table et, autour des trois convives, dans la lumière fauve d'un soir d'été, les hommes en perruque et les dames en robe décolletée, riant et parlant fort, composaient une ambiance de fête et de galanterie qui rappelait les anciennes années.

– Je suis d'humeur guillerette, dit Sallemane, à l'unisson de la joie ambiante. Quand on a échappé au sort que me réservaient vos deux assassins, on voit la vie sous un meilleur jour. Goûtons ces moments, messieurs, je crains que dans la tourmente qui nous emporte, ils soient de plus en plus rares.

– Monsieur, commença Nicolas, que la personnalité de leur hôte intriguait, dites-nous d'abord comment vous avez pris à la fois la qualité de directeur de théâtre et celle de spécialiste en écritures secrètes pour le compte de la couronne.

– C'est une longue histoire et je crains qu'elle ne vous ennuie…

– Nous avons tout notre temps, corrigea Bourdeau, ce fut une bonne journée policière, nous avons confondu deux assassins et repris le document que nous cherchions, nous pouvons ce soir perdre une heure ou deux, que nous regagnerons à vous écouter.

Encouragé de la sorte, Sallemane ne se fit pas prier. Il conta une vie pleine de contrastes, qui expliquait son savoir dans la messagerie cryptée et son sang-froid dans les intrigues obscures.

Il était le fils cadet d'une noblesse désargentée de Provence, héritier d'un château vétuste dans l'arrière-pays de Toulon, qu'il ne pouvait entretenir, condamné par le sort à faire sa fortune par lui-même. À vingt ans, élevé par une mère bohème parmi les collines arides et les rêves de gloire, il rimaillait tout en suivant paresseusement des études de basoche à la faculté d'Aix. Lassé par le droit, il se mit en tête de devenir poète et dramaturge. Mais il manquait de souffle et ne connaissait quiconque dans ces milieux fermés. Il resta en lisière de la reconnaissance, battant le pavé de Paris, passant de tavernes bon marché en rencontres fugitives avec des grisettes. Il trouva pitance en se lançant dans le journalisme pour une feuille licencieuse vendue sous le manteau. Il gagna quelques louis et les perdit au jeu dans une maison du Palais-Royal.

Voyant sa gêne, l'éditeur de la feuille, proche de la Cour, lui-même espion et libertin, le présenta au chevalier d'Éon, cet agent du secret du roi Louis XV célèbre pour ses déguisements féminins. Sallemane se mêla au monde caché de l'intrigue d'État, effectua plusieurs missions en Allemagne et en Angleterre, tout en continuant à fréquenter la roulette et le trictrac.

L'espionnage ne payant guère, il cherchait, en esprit toujours inventif, des martingales arithmétiques propres à lui assurer au jeu un succès certain. C'est là qu'il rencontra Rossignol, lui-même joueur à système, fasciné par les combinaisons de calcul qui permettent de maîtriser le hasard. Tous deux, à force d'expériences, décelèrent une faille dans les règlements des maisons de jeu. Ils élaborèrent une méthode qui, grâce à une ingénieuse utilisation des probabilités, leur permit de gagner gros.

Comme beaucoup de joueurs, ils savaient qu'en pariant sur les chances simples à la roulette et en doublant la mise à chaque coup, on était assuré de faire un bénéfice régulier, puisque, immanquablement, le rouge ou le noir sortaient à un moment ou à un autre du mouvement aléatoire de la boule. Opiniâtres, inventifs, ils mirent au point une variante habile de cette élémentaire propriété du jeu, qui leur ouvrit le chemin de gains substantiels. Jusqu'au jour où les tenanciers, contraints de débourser sans mot dire des sommes extravagantes, découvrirent l'astuce des deux joueurs et changèrent les règles pour ruiner leur stratagème.

L'aventure scella l'amitié entre les deux compères et Rossignol, qui avait besoin d'un suppléant dans ses travaux de Cour, initia Sallemane aux mécanismes compliqués des écritures cachées. Ainsi tous deux, rompus aux combinaisons de politique étrangère et aux secrets d'État, devinrent de précieux auxiliaires pour le roi et la reine, qui pouvaient correspondre en sûreté avec les cours d'Europe ou avec leurs agents dans les pays étrangers et au sein des factions de l'après-1789.

À la tête d'un magot, nanti de culture et d'entregent, Sallemane, que les codes secrets ne faisaient pas vivre, investit ses gains dans l'achat d'une licence théâtrale, revenant ainsi à ses premières amours littéraires. Bon lecteur, homme de goût, protégé par la couronne, il fit du théâtre Montansier une salle rentable et renommée, tout en continuant, ici et là, à chiffrer et déchiffrer les missives de la monarchie.

– Vous avez donc connu Sartine, demanda Nicolas qui gardait une admiration mêlée de reconnaissance pour l'irascible ancien lieutenant de police qui l'avait cornaqué naguère.

– Fort peu, mon cher, il était bien au-dessus de moi. Mais j'appréciais son habileté, sa culture et son dévouement à la cause de la couronne.

– Voilà une vie fort bien menée, malgré ses traverses, remarqua Bourdeau. Mais revenons à nos moutons. Il nous siérait de savoir ce que contient la lettre de la reine, cela peut éclairer notre enquête...

– C'est un secret d'État, objecta Sallemane.

– Nous saurons le garder, dit Nicolas. Cela restera entre vous et nous. Nous avons joué franc jeu avec vous, puissiez-vous faire de même à notre endroit.

– Ma protestation était de forme. J'ai votre parole, cela suffit. Au demeurant, deux hommes qui m'ont sauvé de ces tourmenteurs méritent d'être affranchis. Mais cela demande un travail qui peut être long...

– Pourquoi donc ? observa Bourdeau. Vous connaissez le code de la reine, puisque vous avez vous-même chiffré certaines de ses lettres. Vous pouvez les lire sans peine, me semble-t-il.

– Je vois que vous êtes décidément novices dans l'art de la cryptographie. Tout cela demande des explications qui peuvent se révéler fastidieuses.

– Éclairez-nous !

– Fort bien, si vous m'en priez...

Sallemane se rencogna sur sa chaise, afficha une mine concentrée et resta un moment silencieux. Puis il se décida.

– Pour comprendre ce rébus, mes amis, il faut remonter aux bases de notre art.

– Cela nous intéresse. Nous nous en remettions jusque-là aux chiffreurs professionnels. Il nous sera utile de saisir leurs tours.

– Alors écoutez bien, il y faut de la concentration.

Sallemane demanda du papier et un crayon pour illustrer son propos, tandis que la serveuse posait devant eux le boudin et les pommes. Nicolas remarqua que ce plat ne demandait guère de mastication, ce qui ménageait la plaie qui se refermait lentement dans sa bouche.

Ils mangèrent d'un appétit aiguisé par les épreuves de la journée, prêtant aux explications du chiffreur une oreille attentive.

– Le secret des correspondances est vieux comme l'humanité, commença Sallemane. Toujours les rois, les empereurs, les généraux, ont eu besoin de communiquer avec leurs officiers, leurs fidèles ou leurs espions sans que quiconque puisse savoir ce qu'ils se disaient. Au début, on usait d'un procédé simple mais peu sûr, qu'on appelle la stéganographie. Cela consiste à dissimuler à la vue des curieux le message qu'on veut transmettre. Les messagers apprenaient par cœur le texte qui leur était confié, ou bien portaient avec eux des objets où il était caché, des roseaux, des bijoux, des étoffes où l'on écrivait de minuscules caractères. Un roi avait même eu l'idée de tondre un esclave, d'écrire le message sur son crâne, puis de laisser repousser ses cheveux. Le destinataire n'avait plus qu'à tondre à son tour le messager pour lire le message. Le stratagème était adroit mais un peu lent à mettre en œuvre… Tout cela était malaisé et dangereux, vous en conviendrez : il suffisait à l'ennemi de saisir et de torturer le messager, ou de découvrir sur lui les textes dissimulés, pour les lire aussitôt. Il fallut imaginer une manière plus habile d'occulter les messages : c'est ici que survient l'invention des codes.

– Jusque-là, tout est lumineux, remarqua Nicolas. Poursuivez !

– Attendez, cela va se compliquer. Le premier code est attribué à César, qui voulait correspondre en pays ennemi avec Rome pendant la guerre des Gaules, et donc prévenir le risque de voir ses messagers arrêtés et tourmentés, ce qui livrait aux Gaulois rebelles le contenu de ses missives. Il eut l'idée lumineuse de transcrire ses textes pour les rendre incompréhensibles. Ainsi il décala l'alphabet de ses messages de trois lettres pour écrire le message crypté. Le « A » devenait « D », le « B » devenait « E », le « C » se changeait en « F », etc. Ce qui donnait une suite de caractères sans signification apparente à l'adversaire.

– N'était-ce pas suffisant ? demanda Bourdeau.

– Ce le fut pour quelques siècles, jusqu'à ce qu'un scribe arabe trouve une faille dans le système.

– Ces Arabes sont décidément hommes d'intelligence et de ressource, remarqua Bourdeau. Quelle faille ?

– L'analyse de fréquence.

– ...

– Le mot est un peu cuistre, mais il désigne une chose toute simple. Dans toute langue, l'arabe, le latin ou le français, certaines lettres reviennent plus souvent que d'autres. En français, le « E » l'emporte de loin en fréquence. Viennent ensuite le « A », puis le « S », et ainsi de suite. Quand on dispose d'un texte assez long, il suffit de compter l'apparition des caractères – leur fréquence – pour les identifier l'un après l'autre. Le caractère le plus fréquent est forcément un « E », le deuxième un « A », etc. Une fois devinées ces trois ou quatre lettres, il est facile de détecter certaines consonnes dans les petits mots de la langue. Par exemple, dans un mot de deux lettres (un digramme), on reconnaîtra assez vite un pronom. Dans le digramme « ? – E », après avoir éliminé par déduction « ME », « TE » ou « SE », on reconnaîtra « LE », qui abonde dans les textes courants. Après quelques essais, on disposera donc du « L ». On trouvera ensuite le « I » dans les digrammes tout aussi fréquents, comme « ? – L », c'est-à-dire « IL ». De proche en proche, le code s'effondrera par essais successifs.

– Alors, que fit-on ?

– On chercha des variantes du code de César en truffant le texte de pièges. Par exemple en disséminant dans le texte, en accord avec le correspondant, des caractères sans signification ou bien certains autres qui indiquaient qu'il ne fallait pas tenir compte du caractère suivant, etc. Mais toujours les cryptanalystes, qui sont des gens patients et astucieux, réussissaient à éviter les chausse-trapes à force d'essais et d'erreurs. Au bout du compte, ils retrouvaient la fréquence des lettres, quitte à y passer plus de temps.

– Adieu le code de César, donc...

– Exactement. Il fallait trouver un moyen de déjouer en profondeur l'étude des fréquences.

– Par quel sortilège ?

– En faisant en sorte que la même lettre ne soit pas toujours transcrite par le même signe. C'est-à-dire en changeant d'alphabet à chaque lettre, en accord avec le destinataire.

– Opération complexe, nous le devinons...

– Oui. Le moyen le plus simple d'y parvenir a été inventé par un certain Blaise de Vigenère, diplomate, alchimiste, astrologue et cryptographe, qui vivait à l'époque des guerres de Religion. Au vrai, il a perfectionné un système créé par un Italien nommé Giovan Battista Bellaso, lui-même érudit et cryptographe.

– Votre science nous esbaudit...

– Point de sécurité sans savoir !

– Quel était donc le moyen de Bellaso et Vigenère ?

– Sans entrer dans les détails, qui vous ennuieraient, il consiste à disposer d'un tableau où sont écrits, dans un carré ou un rectangle, plusieurs alphabets à la suite, disposés en lignes et en colonnes. Il faut y ajouter un « mot-clé », facile à retenir, connu des deux correspondants, par exemple ROMAN, ou tout autre mot simple. Ainsi le « R » de roman désigne une ligne du « carré de Vigenère ». On cherche dans la première ligne la lettre à transcrire, par exemple « A » et, en descendant la colonne, on trouve à la ligne « R », celle indiquée par le mot-clé, la lettre nouvelle, celle qui prendra place dans le message chiffré, par exemple « X ». On recommence ensuite avec la deuxième lettre du message en clair, dont on cherchera la traduction codée à la ligne « O » indiquée par le mot-clé, etc.

Pour se faire bien comprendre, Sallemane dessina un « carré de Vigenère » sur son papier et répéta par écrit les opérations qu'il venait de mentionner.

– Vous le voyez, chaque lettre du message en clair est représentée dans le texte codé par un caractère qui change à chaque fois. On ne trouve plus de régularité statistique dans le texte. La méthode des fréquences est ainsi annulée. Le message est indéchiffrable.

– On peut essayer successivement toutes les combinaisons, objecta Bourdeau.

– Certes mais il y en a des milliards. Plusieurs siècles de travail d'un cryptanalyste n'y suffiraient pas. Pour un seul texte…

– Diable ! dit Nicolas. En va-t-il ainsi des lettres de la reine ?

– Oui. Sur les conseils de Rossignol, notre souveraine use d'un code plus simple, directement inspiré de Bellaso, mais qui reste très sûr.

– Mais alors, pouvez-vous décrypter la lettre que nous avons récupérée ? demanda-t-il en sortant la missive de sa poche.

– En principe non : j'en ignore le mot-clé. Il est seulement connu de Marie-Antoinette et de son correspondant.

La déception se peignit sur le visage des deux policiers. Sallemane sourit néanmoins en s'emparant de la lettre.

– Ne perdez pas espoir, lança-t-il, j'ai un moyen de vous éclairer.

Il commanda des glaces et une bouteille de vin de Champagne, puis il retourna le papier pour le présenter à ses deux convives.

– Regardez, poursuivit-il, la reine a affaibli son propre code. Comme la transcription est fastidieuse à souhait, Rossignol a autorisé Marie-Antoinette à coder seulement une lettre sur deux. Ce qui livre une piste au cryptanalyste que je suis.

– À quoi bon connaître une lettre sur deux si l'autre reste secrète ? questionna Bourdeau.

– Pour la raison que vous allez voir.

Sallemane remit la missive de son côté et suivit les lignes écrites par la reine avec un crayon.

– Tenez ! s'exclama-t-il au bout de quelques minutes.

Il leur montra une suite de caractères qu'il avait repérée et qu'il recopia sur un papier en disposant des points d'interrogation à la place des lettres chiffrées : « R – ? – Y – ? – U – ? – E ».

– Cela vous dit-il quelque chose ? demanda-t-il.

– Oui, lança Nicolas avec le ton triomphant du bon élève. C'est le mot ROYAUME.

– Bravo, jeta Sallemane.

Bourdeau resta perplexe.

– À quoi sert de deviner un mot par-ci par-là si les autres restent obscurs ? interrogea-t-il.

– Mon cher, pour l'heure, je ne cherche pas à deviner le texte en clair, mais à reconstituer la clé. J'ai un grand avantage : je dispose moi aussi du « rectangle de Bellaso ». En comparant le mot ROYAUME avec son équivalent chiffré, je peux retrouver plusieurs caractères du mot-clé qui a servi à le chiffrer. Il me suffit de réitérer une ou deux fois mes devinettes pour découvrir la clé complète. Cela prendra du temps, mais je suis sûr d'y parvenir. Et une fois la clé mise au jour, tout le code s'effondre.

Les deux policiers restèrent silencieux devant tant d'astuce.

– Je suppose, reprit Nicolas, que sans le « rectangle de Bellaso », le code reste incompréhensible au profane.

– Si fait, rétorqua Sallemane. C'est pourquoi il reste sûr. Seuls des spécialistes aguerris peuvent le percer, après maints essais.

– Vous pouvez donc nous restituer en clair le message de la reine, conclut Nicolas.

– Je le ferai pour vous, puisque vous m'avez donné votre parole de garder tout cela pour vous.

– Quand pourrons-nous le lire ?

– Demain soir, en principe, si tout va bien.

– Je dois remettre la lettre à la reine demain matin, précisa Nicolas, je ne peux la garder par-devers moi plus longtemps. Pouvez-vous la recopier, puis me la faire tenir ?

– Ce sera fait demain matin, je vous l'envoie par un saute-ruisseau.

Ils terminèrent la soirée en buvant du champagne à la terrasse, profitant de la fraîcheur du soir et de la lumière fauve du couchant. La foule déambulait dans le jardin, les uns mirant les boutiques, les autres s'arrêtant devant les baladins qui présentaient leurs tours sous les frondaisons, d'autres encore, plus pressés, se dirigeant avec des regards furtifs vers l'attroupement des courtisanes qui souriaient aux badauds sous la colonnade opposée à celle du Café de Foy.

Puis Sallemane regagna son théâtre, où une deuxième représentation commençait à dix heures. Bourdeau prit un fiacre et Nicolas décida de dormir au palais, dans la chambre qui lui était réservée sous les combles, pour demander dès le lendemain audience à la reine.

Il avait à peine refermé sa porte, après avoir traversé un palais bondé de gardes nationaux que le marquis de La Fayette, faisant assaut de zèle, avait consignés aux Tuileries, qu'il entendit trois coups discrets. Il vint ouvrir : il vit Laure de Fitz-James, debout un pas en arrière, la posture hésitante et la mine qui implorait.

– Je venais gratter à votre porte sans savoir si vous étiez là, expliqua-t-elle comme pour s'excuser, je suis venue hier, mais vous n'y étiez pas. J'ai tenté ma chance ce soir.

Nicolas hésita à son tour. Il se sentit aussitôt partagé, ayant perdu sa confiance dans la jeune femme, peu soucieux de l'affranchir de son enquête, mais en même temps piqué par la curiosité et toujours admiratif de l'élégance de son ancienne amante, dont le charme opérait toujours.

– Peut-être ne souhaitez-vous pas me voir, mon ami. Je le comprendrais fort bien. Dites un mot et je me retire sans délai et sans rancune.

Le ton modeste et résigné de Laure le mit dans une position malcommode. Comment refuser une entrevue sans couper définitivement les ponts avec elle ?

Aussi bien, pensa-t-il, Laure en sait plus sur leur affaire. C'était une bonne excuse pour la recevoir à cette heure. Il ouvrit sa porte et la fit entrer. Elle s'assit sans façon sur le lit, vive et souriante. Il prit la seule chaise de la pièce et s'installa en face d'elle, plus près qu'il ne l'aurait voulu en raison de l'étroitesse du lieu.

– J'ai interrogé plus avant les gardes et leurs officiers, annonça-t-elle. Ce Soufflet est décidément suspect. Il menait une activité jacobine opiniâtre au sein de la garde nationale.

Nicolas fit mine de l'écouter avec attention, se gardant de révéler que le suspect avait été innocenté de la plus cruelle manière. Il avait pris pour méthode de ne rien dire de ses investigations à personne à la Cour, sinon à la reine elle-même. L'entourage des souverains, il l'avait constaté lui-même, était pénétré par leurs ennemis. Toute information sur l'enquête divulguée aux Tuileries risquait de leur parvenir.

– Et vous, demanda-t-elle, presque distraitement, avez-vous avancé ?

– À vrai dire, non. Nous sommes allés aux Jacobins, mais il n'y avait pas trace de ce Soufflet. Les secrétaires du club le connaissent mais ils ne savent où il peut être. Nous avons aussi parlé à Robespierre, qui n'en a pas souvenir.

Il évita de parler de la mort de Soufflet ou du rôle joué par Sallemane et de la lettre qu'il devait décrypter. Tout cela était réservé à Marie-Antoinette, qui en ferait ce que bon lui semblerait. Laure le regardait d'un œil attentif. Elle prit un air soucieux.

– Je vous sens restreint, lâcha-t-elle d'une voix douce, je devine que vous n'avez pas pardonné mes fautes dans l'affaire du Code noir.

– J'avoue qu'elles m'ont peiné et désabusé sur votre compte.

– Vous m'avez vous-même trompée sans grande vergogne, poursuivit-elle d'un ton d'indulgent reproche. Vous aviez une maîtresse alors que vous me juriez foi et amour.

– Je ne suis pas sans tache, concéda-t-il. Mais nous parlons de choses intimes, qui ne sont pas sur le même plan que les intrigues auxquelles vous étiez mêlée.

– Vous avez raison, c'étaient des affaires politiques où j'étais emportée par ma fidélité à l'ordre ancien que cette Révolution s'acharne à jeter bas. Notre différend personnel était d'une autre espèce. Il a causé chez moi une blessure du cœur. Savez-vous que cela m'a fait beaucoup souffrir ?

– Cette souffrance était aussi la mienne.

Le dialogue avait pris une tournure d'affection qui réveillait chez Nicolas le souvenir de plus en plus brûlant de leur ancienne intimité. Au ton de Laure, il comprenait qu'elle éprouvait à ce moment un sentiment semblable.

– Ainsi, confessa-t-elle dans un souffle, nous souffrions chacun de notre côté du même mal. Je vous l'avoue, cette blessure n'est pas refermée.

Elle lui jeta un regard profond où brillèrent quelques larmes.

– M'en voulez-vous beaucoup ? demanda-t-elle d'une voix suppliante.

– Oui, répondit-il en souriant, touché par son émotion. Mais je comprends votre peine.

Dans un élan presque involontaire, il s'était approché d'elle, quittant sa chaise et posant un genou à terre. Il lui prit les mains d'un geste qu'il voulait de compassion, mais qu'elle comprit autrement et, loin de le repousser, elle s'abandonna sur son épaule. Il se releva pour s'asseoir sur le lit en l'entourant de ses bras. Il se dit en un éclair que tout cela était encore une folie, qu'il mettait en danger le fragile équilibre qu'il avait trouvé auprès d'Aimée d'Arranet, qu'il avait décidé de se consacrer tout entier à sa vie de famille. Mais l'ancienne attirance balaya ces scrupules fugitifs. L'hésitation laissa place à une étreinte fiévreuse. Leurs vêtements tombèrent bientôt sur le plancher de la chambre, qui ne résonna plus que de soupirs débondés et de gémissements de plus en plus sonores.

VIII

RUSE

« On est bien fort quand on a le
nombre, invincible quand on a la ruse. »

EURIPIDE

Dimanche 26 juin 1791

Quand Laure referma la porte, après qu'il eut admiré
sa silhouette dévêtue à la lumière de la bougie et reçu en
guise d'adieu un long baiser qui faillit ranimer sa flamme,
il se dit qu'il avait une nouvelle fois commis l'une de ces
erreurs qu'il regretterait amèrement. Il avait reconquis à
grand-peine Aimée malgré sa dernière incartade, après
maintes scènes bruyantes, maintes vaisselles cassées et
maints repentirs, il savait qu'il n'aurait pas d'autre chance.
Il se maudit de sa faiblesse, de sa duplicité, de cet irrésistible penchant pour l'occasion qui passe, pour le plaisir
qui s'offre sans effort, pour ces moments inattendus si

frivoles. Il se demanda aussi, un instant, si l'abandon de Laure n'était pas, au fond, un calcul par lequel elle voulait en savoir plus sur son enquête. Puis il remarqua qu'elle l'avait questionné en vain avant de se donner, et non après, ce qui plaidait pour son désintéressement. Quoi qu'il en fût, conclut-il, il se promit de mettre fin le plus vite qu'il pourrait à cette idylle recommencée avec tant de désinvolture. Puis, ayant trop facilement apaisé sa conscience, il s'endormit comme une masse.

Levé à six heures, après un rapide déjeuner dans la cuisine des serviteurs royaux tandis que le soleil montait derrière le Louvre et la place du Carrousel déserte à cette heure, il se dirigea vers le bureau de Dreux-Brézé, enjambant les corps assoupis des gardes nationaux, pour solliciter l'audience de la souveraine. Il n'attendit pas longtemps. Il fut introduit une demi-heure plus tard dans le boudoir de la reine, où il entra avec une profonde révérence. Marie-Antoinette lui fit signe de s'asseoir face à elle d'un geste gracieux de la main. Il remarqua un léger tremblement dans cette aimable entrée en matière, en même temps qu'une crainte dans le regard de la reine, comme si elle redoutait les réponses qu'il allait lui faire.

– Ranreuil, mon ami, je suis sûre de votre zèle et de votre franchise, dites-moi sans détour si vous avez réussi, ou bien si je dois me préparer à subir bientôt les assauts de mes ennemis.

– Soyez rassurée, Madame, voici la lettre.

Marie-Antoinette changea de visage tandis qu'un intense soulagement détendait ses traits. Elle rajeunit d'un coup sous ses yeux et son regard joyeux fit soudain contraste avec la chevelure blanche qui rappelait si cruellement le malheur de Varennes.

– Monsieur le marquis, je ne pourrai jamais vous montrer assez ma gratitude. Serions-nous toujours secondés par des gentilshommes de votre qualité que nous serions encore assurés, en paix, sur le trône, entourés de l'amour de nos sujets. Soyez sûr, en tout cas, de mon éternelle reconnaissance et n'hésitez pas à me demander ce que vous voudrez, si tant est que je sois en position de vous exaucer.

Et contre tous les usages, elle se leva sans attendre qu'il le fît, vint vers lui, prit la lettre et lui décocha la plus gracieuse des révérences.

– Madame, remarqua Nicolas, amusé et flatté, le geste d'une reine vaut toutes les récompenses.

Elle se rassit en évasant sa robe, glissa la lettre dans son corsage, sourit avec coquetterie, puis reprit sa contenance de souveraine et le questionna d'une voix douce.

– Dites-moi tout, monsieur le marquis. Comment avez-vous recouvré cette lettre qui me tenait tant à cœur ?

Nicolas conta par le menu l'enquête qu'il venait de mener avec Bourdeau, le double meurtre de Rossignol puis de Soufflet, la scène violente qui s'était déroulée dans les coulisses du théâtre Montansier.

– Ce M. Bourdeau est un brave homme, soulignat-elle, même s'il professe des idées qui ne seront jamais les miennes. Quant à Sallemane, que je connais à peine, il confirme là ce que Rossignol m'en avait dit. Voilà un ami plein d'astuce et d'honneur...

– Madame, nous avons eu beaucoup de chance. Je ne saurais vous recommander assez de garder tout cela pour vous seule. L'attentat qui vient de se dérouler contre vous, même s'il a maintenant échoué, montre que vous êtes entourée d'ennemis jusque dans votre entourage le plus proche.

– N'ayez crainte, monsieur le marquis, je ne le sais que trop. Nous étions surveillés, nous sommes maintenant épiés à chaque minute du jour et de la nuit. M. de La Fayette, qui se prétend notre protecteur et qui n'est que notre geôlier, a donné les consignes les plus sévères. Je ne peux plus parler au roi qu'en m'isolant par ruse quelques minutes avec lui dans quelque recoin du palais. Nous prenons nos repas entourés de gardes revêches, nous ne pouvons sortir des Tuileries sans une pointilleuse escorte, on nous observe dès le lever, même quand nous nous habillons. Nous dormons portes ouvertes et rideaux serrés. Il a même fallu qu'un de nos valets s'interposât entre nous et nos gardiens pour que nous puissions sommeiller hors des regards.

Nicolas remarqua en lui-même que ces précautions vexatoires étaient le résultat logique de la funeste équipée qu'il avait suivie de loin jusqu'à Varennes. La dernière fois que les rideaux avaient été tirés, le roi et la reine en avaient profité pour s'esquiver. Rien d'étonnant à ce qu'ils fussent maintenant ouverts en permanence. Marie-Antoinette restait silencieuse, l'esprit ailleurs. Elle reprit soudain :

– Je ne puis comprendre le zèle nuisible d'un homme comme ce petit comte d'Antraigues, que je croyais fidèle.

– Il est fidèle à l'idée qu'il se fait de la monarchie, Madame. Vous avez contre vous ceux qui veulent détruire le trône, mais aussi ceux qui croient le sauver en vous sacrifiant.

Le silence se fit de nouveau, la reine méditant sombrement cette trahison venue de ce qu'elle pensait être son camp.

– Mais comment prévenir ces intrigues quand elles viennent de si près ? Ce d'Antraigues s'est donc échappé. Il va continuer à ourdir ses perfides combinaisons...

– Nous pensons qu'il est parti à l'étranger, sur l'île de Jersey.

– Est-il donc lié à l'Angleterre, qui aurait pris le parti de nos ennemis ?

– Nous ne savons, Madame, ces royaumes d'Europe sont des monstres froids. Le sort d'une dynastie leur importe peu, si leurs intérêts en sortent confortés. Il est vrai, aussi bien, que le roi ne les a guère épargnés. Avec Sartine, de Broglie, La Fayette, Rochambeau, il a mené de main de maître la guerre des Insurgents, jusqu'à l'indépendance des États-Unis. La cour de Saint-James a subi sa loi. Elle en a conçu une vindicte amère.

– Cette guerre américaine a créé un funeste précédent, remarqua Marie-Antoinette. Elle a répandu ces idées de droits de l'homme qui ont tourné la tête du tiers et qui nous ont tant fait de mal. Et dire que nous avons armé ces gens-là ! Mais il est un peu tard pour s'en plaindre.

Elle fit une pause sur cette pensée désabusée, puis elle continua :

– L'Angleterre cherche peut-être à se venger à travers des complots. Mais comment le savoir ?

– Je peux continuer mon enquête, Madame.

– Je vous ai déjà assez exposé, Ranreuil.

– C'est mon devoir de prévenir vos ennemis, Madame.

Marie-Antoinette se tut de nouveau, laissant son esprit vaticiner. Pendant ce temps, une idée germait lentement dans celui de Nicolas. Il entrevit un plan possible, encore flou et incertain, mais qui lui rendit soudain la fièvre de la chasse.

– Madame, lâcha-t-il, je devine un prolongement à cette affaire de lettre. Je l'examine en vous parlant. Pour l'heure, sauf Bourdeau et Sallemane, personne ne connaît l'existence de cette intrigue. C'est un atout que nous pouvons abattre...

– Et comment cela ?

– D'Antraigues sait que la police le cherche et que ses complices ont été arrêtés. Mais si l'un d'eux avait réussi à nous échapper, porteur de la lettre, il l'accueillerait comme le messie.

– Que voulez-vous dire ? Vous m'avez mandé que l'un était mort et l'autre en prison.

– Précisément, Madame, cet autre peut aussi s'évader...

– Ces affaires policières me dépassent, confessa la reine. Vous voulez faire évader celui que vous avez saisi ?

– Non, je veux prendre sa place.

– En prison ?

– Non ! Imaginons qu'il ait échappé à notre zèle : il chercherait alors à rejoindre d'Antraigues pour lui remettre la lettre.

– Et vous seriez prêt à jouer ce rôle ?

– Ce serait une ruse utile...

– Utile et dangereuse !

– Qui ne risque rien n'a rien.

– Mais vous serez aussitôt reconnu et confondu !

– Non, Madame, le comparse n'a jamais vu son commanditaire. D'Antraigues ignore tout de son apparence. Je peux faire office.

– On ne vous croira pas !

– Si, Madame : j'aurai la lettre.

– Mon ami, vous comprendrez bien que je ne souhaite pas vous la rendre !

– Vous la garderez, Madame. Il vous suffit d'en écrire une autre et de me la confier.

Elle réfléchit encore une minute.

– Et que dirai-je donc ?

– Nous pouvons vous proposer un brouillon, dont le texte sera inoffensif pour la couronne.

– Cette lettre devra être cryptée, remarqua la reine, elle restera mystérieuse au profane.

– Je peux faire accroire que Sallemane, sous la menace, m'a donné la clé du code, avant l'arrivée des policiers, auxquels j'aurai échappé par promptitude. Ainsi je rendrai un deuxième service à d'Antraigues, qui m'en saura gré.

– Voilà qui est bien embrouillé, nota la reine. Je me crois revenue aux temps de cette diabolique affaire du collier, avec tous ses subterfuges et ses travestissements !

– Oui, mais cette fois, la manœuvre peut tourner à votre avantage. Une fois adoubé grâce à la lettre, je pourrai peut-être percer à jour les intentions de vos ennemis.

Avec un peu de chance, ils me renverront à Paris avec leurs instructions.

– Je ne saurais vous le demander, objecta la reine après un instant de réflexion. Le risque est trop grand.

– Madame, laissez-moi ourdir mieux cette affaire. Je dois en étudier avec rigueur les chances et les dangers. J'ai besoin de quelques heures de préparatifs.

Marie-Antoinette resta silencieuse encore un instant. Puis elle se décida.

– Ranreuil, votre courage me fait peur, mais la couronne est en trop grande difficulté pour négliger les aides qu'elle peut recevoir. Je m'en remets à votre sagacité, que j'ai éprouvée maintes fois. Bâtissez votre plan et revenez me voir, ce soir ou demain, à votre guise. Si cela est utile, je rédigerai cette lettre et je la chiffrerai. Ainsi vous aurez un document de mon écriture. À Dieu vat !

Nicolas quitta Marie-Antoinette, la tête pleine de ses combinaisons. Il décida de marcher une heure pour réfléchir. Quittant le palais, il longea la Seine, passa la place de Grève encombrée de passants et de vendeurs de journaux, continua jusqu'à la halle aux vins puis revint sur ses pas, après avoir considéré tous les aspects de son plan. Il alla au Châtelet et monta droit vers le bureau de Bourdeau.

– Nous n'avons pas fini notre tâche, confia-t-il à son ami.

Sous l'œil intrigué du commissaire, il décrivit la ruse qu'il avait imaginée en parlant avec la reine. Bourdeau souleva toutes les objections qui lui vinrent à l'esprit. Certaines d'entre elles étaient pertinentes, mais à force d'arguments, d'examens croisés, de détails énumérés, Nicolas le persuada que son plan avait une chance de réussir.

– Tu te jettes dans la gueule du loup, conclut néanmoins Bourdeau, tout repose sur la crédulité de ce comte d'Antraigues, qui est un intrigant rompu. Il risque de te percer à jour.

– Tout dépend de la lettre. Elle sera de la main de la reine.

– Il faut qu'elle atteigne un haut degré de vraisemblance.

– Nous prendrons conseil de Sallemane, qui a déjà crypté les écrits royaux. Il saura imaginer une fable crédible. Nous la soumettrons à la reine, qui est une tête suffisamment politique pour seconder notre ruse.

Bourdeau finit par se laisser convaincre. Tous deux partirent alors pour le théâtre Montansier, retrouver Sallemane qui travaillait, ils n'en doutaient pas, à décrypter le message de la reine dont il avait pris copie.

– Nous reprendrons ses tournures, assura Nicolas. Nous prendrons appui sur la situation diplomatique. Nous pouvons composer un texte vraisemblable.

Le chiffreur du théâtre travaillait dans son bureau, courbé sur son papier à la lueur des lampes. Il avait un bloc de papier à main gauche et à main droite une corbeille qui s'emplissait de ses essais infructueux.

– J'ai déjà la moitié de la clé, expliqua-t-il. Asseyez-vous, cela me prendra une petite heure.

Trois quarts d'heure plus tard, Sallemane poussa un cri de triomphe.

– Voilà, s'exclama-t-il. « Sortilège ». C'est la clé, plus longue qu'à l'habitude. La reine tenait à la sûreté de son code, elle a changé de clé. Il me reste à déchiffrer le texte.

Une demi-heure se passa encore. Sous la plume de Sallemane, lettre après lettre, la missive de Marie-Antoinette apparut en clair, comme une silhouette qui émerge de la nuit. C'était un mot d'adieu au comte de Fersen écrit juste avant le départ pour Varennes. La reine prévoyait qu'elle ne pourrait parler à son ami lors de son évasion hors des Tuileries. Elle lui envoyait la missive à Bruxelles, où Fersen, voyageant de son côté, devait passer avant de rejoindre le couple royal à Montmédy. C'était un témoignage de gratitude pour le travail accompli par le diplomate pour assurer la fuite du roi et de la reine. La chose serait passée pour fort banale, si certaines expressions ne retenaient pas l'attention du lecteur. « Cher ange » ou bien « amour de ma vie » : on ne pouvait guère s'y tromper. L'affection que trahissaient ces formules signalait un attachement plus qu'amical.

Les trois hommes se regardèrent en silence, mesurant la nocivité extrême du texte s'il avait été rendu public. Ainsi, pensaient-ils tous trois sans le dire, Marie-Antoinette entretenait bien avec le diplomate suédois un lien qui allait bien au-delà du commerce innocent de l'amitié, comme la rumeur parisienne l'en accusait. Pour la première fois, la lettre codée pouvait fournir un élément tangible aux médisants. Nicolas imagina les diatribes extravagantes que le *Père Duchesne*, la feuille ordurière écrite avec du fiel par Hébert, pouvait tirer d'un tel document, ou les réquisitoires que Marat, si le texte lui tombait sous les yeux, ne manquerait pas de composer.

– Nous sommes bien d'accord, messieurs, lança Sallemane, nous avons ici affaire à des écrits couverts par le secret d'État.

Nicolas et Bourdeau opinèrent sans peine : le marquis de Ranreuil ne voulait à aucun prix nuire à la couronne ; quant à Bourdeau, en dépit de ses opinions avancées, il répugnait à employer contre la reine un procédé aussi bas que la divulgation d'une missive intime. L'affaire concernait le roi et la reine, non leurs serviteurs ou leurs adversaires politiques. Nicolas releva néanmoins, sans mot dire, que deux hommes étaient déjà morts pour dissimuler ou, à l'inverse, pour diffuser le secret de cœur de la reine, qui était surtout une trahison sentimentale infligée à un roi qui se débattait dans la tourmente. L'irresponsabilité des grands, se dit-il, fait bon marché de la vie des petits. Puis il revint à son plan.

– Nous avons en revanche un grand service à vous demander, annonça-t-il à Sallemane.

Et il expliqua au cryptanalyste la tâche qu'il attendait de lui : la rédaction d'une fausse lettre, codée selon les règles adoptées par Marie-Antoinette, que la reine n'aurait plus qu'à recopier. Sallemane s'exécuta de bonne grâce, voyant dans Nicolas un serviteur sûr et fidèle de la monarchie qu'il révérait lui-même. Doté d'une plume aisée et d'une connaissance intime de la politique de la Cour, Sallemane ne fut pas long à produire une lettre fort vraisemblable reprenant les tournures de Marie-Antoinette, dans laquelle la reine s'adressait à son frère l'empereur d'Autriche pour l'informer des développements politiques en France, tout en le mettant en garde contre une quelconque intervention étrangère dans les affaires du royaume. Ainsi la lettre, si elle tombait dans des mains ennemies, ce qui faisait partie du plan, ne pourrait être utilisée contre la couronne. Elle décevrait d'Antraigues et ses acolytes, mais elle aurait un irrésistible parfum de vérité qui les rassurerait sur l'identité de Nicolas devenu le chevalier de Moncé, parvenu à Jersey pour accomplir sa mission.

Nicolas prit le document et le porta aussitôt aux Tuileries, où la reine le relut, corrigea ici et là quelques phrases, le chiffra et le recopia avec soin. Pendant ce temps, Nicolas, sur la demande de Marie-Antoinette, était reçu par le ministre Montmorin, qui accepta de rédiger un passeport au nom du chevalier de Moncé qu'il remit à Nicolas. Celui-ci annonça ensuite à Dreux-Brézé et à quelques autres aux Tuileries qu'il se retirait quelques jours chez lui à Ranreuil, ce qui expliquerait son absence.

La ruse était organisée, le piège tendu, il restait à les présenter aux ennemis de Louis XVI et de Marie-Antoinette, en espérant qu'ils seraient assez confiants pour y succomber.

IX

MENSONGES

« Le menteur doit avoir une bonne
mémoire. »

QUINTILIEN

Vendredi 1ᵉʳ juillet 1791

Au revers de la colline, Nicolas découvrit le port de
Granville blotti au bas d'un cap fièrement pointé vers la
Manche. Au-dessus du port, sur la crête de granit, une
ville fortifiée dominait les vagues, à l'abri derrière une
muraille grise et sévère. Les hautes maisons regardaient
insolemment vers le large, où l'eau était striée d'écume
sous les rafales du vent d'ouest.

Il avait galopé au plus vite par Dreux, Argentan, Vire
et Villedieu, sautant d'un cheval à l'autre dans les relais
de poste, dormant à la diable, mangeant en toute hâte,
pressé par son propre plan. Il s'agissait de rejoindre au plus

vite le repaire de ses ennemis, faute de quoi ils risquaient d'être informés par un complice, et non par lui. Il se faisait passer pour le chevalier de Moncé, rescapé d'une opération sanglante, nouvel adepte des Chevaliers de la foi, qui apportait la lettre de la reine tant convoitée. Il fallait arriver le premier, tâcher de pénétrer leurs desseins et s'esbigner ensuite sans délai. Entreprise ardue, hasardeuse mais qui valait la peine d'être tentée : ce d'Antraigues semblait un ennemi redoutable, dont il fallait contrer les combinaisons.

Il poussa son cheval sur la longue descente menant vers la mer. Sur la carte, Granville était le port le plus proche de Jersey, grande île située à une vingtaine de milles au nord-ouest. Nicolas ne doutait pas qu'il trouverait un pêcheur prêt à lui donner le passage moyennant un bon prix. Avec un peu de chance, il se pourrait que d'Antraigues soit passé avant lui et qu'un habitué du port l'ait remarqué, ce qui confirmerait son hypothèse.

Mais quand il arriva sur le quai, la mer avait disparu. Le port était à sec et le vent charriait une forte odeur de vase. Luisante sous le soleil, une vaste étendue verdâtre avait été découverte par la marée ; retirée, l'eau bleue faisait comme un ruban lumineux à l'horizon. Il connaissait les marées à Guérande, qui découvraient sur quelques pieds le sable et les rochers. Mais à Granville, en rejetant les flots à une lieue, celles-ci dépassaient l'entendement.

Il attacha son cheval à l'une des bittes d'amarrage qui s'alignaient le long des jetées et se mit en devoir de questionner les quidams déambulant parmi les filets étendus, les casiers à homard et les cordages séchant au soleil. Un marin éméché malgré l'heure matinale lui expliqua que les pêcheurs étaient sortis avec la marée et qu'ils rentreraient au soir quand l'eau serait revenue, ce que d'autres confirmèrent avec force hochements de tête : pour songer à gagner Jersey, il fallait attendre le retour de la mer.

Dépité, il entra dans une taverne qui montrait sa façade pimpante au-dessus de la jetée ouest. Il était midi et une petite troupe de pratiques dînait autour de deux grandes tables tandis qu'un agneau entier rôtissait dans la cheminée. Il commanda un pichet de cidre et réitéra ses explications.

– Il faut attendre que les pêcheurs rentrent, lui lança le tavernier d'un ton définitif.

– Je suis prêt à payer un bon prix, plaida Nicolas.

– Ça ne fera point revenir l'eau plus vite ! rétorqua l'autre, du ton narquois de celui qui prend l'étranger en défaut.

– Alors que puis-je faire ?

– Dame ! Boire votre cidre et attendre. La marée ne prend pas de rendez-vous. Et encore, ceux qui sont sortis ne seront pas pressés de repartir...

– Mais je suis pressé, moi ! Je paierai en or.

– Voyez avec eux. Je vous souhaite bonne chance.

Soudain une voix claire se fit entendre.

– Mais je peux l'emmener, moi, cet homme pressé ! S'il paie un bon prix, il sera cette nuit à Jersey.

Nicolas se retourna. Une jeune femme le regardait d'un air moqueur. Ses cheveux blonds entouraient un visage altier, ses yeux bleus tombaient légèrement sur les côtés et son nez un peu busqué lui donnait un air d'énergie. Il lui sourit, remarquant par-devers lui le charme piquant de ce visage irrégulier plein d'impertinence. Elle avait vingt ans tout au plus mais parlait avec l'assurance d'une femme faite.

– Quand pouvons-nous partir ? demanda Nicolas.

– Avez-vous vos passeports ? Je ne tiens pas à être arrêtée pour contrebande par les Anglais.

– Si fait, les voici, répondit Nicolas. Alors quand ?

– Il faut partir en haut de l'eau.

– Ce qui veut dire ?

– Ce qui veut dire que si nous partons avant, nous n'avancerons pas. Nous sommes dans une baie, monseigneur, l'eau qui en sort emmène les bateaux et celle qui entre les ramène. Il faut s'assurer qu'elle commence à sortir.

Nicolas commençait à être impatienté par l'ironie de la jeune femme.

– Fort bien. À quelle heure cet intéressant phénomène ?

– Vers cinq heures ce soir. Si nous partons à temps, avec ce vent de sud-ouest, nous serons à Jersey à neuf heures.

– Nous allons à Mont-Orgueil, précisa Nicolas.

– C'est à Gorey, plus au nord sur la côte est, derrière un banc de rochers. Il faut compter deux heures de plus.

– Peu importe, coupa Nicolas. Le tout est d'y arriver.

Le tavernier s'immisça dans la conversation.

– Olympe, lança-t-il, attends que ton père revienne pour conclure, il aura peut-être son mot à dire...

– Mon père rentrera de la pêche, il sera trop fatigué pour repartir. Et il ne peut négliger une recette en sus. Pour un louis en bon or bien brillant, l'affaire est faite !

– Je vois que vous êtes femme de tête, rétorqua Nicolas d'un ton aigre, sachant que le prix exigé était deux ou trois fois celui qu'aurait demandé un pêcheur. Je suis volé comme dans un bois mais je ne peux me défendre.

– C'est le prix de la célérité, dit la jeune Olympe, avec un sourire espiègle. La raison qui vous pousse vers Jersey vaut plus qu'un louis. Vous êtes donc gagnant, c'est mathématique.

– Soit, convint Nicolas, qui regarda soudain son interlocutrice d'un autre œil. Sa repartie, son sens logique, son vocabulaire n'étaient pas d'une fille de pêcheur. Il y pensa un instant puis revint à sa mission.

– Nous partons donc à cinq heures...

– Oui. Rendez-vous au bout de la grande jetée, dit la jeune femme en se levant. Prenez un manteau, les nuits sont fraîches dans la Manche...

Elle tourna les talons et disparut par la porte de la taverne.

– Voilà une jeune femme fort décidée, remarqua Nicolas, s'adressant au tavernier avec un sourire.

– C'est Olympe Le Hérel, répondit-il, un phénomène dans le port. Elle est plus hardie qu'un capitaine corsaire et elle n'en fait qu'à sa tête. Quand elle ne navigue pas, elle passe son temps dans les livres. Un vrai bas-bleu. Elle en tient pour les révolutionnaires de Paris et nous farcit l'esprit de ses raisonnements. Elle a même adhéré à la Société des amis de la Constitution. Mais les pêcheurs la respectent : elle leur en remontre dès qu'elle est sur l'eau. C'est une fille forte, qui vit sa vie à sa guise. Je plains son mari !

– Elle est donc mariée.

– Oui, à un jeune homme qui est parti à l'armée, le fils cadet d'un aristocrate de Saint-Malo. Ils se sont connus à l'école. Il s'est enfui de chez lui parce que le marquis ne souffrait pas cet attachement qui dérogeait. Ils vivaient ensemble dans la haute ville, chez le père d'Olympe, qui a les idées plus larges. Puis le mari s'est engagé en 1790. Il veut devenir officier.

– Il se sent plus libre à l'armée... plaisanta Nicolas.

– Sans doute, reprit le tavernier en riant. Mais soyez tranquille, vous serez à Jersey sans encombre. Olympe maîtrise parfaitement son bateau. C'est une barque pontée de trente pieds, avec deux mâts, conçue pour la sardine. Elle file comme le vent.

– Fort bien. Eh bien, il ne me reste plus qu'à dîner. Que peut-on manger céans ?

– Les côtes d'agneau vous attendent dans la cheminée. Je les sers avec des pommes grillées de M. Parmentier.

– Je leur ferai bon accueil si vous me servez un autre pichet de cidre, conclut Nicolas, qui s'assit à une table près de la fenêtre où le soleil d'été entrait à grands flots. Il dîna de bon appétit et prit le café dans un fauteuil de bois à l'extérieur, observant les pêcheurs qui ravaudaient des filets sur la jetée. Fatigué de la route, avec en perspective une navigation de nuit, il s'endormit, reprenant les forces qu'il avait usées sur son cheval. Plus tard dans l'après-midi, il visita Granville en remontant par la rue des Juifs vers les remparts qui enserraient une petite ville de granit battue par le frais vent du large, où alternaient les maisons étroites des pêcheurs et les petits hôtels des armateurs. Une longue plage de sable jaune s'étendait vers le sud, jusqu'à l'entrée de la baie du Mont-Saint-Michel, fermée vers l'ouest par la côte de Bretagne où pointait le clocher de Cancale. Plus au nord, on apercevait l'ombre bleue d'un archipel d'îles basses dans la direction de Jersey.

Peu à peu, comme les heures passaient, la mer se rapprocha du rivage et fit bientôt irruption par petites vagues dans le port, où les bateaux couchés dans la vase se redressaient l'un après l'autre, ranimés par le flot. À cinq heures, ayant pris son sac et confié son cheval aux bons soins du tavernier qui l'abrita dans son écurie, il marcha jusqu'à l'extrémité de la jetée. De prime abord, il ne vit personne, quand un cri lui fit baisser le regard. Au pied du mur de pierre, Olympe le hélait, assise à la barre d'une grande barque à demi pontée qui tirait doucement sur ses amarres.

– Descendez jusqu'ici, lança-t-elle, et sautez à bord. Nous partons tout de suite.

Il emprunta d'un pas prudent l'escalier de pierre taillé dans la jetée et rendu glissant par les algues. Il jeta son sac au fond de la barque, accrocha un hauban et franchit d'un bond le petit fossé d'eau verte qui le séparait de l'esquif.

– Très bien, jeta Olympe, fermez votre manteau, il y a du clapot à la sortie du port, vous risquez d'être mouillé. Elle largua les deux amarres et hissa la voile d'avant ; la barque quitta la jetée et prit son amure. Olympe envoya aussitôt la deuxième voile, en gestes rapides et machinaux. Le bateau frémit et prit de la vitesse. Au sortir du port, le vent de sud-ouest forcit et le bateau manqua se coucher. Olympe remonta dans le vent et il retrouva son assiette. Nicolas se retint à la lisse tandis qu'une vague éclatait sur l'avant et qu'un paquet d'embrun, comme une gifle salée, s'abattait sur lui. La barque mit le cap au nord-ouest, dansant sur les vagues, montant sur les crêtes et plongeant d'un coup dans les creux en soulevant des gerbes d'écume. Au bout de dix minutes, Nicolas fut trempé et un malaise sournois commença de lui étreindre l'estomac. Le haut-fond qui bordait le port soulevait des lames verticales qui chahutaient l'esquif. Pâle comme un linge, Nicolas dut se pencher par-dessus bord sous l'effet d'un trouble irrépressible.

– Mettez-vous sous le vent, cria Olympe, je ne veux pas que mon bateau soit souillé.

Nicolas obéit lentement, toute volonté annihilée par le mal de mer. Son estomac retourné se contractait en convulsions douloureuses et il jetait autour de lui des regards désespérés, craignant de voir ce calvaire se prolonger pendant toute la traversée.

– Voilà bien les horsains ! s'exclama Olympe tandis qu'ils doublaient le cap Lihou, la moindre brise les anéantit. Regardez l'horizon et respirez fort, cela devrait passer. Sinon couchez-vous au fond du bateau, c'est le seul remède efficace.

Heureusement, une fois la pointe dépassée, l'eau redevenait profonde et les vagues s'en trouvaient assagies. Le bateau bougea moins, taillant sa route dans une mer régulière. Peu à peu, Nicolas retrouva ses esprits et s'habitua au roulis, l'œil fixé sur la ligne d'horizon, seul repère stable qui puisse guider son équilibre. Olympe l'observait d'un regard narquois, la chevelure fouettée par le vent, la main sur la barre qu'elle manœuvrait souplement à petits coups précis.

– Vous ouvrirez le panier qui est serré à l'avant. Il faut manger, sinon, le mal de mer va vous reprendre.

Encore paralysé par la nausée, il déclina, sachant qu'un simple regard vers le fond du bateau déclencherait un nouveau spasme.

– Mais qu'allez-vous donc faire à Jersey ? demanda-t-elle. Pourquoi un terrien comme vous va-t-il dans les îles ?

Nicolas avait préparé sa réponse, sachant bien qu'il serait interrogé sur ce voyage inopiné en terre britannique. Il avait choisi de taire sa qualité d'agent du roi, surtout après le portrait que le tavernier lui avait brossé d'Olympe.

– Je suis en mission pour la garde nationale, sur ordre de M. de La Fayette. Je ne peux pas vous en dire plus.

– Vous êtes dans la garde ? s'étonna-t-elle. Mon mari aussi ; il vient d'être élu colonel de son régiment à Grenoble.

– Je suis en poste à Paris, à la surveillance des Tuileries.

– Ma foi, se gaussa-t-elle, votre surveillance est une grande réussite ! M. Louis a disparu à votre barbe.

– Oui mais les patriotes l'ont repris, répliqua-t-il, soucieux de montrer qu'il était du même bord que la jeune femme.

– M'est avis, remarqua-t-elle, que ce roi n'est plus digne de l'être. Il s'est enfui comme un couard, ou comme un traître. L'heure de la république approche.

– Peut-être, dit prudemment Nicolas, mais ce n'est pas l'avis de M. de La Fayette.

– Ce La Fayette est un aristocrate. Il est bourbonisé comme les autres. Seul Robespierre a la confiance du peuple...

Nicolas laissa prudemment l'échange en suspens. Il ne tenait pas à entrer dans une controverse avec celle qui devait le conduire à bon port.

– Que voit-on là-bas, à l'horizon ? demanda-t-il pour faire diversion, pointant son doigt sur l'ombre chinoise que faisaient de petites îles dispersées dans l'ouest de leur route, découpées par le soleil déclinant.

– L'archipel des Chausey, répondit Olympe, un paradis sur terre.

– Un paradis ?

– Oui, heureusement ignoré, si bien qu'il est resté vierge.

– Mais encore ?

– Avec le retrait de la marée, l'archipel se change en un monde de criques bleues, de plages immenses et de rochers aux formes étranges. Mais on ne peut le raconter, il faut le voir.

– Malheureusement, je n'aurai pas le temps...

– Vous êtes en mission secrète...

– En mission discrète.

L'échange allait s'arrêter là, mais Nicolas songea qu'il pouvait prendre le risque d'en dire plus : cette jeune Olympe était décidément une patriote ; elle pourrait le seconder s'il excipait d'une entreprise favorable à la Révolution. Cette alliée en terre adverse pouvait lui être utile.

– Il s'agit de combattre certains aristocrates qui conspirent contre la Constitution avec l'aide des Anglais.

– Comme celui que j'ai conduit il y a deux jours ?

Nicolas sursauta. Ainsi son hypothèse se vérifiait. Il ne doutait pas qu'il s'agisse du comte d'Antraigues, soucieux de se mettre à l'abri en terre anglaise.

– C'est bien possible, répondit-il, vous a-t-il donné son nom ?

– Il est resté muet sur ce point. C'était un homme de la haute, à coup sûr. Il était courtois et condescendant en même temps, cela ne trompe pas. Mais il m'a payé un bon prix.

– Il est allé à Mont-Orgueil ?

– Tout juste. Je l'ai laissé dans le port de Gorey et il a disparu vers le château.

– Que fait-on dans ce château ? questionna Nicolas.

– Les Anglais y tiennent garnison. Mais on rapporte aussi que plusieurs Français y ont pris pension.

Nicolas réfléchissait tandis que le soleil tombait vers l'horizon, allumant au couchant un flamboiement violet. La barque d'Olympe filait sept nœuds sans effort, poussée en avant par le vent de travers qui gonflait ses deux voiles. Ourlée d'une écharpe d'écume, elle fendait allègrement les vagues, tandis qu'une lumière orangée faisait sur l'eau comme une avenue vers le soleil. Il se sentit mieux et put échafauder sa théorie. Ainsi, croyait-il comprendre, cette société des Chevaliers de la foi avait élu domicile dans ce château de Jersey avec l'accord des Anglais, toujours soucieux d'affaiblir leurs ennemis et de semer le désordre dans leur État. Le choix de l'endroit paraissait plus logique qu'il n'en avait l'air. Les liaisons avec la France étaient rapides – quelques heures – et les communications avec l'Angleterre naturelles, par les courriers qui reliaient Jersey et les ports anglais. À l'abri de son île, d'Antraigues pouvait ourdir ses plans, entraîner ses hommes, se concerter avec Londres et monter ses opérations en France dans la plus grande tranquillité. Il faudrait jouer très serré : comprendre ce qui se tramait et s'enfuir au plus vite. Une idée lui vint.

– Pouvez-vous me ramener à Granville quand j'aurai fini ma mission, madame ?

– Vous ramener ? Mais quand ? Je ne saurais rester des jours à vous attendre...

– Un jour ou deux, tout au plus, répondit Nicolas. Mais il faudrait que personne ne sache que vous êtes restée à m'attendre...

Olympe lui jeta un regard étonné, puis elle comprit le sens de sa demande.

– Vous voulez partir à la cloche de bois, n'est-ce pas ?

– En quelque sorte. Si ceux qui vont m'accueillir vous voient rester dans le port, ils vont deviner que je compte repartir très vite, ce qui leur paraîtra louche.

– Je comprends, dit Olympe d'un air entendu. Alors j'irai mouiller un peu au nord du château, dans la baie de la Crête. Je ne serai pas loin, mais on ne me verra pas. Il suffira de me faire un signal de la plage, je pourrai approcher la barque de la petite pointe au sud de la baie.

– Fort bien. Votre aide me sera précieuse et elle sera précieuse à la cause du royaume.

– Surtout si le royaume devient une république, rétorqua Olympe avec un ton solennel qui tranchait avec son visage juvénile.

Il éluda la question et se concentra sur la navigation. La proue pointait vers Jersey, dont la côte barrait maintenant l'horizon d'un ruban ocre éclairé par le crépuscule. Le mal de mer s'était dissipé et il mordit de bon appétit dans les tartines apportées par la jeune femme.

Olympe lui expliqua que le château de Mont-Orgueil se dressait sur le côté est, derrière un amas de rochers noirs qui débordaient le rivage et contraignaient les bateaux à un long détour. Elle connaissait bien les lieux, qui étaient aussi un domaine de pêche pour les Granvillais. Elle sortit une lunette de marine d'un petit coffre placé près de la barre, repéra la route et montra du doigt un passage entre les récifs qu'on appelait le banc Violet.

– Nous allons couper par cette passe, nous gagnerons une heure.

Après un long bord vers l'île, la barque se fraya un chemin inquiétant entre les pointes de roches frangées d'écume, louvoyant pour embouquer la passe. Vers dix heures, alors que l'ombre envahissait le ciel, laissant une petite bande de lumière rouge à l'ouest, le château de Mont-Orgueil apparut dans une austère majesté. Au-dessus du petit port qui commençait à assécher, de hautes murailles aveugles bâties sur une colline dominaient la côte, flanquées de tours massives et couronnées par un donjon carré au sommet crénelé. Le port était noyé d'ombre, mais les tours brillaient encore dans les derniers rayons du jour.

À quelques encablures, ils remarquèrent un petit brick mouillé en eau profonde qui tirait sur son ancre, arborant pavillon anglais.

– Tiens, dit Olympe, il n'était pas là il y a deux jours.

– Il est peut-être venu assurer les liaisons des émigrés.

– C'est possible. Il a dû venir de Saint-Hélier.

La jeune femme pilota sa barque jusqu'à la jetée de Gorey et resta à l'extérieur où il y avait encore assez d'eau. Nicolas saisit les barreaux rouillés d'une échelle scellée dans la pierre et monta sur le quai.

– Rendez-vous dans la baie de la Crête, lui jeta Olympe. Si vous partez de nuit, agitez une lanterne sur la plage, je viendrai jusqu'à la pointe et vous pourrez embarquer. Même chose de jour : soyez sur la plage, agitez vos bras, je serai là.

Nicolas jeta un coup d'œil autour de lui. La jetée était déserte et aucune lumière ne luisait dans les maisons qui bordaient le port. Alors il se dirigea d'un pas vif vers la porte de la première muraille du château fort, qu'il distinguait au-dessus du village, se disant qu'il se jetait étourdiment dans la gueule du loup.

X

RÉVÉLATION

« Le temps révèle toute chose. »

TERTULLIEN

Vendredi 1ᵉʳ juillet 1791

Nicolas arriva aux abords du château fort, dont l'ombre géante au-dessus de lui semblait une menace angoissante, tandis qu'il montait la pente de la colline. Une sentinelle anglaise était en faction devant l'entrée de la première enceinte, son uniforme rouge éclairé par une petite lanterne accrochée dans sa guérite. Nicolas lui tendit la lettre qu'il avait préparée, disant seulement en anglais :
– J'ai cette lettre pour le comte d'Antraigues. J'attends ici la réponse.

Le soldat l'avisa d'un air éberlué, baissa le regard sur la lettre, hésita, puis prit l'enveloppe et entra dans l'enceinte du château fort, fermant la lourde porte derrière lui.

Dix minutes plus tard, il revint, laissa entrer Nicolas et lui fit signe de suivre un majordome qui était descendu pour l'accueillir.

– Le comte va vous recevoir dès maintenant, dit-il d'un ton étonné et respectueux. Suivez-moi.

Un chemin pavé montait parmi les herbes jusqu'à la deuxième enceinte, une muraille aveugle dont le sommet se perdait dans l'obscurité. Nicolas frissonna en entrant dans la forteresse, se demandant avec angoisse comment il pourrait en sortir. Une fois passée une antichambre aux murs nus, seulement meublée d'une armure ancienne, ils s'engagèrent dans un escalier de pierre qui donnait à l'étage sur une autre antichambre vide, recouverte d'un tapis et éclairée par un lustre de métal. Leurs pas résonnaient dans les grandes pièces à peine meublées. Au fond, une porte de bois sculpté s'ouvrit et le comte d'Antraigues – Nicolas le devina facilement – vint vers lui en lui tendant la main. C'était un homme mince à perruque et redingote cintrée, le cou serré dans une cravate blanche et de la dentelle aux poignets, avec un visage régulier où brillait un regard de courtoise intelligence. Il arborait un sourire retenu, à la fois engageant et méfiant.

– Monsieur de Moncé, dit-il, je n'ai pas l'honneur de vous connaître, mais si ce que vous me dites dans ce mot se confirme, soyez le bienvenu à Mont-Orgueil. Vous avez eu l'inspiration heureuse en décidant de me rejoindre ici.

– Tout est confirmé, monsieur le comte, tout est sûr.

Ils entrèrent dans une salle voûtée blanchie à la chaux munie d'une seule fenêtre percée dans l'épaisseur de la muraille et ouverte sur la mer, dont on entendait la rumeur en contrebas, montant de l'obscurité. D'Antraigues s'assit à une table de bois brut qui lui servait de bureau et lui fit signe de prendre l'un des deux fauteuils qui lui faisaient face.

– Nous sommes ici logés dans une caserne par les Anglais, expliqua le comte, d'où ce décor spartiate, qui favorise la prière et l'étude. Mais narrez-moi votre histoire, j'en suis impatient.

Nicolas conta la fable qu'il avait élaborée avec Bourdeau après avoir interrogé le vrai chevalier de Moncé. Il revint à l'effraction initiale. Aux Tuileries, dit-il, les choses avaient mal tourné. Contade avait dû tuer Rossignol pour l'empêcher de donner l'alerte. Il s'était emparé de la lettre en cherchant dans le classeur de la reine les dernières missives envoyées. C'était la seule qui restait. Moncé l'avait accompagné dans sa fuite, croisant plusieurs personnes. Puis, revenus chez Contade, voyant le code et sa difficulté, s'essayant quelques heures à son décryptage, en vain, ils eurent l'idée de venir au théâtre Montansier interroger Sallemane, qui secondait parfois Rossignol dans sa tâche de chiffreur.

D'Antraigues le regardait comme quelqu'un qui comprend enfin un événement inexplicable. Nicolas poursuivit son récit.

Sallemane, menacé, avait commencé à parler et leur avait livré la clé du code, ajouta-t-il, mais deux policiers avaient fait irruption. Contade avait tiré et reçu en échange une balle dans l'épaule. Moncé avait profité de la confusion pour s'enfuir avec la lettre. Ne sachant que faire, supposant que le complot était découvert, il était venu jusqu'à l'hôtel d'Antraigues, rompant pour l'exception les consignes de sécurité. On lui avait dit que le comte était parti à la hâte : il devina qu'il était en fuite. Il eut alors l'idée de courir vers le château de Mont-Orgueil dont Contade lui avait parlé comme d'un refuge sûr. Il avait fallu deux jours pour préparer le voyage. Puis il avait chevauché jusqu'à Granville et loué un passage auprès d'un pêcheur. Il omit de citer Olympe, craignant que d'Antraigues, la connaissant, ne cherche à lui parler le lendemain. Mieux valait évoquer un passeur anonyme qu'on ne chercherait pas.

– Mais comment la police a-t-elle eu vent de cette affaire ?

– Je ne sais, monsieur le comte. J'ai imaginé qu'elle a suspecté Contade après le meurtre – il a été vu sortant du bureau de Rossignol. Elle a réussi à l'identifier je ne sais comment et elle a obtenu son adresse. J'ai ensuite supposé que ces deux policiers nous avaient suivis de chez lui jusqu'au théâtre.

– Mais comment sont-ils remontés jusqu'à moi ?

– Contade a ensuite été arrêté, blessé, il est possible qu'il ait parlé sous la torture.

Le comte semblait s'interroger et le regarda longuement. Il avait visiblement une question sur les lèvres mais s'abstint de la poser. Puis il changea d'idée.

– Vous avez donc la lettre ?

– La voici.

D'Antraigues le regarda avec gratitude et examina avec soin le papier, s'attardant sur l'en-tête, suivant du doigt le texte aux caractères sans suite, levant le papier vers le chandelier qui trônait sur le bureau pour le regarder en transparence. Il parut satisfait.

– Fort bien, c'est bien un papier venant des Tuileries et c'est l'écriture de la reine. Nous allons nous mettre au travail pour la décrypter. Ce chiffreur vous a-t-il procuré quelque indication ?

– Oui. Il nous a livré la clé du code, qui est fondé sur le principe de Vigenère.

– Quelle est cette clé ?

– « Sortilège ».

– Fort bien. Ces éléments devraient suffire. Nous connaissons ce principe. Nous devrons essayer plusieurs carrés d'alphabets, mais avec la clé, nous devrions parvenir à la lire.

Nicolas pria pour que les cryptanalyses du comte ne déchiffrent pas trop vite la lettre. S'ils la lisaient, ils constateraient qu'elle ne contenait rien de compromettant pour la reine, ce qui pourrait les rendre méfiants.

D'Antraigues reprit un ton aimable.

– Vous avez longuement chevauché et navigué, je suppose que vous n'avez pas soupé.

– Non, j'ai été malade en mer, je n'ai rien pu avaler.

– Je vais faire servir dans la salle du conseil. J'ai déjà soupé, mais je vous tiendrai compagnie. Le cuisinier est anglais, vous voudrez bien faire preuve d'indulgence envers lui...

D'Antraigues sonna un soldat d'ordonnance et lui livra ses instructions en anglais. Puis il devisa un quart d'heure avec Nicolas sur les difficultés du voyage et celles de la navigation.

– Nous avons désormais un brick à notre disposition pour les liaisons avec la France. C'est un vieux navire mais il marche bien. Il suffit de cinq hommes d'équipage, les Anglais nous le prêtent pour quelques semaines, le temps que nous nous organisions en prévision des missions à venir. Nous sommes à quatre heures de la côte française. Trois jours plus tard, nous sommes à Paris.

– L'Angleterre veut donc peser directement sur les événements...

– Oui et non. Le gouvernement de Saint-James réprouve la Révolution, mais il ne veut en aucun cas de conflit ouvert avec la France. Il favorise nos entreprises de restauration du pouvoir royal, mais de loin et parcimonieusement, à condition que tout cela reste secret.

L'ordonnance revint annoncer que le souper était servi. Ils passèrent par deux couloirs sombres et arrivèrent à la salle du conseil, une pièce longue et haute, mal éclairée par deux chandeliers disposés sur une grande table recouverte d'une nappe de velours pourpre.

Tandis que l'ordonnance servait un bouillon de viande noirâtre accompagné d'un vin aigre, d'Antraigues interrogea longuement le faux Moncé sur ses raisons. Nicolas déroula le reste de son histoire, longuement répétée pendant le voyage à cheval : sa fidélité à la monarchie qui était celle d'un hobereau du Vendômois attaché à l'ordre traditionnel, plein de dévotion, ayant fait bâtir une chapelle sur sa terre de Moncé pour faciliter les offices journaliers, allant à la messe et à vêpres à l'abbaye de Vendôme, traitant bien ses gens et vivant des revenus de ses fermages, qui n'étaient pas gras mais assuraient son austère train de vie. Il avait passé du temps à la cour de Versailles sous le roi Louis XV et au début du règne de Louis XVI. Arrivé à la cinquantaine, il s'était retiré dans son manoir qui dominait le Loir à une lieue de la ville. C'est à la fin de 1790 que Contade, son voisin de Saint-Firmin-des-Prés, vétéran de la guerre d'Amérique, outré par l'évolution parisienne, était venu le voir pour lui demander de s'engager avec lui dans la société des Chevaliers de la foi. Après une hésitation, il avait accepté, lui aussi indigné par l'abaissement de la couronne et l'écroulement des positions de l'aristocratie terrienne, sans laquelle le royaume, pensait-il, allait sombrer dans l'anarchie. Hobereau lui-même, Nicolas parlait avec sincérité et flamme de cette condition, composée de devoir et de fidélité autant que de prérogatives, les premiers justifiant les secondes, le tout au service d'un régime immémorial qui avait fait de l'ancienne Gaule l'un des grands royaumes d'Europe.

D'Antraigues l'écoutait avec passion, retrouvant dans ces propos l'écho de ses propres convictions.

– J'ai cru un moment à la justesse des réformes, confessa-t-il en réponse, je lisais les philosophes et je voyais dans la raison un progrès possible pour la royauté, si cette raison ne se tournait pas contre l'Église et se contentait de la faire évoluer. Mais j'ai vite déchanté. En octobre 1789, lors de cette affreuse émeute autour du château de Versailles, j'ai vu de quoi la populace était capable. J'ai vu que le roi serait désormais prisonnier dans sa capitale. J'ai compris aussi que le caractère de Louis le rendait inapte à gouverner dans une telle tempête. Il cherche sans cesse à éviter les heurts. Alors qu'il s'agit d'une lutte à mort entre l'ordre et l'anarchie, entre la foi et l'impiété. Cette lutte extraordinaire exige des moyens extraordinaires. Une action résolue le 14 juillet aurait évité tout cela. Mais pour la mener à bien, il eût fallu un souverain impérieux, décidé. Louis est trop bon, il gâche tout par bénévolence.

L'arrivée du plat principal coupa d'Antraigues dans son élan. Le soldat servit à Nicolas une viande filandreuse garnie d'une sauce à la menthe qui emplissait l'assiette comme un brouet.

– Le seul inconvénient de ce château, c'est ce qu'on y mange, dit le comte sur un ton d'excuse. C'est notre pénitence pour les malheurs du royaume...

– Alors que faire ? demanda simplement Nicolas.

– Soutenir la monarchie, ce qui ne veut pas dire soutenir le roi. Après tout, l'intérêt supérieur de l'État impose parfois des décisions tragiques. Nous y sommes. Le roi Louis est un marin de petit temps. Il nous faut un capitaine des tempêtes, qui sache ce qu'il veut, c'est-à-dire le retour de l'autorité légitime, celle du trône et de l'autel, sans laquelle il n'y a que désordre et décadence. Cette société libre qu'ont rêvée les philosophes est un songe séduisant, mais c'est un songe. L'individu ne peut s'épanouir qu'en restant à sa place dans le corps social. Or ce corps est comme celui de l'être humain : chaque organe a sa fonction, le cœur ne se mêle pas de respirer, les poumons d'avoir des sentiments ou le foie de remplacer le cerveau. Ces idées de liberté sans frein de l'individu, de souveraineté du peuple, sont funestes à tous égards. On nous tympanise avec ces supposés « droits de l'homme ». Mais qu'est-ce que l'« Homme » ? (Il soulignait le mot de la voix pour en montrer la fausseté.) Je ne connais pas cet « Homme » dont on nous parle. Je connais des Français, des Anglais, des Russes ou des Peaux-Rouges, qui ont chacun leur histoire, leur religion, leurs coutumes, et qui vivent en vertu de leurs traditions, non selon ces abstractions dangereuses que sont les « droits » et les « libertés ». Il faut arrêter ce torrent, il nous mène à l'abîme.

Nicolas, seigneur de Ranreuil, n'était pas loin de partager ces réflexions qui lui semblaient profondes. Mais il en redoutait les conséquences ultimes.

– Qui peut nous ramener à cet ordre naturel ? demanda-t-il avec une fausse naïveté.

– Les frères du roi sont plus capables que lui, rétorqua d'Antraigues. Il faut pousser l'un d'eux sur le trône. Provence est le plus habile, Artois le plus attaché à la religion et à la tradition. Mais ils sont paralysés par l'ordre dynastique. Ils ne peuvent rien faire contre leur frère, en tout cas publiquement. Il faut écouter les leçons de ce Machiavelli, dont l'ouvrage devrait être donné à tous les souverains dès le premier jour de leur règne. La raison d'État commande. Dans ces circonstances, les personnes ne sont rien. Pas même les monarques, s'ils sont défaillants.

Dans la lumière fauve des chandelles, au milieu de cette pièce obscure aux murs épais, sous une haute voûte perdue dans l'ombre, une atmosphère de conspiration s'empara du souper, tandis que le bruit de la mer et du vent composait en sourdine une mélopée sinistre. D'Antraigues continua son raisonnement.

– La Révolution, reprit-il, est une machine qui va toute seule, mue par l'ambition des bourgeois et la haine de la populace. Un coup de pouce bien placé peut la faire dévier à tout moment, dans le sens de nos intérêts. Si la reine est soudain convaincue d'une action malicieuse, ces excités sont capables d'une nouvelle émeute, qui jettera à bas le trône.

Nicolas pensa à Robespierre, à ses rêves démocratiques et à son action au sein du club des Jacobins. Il était certain qu'une révélation embarrassante pour la couronne l'aiderait dans ses projets.

– Dans ce cas, poursuivit le comte, les puissances seront au pied du mur. Ou elles accepteront l'établissement d'un régime républicain qui les menacera toutes, ou bien elles engageront une action armée pour rétablir le trône et ramener la stabilité en Europe. Dans ce cas, Louis XVI prisonnier sera un otage, impuissant et effacé. Provence et Artois pourront jouer leur rôle, avec le soutien des armées européennes et des volontaires de la noblesse. C'est là que les Chevaliers de la foi trouvent leur mission : provoquer la commotion libératrice. Ce peut être la publication de la lettre, si elle est compromettante, ce que nous supposons, c'est pourquoi nous l'avons prise. Mais il peut aussi s'agir d'une émeute qui tourne au drame et attise la colère des faubourgs contre les Tuileries. Nous connaissons le mécanisme, que nous pouvons actionner : l'incident sanglant a lieu, on accuse la Cour, les clubs s'animent, la populace entre en scène et fait reculer le roi et les monarchiens de l'Assemblée. Notre meilleur allié, c'est Marat : à lui seul il excitera la colère du peuple. Il faut créer un vide sur le trône, pour y asseoir un nouveau souverain. Me comprenez-vous ?

– Parfaitement, monsieur le comte. Aux grands maux, les grands remèdes.

– Fort bien. Vous êtes donc décidément avec nous ?

– Corps et âme, répondit Nicolas, un tremblement dans la voix.

– Alors, nous vous admettons dans notre société. Vous avez donné la preuve de votre attachement et de votre jugement en venant ici. Mais vous devrez prêter serment, c'est la règle de notre ordre.

– Quand vous le voulez, je suis prêt.

– Battons le fer quand il est chaud. Je convoque la cérémonie pour demain soir.

– La cérémonie ?

– Oui, nous obéissons à un rituel fixé par nos fondateurs.

– Qui sont-ils ?

– Leur nom doit rester secret. Nous nous assemblerons à la nuit, mais nous garderons nos visages couverts, sauf vous et moi, puisque nous nous connaissons. C'est une précaution indispensable.

Le reste du dîner fut occupé par des propos d'actualité sur la situation à Paris. D'Antraigues voyait la faiblesse de la position royale et souhaitait la détruire plus complètement grâce à la publication de la lettre. Il agitait aussi des projets de provocation à la faveur de manifestations publiques. Ils se firent servir les liqueurs puis Nicolas fut conduit à sa chambre, une sorte de cellule de moine qui donnait elle aussi sur la mer, avec un bat-flanc, une table, une chaise et un crucifix.

Samedi 2 juillet 1791

Le lendemain, le comte le convia à son déjeuner, puis ils firent le tour du château entre les deux enceintes, marchant dans le vent sur la colline herbeuse. On voyait en contrebas le petit port de Gorey où la mer remontait lentement. Au loin, à l'est, on apercevait un chapelet de petites îles que le comte appela les Écréhous et, plus loin, à la faveur du temps clair, le ruban bleuâtre de la côte française. Nicolas essaya discrètement de localiser la baie de la Crête où Olympe devait mouiller son bateau. Mais en portant son regard vers le nord, il vit seulement une crique déserte fermée par une pointe rocheuse, qui devait dissimuler le havre suivant. Comme à Granville, une zone de vase brune et verte séparait la côte de la mer en perpétuel mouvement pendulaire.

D'Antraigues parlait d'abondance, expliquant à Nicolas, les arcanes de la société des Chevaliers de la foi, qui avait calqué ses méthodes sur celles de son ennemie détestée, la franc-maçonnerie, dont le rôle était si prégnant dans cette Révolution. La société était organisée en « bannières » dans les villes et les régions, dirigées chacune par un « sénéchal » prenant ses ordres du petit cercle de ses mystérieux dirigeants. Pour l'instant, la société recrutait dans la noblesse, mais le comte se faisait fort de lui donner une assise populaire en prêchant aux paysans la révolte contre le pouvoir impie de l'Assemblée.

Comme les francs-maçons, les chevaliers portaient sur eux un signe distinctif discret, connu des seuls membres. Ils s'étageaient en trois grades selon leur ancienneté et leur implication. Les simples chevaliers avaient un anneau béni, à l'intérieur duquel était gravé le mot « caritas », les chevaliers hospitaliers avaient un chapelet avec une croix d'ébène et les chevaliers de la foi en avaient un avec une croix d'argent. Tous devaient fidélité, secret et totale obéissance. Le comte décrivit la cérémonie initiatique du soir, qui comportait une prestation de serment et un adoubement par les pairs.

Puis le comte le questionna encore sur les événements des Tuileries. Il cherchait à comprendre comment la police avait pu l'identifier si vite, écoutant sans se lasser les explications minutieuses données par Nicolas, qui peinait à en rendre la cohérence. Un silence se fit, tandis que le soleil montait à l'est dans un ciel bleu seulement occupé par quelques nuages blancs et brillants. D'Antraigues réfléchissait, en proie à un doute visible. Puis il se décida.

— Mais enfin, lâcha-t-il, Contade vous a-t-il parlé de Laure de Fitz-James ?

Nicolas eut un haut-le-corps. Son sang se glaça dans ses veines. En un instant, il tenta de mesurer la signification de la question. D'Antraigues la citait-il comme une dame de la Cour fidèle à la reine, dont il connaissait le rôle auprès de Marie-Antoinette ? Ou bien la jeune femme jouait-elle un rôle plus obscur dans cet écheveau ? Il décida de nier en bloc, craignant de se perdre en improvisant une réponse hasardeuse.

— Laure de Fitz-James ? Non. Je ne la connais pas. Je sais son nom, elle est dans la suite de Marie-Antoinette depuis des années. Mais c'est tout. Contade ne m'a rien dit.

Le comte le regardait intensément. Nicolas fit une tentative pour éclaircir la situation.

— Cette dame est-elle de notre côté ?

— Oui. C'est une femme de grand talent et de grande décision. Nous lui avons confié la direction de notre agence de Paris. Au fond, je suis rassuré que vous ne la connaissiez pas, cela montre que nos consignes de secret sont respectées.

Avec une rage contenue, Nicolas mesura un peu plus la perfidie de Laure de Fitz-James, qui présidait aux combinaisons meurtrières des Chevaliers de la foi, mais jouait avec lui le rôle mielleux d'une amante nostalgique.

Le comte hésita un instant, puis il coupa court, peu soucieux d'en dire plus sur l'architecture de la société secrète parisienne.

Nicolas fut soulagé d'un poids effrayant. En raison de ces règles de sécurité, il était vraisemblable qu'il ne connût point le rôle de Laure. Au demeurant, d'Antraigues avait l'air de s'en satisfaire, gardant son flegme d'aristocrate raffiné.

– Je vous abandonne pour la journée, conclut-il, plusieurs affaires m'appellent. Reposez-vous, promenez-vous, on vous servira un repas dans la salle du conseil. Mais ne sortez pas de l'enceinte : il y faut un laissez-passer signé par moi. Je ne souhaite pas qu'on vous voie en ville, il peut y avoir des espions. Je sais que le bruit de notre présence a circulé à Granville, il peut y avoir des traîtres à Gorey, ou de simples curieux qui seront ensuite trop bavards. Mon officier d'ordonnance est à votre disposition.

Puis il ajouta :

– Rendez-vous dans la salle du conseil à onze heures. Une prière préalable est requise, faites-la dans la chapelle du château. Préparez-vous dans l'espérance et la foi de l'Église, nous nous retrouverons dans la salle du conseil. Vous devrez prêter un serment sincère, qui reposera sur la vérité de vos intentions, dont je vois qu'elles sont pures.

Resté seul, Nicolas se demanda ensuite si la dernière phrase du comte ne recelait pas un avertissement voilé. Fébrile, il hésita à tenter une évasion dès l'après-midi. Il en savait déjà beaucoup sur la société et ses desseins. Il avait surtout pénétré la duplicité de Laure de Fitz-James, précieuse révélation. La règle du secret ne laissait pas espérer beaucoup plus d'informations sur les Chevaliers de la foi, leurs dirigeants ou leurs agents en France. Mais l'officier d'ordonnance resta attaché à ses pas sous prétexte de sollicitude et Nicolas n'avait pas assez de connaissance du château pour trouver une issue. Il était condamné à rester encore dans l'antre du loup, pour attendre l'occasion favorable. Il savait que la jeune Olympe l'attendrait encore une journée avant de rentrer à Granville. Il agirait le lendemain, une fois adoubé par la société et plus libre de ses mouvements.

XI

CONDAMNATION

« Le bon juge condamne le crime
sans haïr le criminel. »

SÉNÈQUE

Samedi 2 juillet 1791

La salle du conseil avait été préparée pour la cérémonie.
La grande table, poussée à une extrémité, laissait un large
espace vide à l'opposé, désormais occupé par des tapis,
un lutrin et deux prie-Dieu. Une dizaine de personnages
masqués étaient alignés devant le mur du fond, les uns en
redingote, d'autres en uniforme, l'un d'eux en soutane ;
tous avaient l'épée au côté. Les flambeaux accrochés aux
murs de pierre brute et le bruit du vent qui entrait par les
hautes fenêtres donnaient à la scène un tour fantastique.
D'Antraigues avait introduit Nicolas dans la pièce, en
même temps qu'un autre impétrant, un jeune homme

nerveux et pâle à la longue chevelure noire. Le comte leur désigna les deux prie-Dieu qui faisaient face au lutrin, au milieu de l'espace vide, où ils vinrent s'agenouiller, les mains jointes.

– Mes amis, mes frères, chevaliers de la foi, lança-t-il, nous sommes ici pour accueillir ces deux novices, qui rejoignent le combat sacré de notre société. Mais d'abord, prions.

Il fit signe au chevalier en soutane, qui prit place au pupitre. Celui-ci prononça un Pater noster, en latin, qu'ils récitèrent à l'unisson, puis, sur un ton de gravité, il lut un extrait de l'Évangile de Matthieu :

– Évangile selon saint Matthieu 10:34-11. En ce temps-là, Jésus disait à ses apôtres : « Ne pensez pas que je sois venu apporter la paix sur la terre : je ne suis pas venu apporter la paix, mais le glaive. Oui, je suis venu séparer l'homme de son père, la fille de sa mère, la belle-fille de sa belle-mère : on aura pour ennemis les gens de sa propre maison. Celui qui aime son père ou sa mère plus que moi n'est pas digne de moi ; celui qui aime son fils ou sa fille plus que moi n'est pas digne de moi ; celui qui ne prend pas sa croix et ne me suit pas n'est pas digne de moi. Qui a trouvé sa vie la perdra ; qui a perdu sa vie à cause de moi la trouvera. »

Nicolas remarqua *in petto* que l'extrait avait été bien choisi, que sa facture donnait de la doctrine catholique une version martiale, guerrière, qui cadrait mieux avec les buts des chevaliers que les principes lénifiants de pardon et de charité. L'appel au sacrifice de sa vie pour la religion du Christ conférait à la cérémonie son caractère solennel et tragique. Chacun se signa à la fin de la lecture et d'Antraigues reprit la parole.

– Nous allons maintenant procéder au serment. Levez-vous, tendez la main droite. Écoutez le serment et dites à chaque fois : « Je le jure. »

Derrière son lutrin, le prêtre entreprit de lire la promesse sacrée des Chevaliers de la foi.

– Jurez-vous fidélité à la religion catholique et romaine, la seule foi qui doit animer les sujets du royaume de France ?

– Je le jure ! répondirent ensemble les deux novices.

– Jurez-vous obéissance au pape et au roi, les représentants de Dieu sur terre ?

– Je le jure !

– Jurez-vous fidélité et obéissance absolue au conseil suprême des Chevaliers de la foi, jusqu'au sacrifice de votre vie si cela est nécessaire ?

– Je le jure !

La litanie continua plusieurs minutes, vouant à jamais les deux candidats aux idéaux et aux buts de la société, dans le secret et l'obéissance absolue. Puis le prêtre conclut :

– Qu'il en soit fait ainsi, dans les principes sacrés de la foi catholique, de la fidélité à la couronne de France, du respect de la tradition léguée par nos pères, avec la bénédiction de Notre Seigneur Jésus !

D'Antraigues avait tiré son épée. Il s'approcha des deux candidats à qui il fit signe de s'agenouiller. Il leur présenta chacun une bague qu'ils passèrent à leur annulaire. Puis il se tourna vers le jeune homme aux cheveux noirs et dit d'une voix forte :

– Jurez-vous d'avoir prêté ce serment avec un cœur pur, dans un esprit de vérité, sans avoir rien celé, ni rien altéré dans vos réponses ?

– Je le jure ! répondit le jeune homme.

Le comte posa son épée alternativement sur chacune de ses deux épaules et continua :

– Par cet adoubement, au nom du Christ, je vous fais Chevalier de la foi.

L'assistance applaudit et chacun vint vers le jeune homme pour lui donner l'accolade.

Puis le comte se tourna vers Nicolas et répéta :

– Jurez-vous d'avoir prêté ce serment avec un cœur pur, dans un esprit de vérité, sans avoir rien celé, ni rien altéré dans vos réponses ?

– Je le jure ! lança Nicolas.

Il resta à genoux pour recevoir l'adoubement par l'épée. Mais un silence se fit. Chacun attendait le geste initiatique du comte, mais celui-ci restait muet. De longues secondes s'écoulèrent encore. Puis, braquant son regard sur Nicolas, d'Antraigues prit tout à coup une expression de colère froide.

– Mes amis, cria d'Antraigues, cette cérémonie est terminée ! Nous n'irons plus avant, la preuve est faite. Ce M. de Moncé est parjure. C'est un imposteur !

Une rumeur ébahie parcourut l'assistance. Un moment encore, puis deux chevaliers s'approchèrent de Nicolas, tirèrent leur épée et la pointèrent sur lui. Sidéré, celui-ci resta figé, la mort dans l'âme. Ainsi son entreprise d'espionnage s'arrêtait là, trop hasardeuse pour réussir. Il se dit qu'il était perdu, que son habile stratagème se retournait contre lui, que son audace n'était que de la présomption. Il tenta néanmoins de protester.

– Monsieur le comte, je ne comprends pas. J'ai répondu avec franchise. J'ai tout dit et vous avez la lettre de la reine.

– C'est un faux, obtenu par je ne sais quelle combinaison maléfique !

– Comment pouvez-vous l'affirmer ? Vous ne pouvez me condamner sans preuve !

– La preuve, la voici.

Il sortit un papier de sa poche.

– Monsieur, voici une lettre que Laure de Fitz-James m'a adressée il y a deux semaines.

Nicolas tomba de haut en entendant le nom de la jeune femme, soudain pris au piège de ses inclinations coupables. Le comte continua sa démonstration.

– J'en lis un extrait : « Comme nous en sommes convenus, j'ai vérifié avec M. de Contade le plan que nous avons mis au point ensemble. Il s'est adjoint le service d'un de ses amis, M. de Moncé, que j'ai rencontré et qui me semble animé des meilleures dispositions. Le roi et la reine ont décidé de s'enfuir des Tuileries le 21 juin. L'opération aura lieu après leur départ, le 23 juin, à la faveur du désordre ambiant. J'ai confiance dans ces deux hommes, fidèles et décidés, qui sauront agir avec discernement et discrétion, à la grâce de Dieu. » Voilà qui est clair, continua le comte. Interrogé à deux reprises avec candeur, vous m'avez affirmé que vous ne connaissiez pas Mme de Fitz-James. Or M. de Moncé l'a rencontrée, comme en atteste cette lettre. Je ne me le rappelais plus très bien, quand je vous ai parlé, je vous ai interrogé en confiance. Mais le souvenir de cette lettre m'est revenu. J'ai relu mon courrier cet après-midi et la vérité m'est apparue. Vous ne saviez pas que Mme de Fitz-James était membre de notre société et vous avez nié cette rencontre pour vous protéger. Vous n'êtes donc pas M. de Moncé. La preuve est irréfutable. J'ai voulu aller jusqu'au bout pour mieux vous confondre. Vous êtes parjure et donc coupable !

Tout un monde s'écroulait pour Nicolas. Pour la deuxième fois, il éprouvait dans l'amertume la duplicité de son ancienne maîtresse, qui n'avait renoué avec lui que pour mieux surprendre ses intentions. Trop confiant, naïf jusqu'à la bêtise, il avait été la dupe d'une jeune fanatique, qui l'avait joué de la plus belle des façons. Et sur la base de son illusion, il s'était livré sans défense à ses ennemis.

– Monsieur, reprit le comte, il ne vous reste qu'à nous dire qui vous êtes et ce que vous faites réellement ici. J'ai mon idée, mais c'est à vous d'avouer.

Nicolas réfléchit un instant, malgré son trouble. Il était découvert, convaincu de mensonge sans pouvoir répliquer d'une manière un tant soit peu convaincante. Il avait joué et perdu. Il ne lui restait plus qu'à assumer son rôle, celui d'un espion confondu sans rémission possible.

– Monsieur, répliqua-t-il, je n'ai fait que mon devoir. Je suis – comme vous devriez l'être – au service de leurs Majestés le roi Louis XVI et la reine Marie-Antoinette ! J'ai entrepris ce voyage pour déjouer les intrigues de leurs ennemis, qui ne sont pas tous dans l'Assemblée ou dans les faubourgs de Paris, mais qui se dissimulent auprès de leurs souverains pour mieux les trahir.

Un murmure de réprobation agita la petite assemblée.

– C'est un traître ! lança une voix. Il mérite la mort.

– La traîtrise n'est pas de mon côté, cria Nicolas, mais chez ceux qui complotent contre leurs souverains légitimes !

– Ces souverains ont failli, répliqua d'Antraigues. Ils ne méritent plus le trône. Monsieur, attention à vous. Vous êtes fait comme un rat. Vous ne pouvez sauver votre tête qu'en nous livrant ce que vous savez.

– Je sais ce que vous m'avez dit vous-même, rétorqua Nicolas. Vous voulez sacrifier votre roi pour un projet chimérique et funeste. J'ai enquêté et je vous ai trouvés. Voilà toute mon histoire, qui est celle d'un homme qui fait son devoir. Je n'en dirai pas plus.

– Qu'on le passe à la question ! lança un autre.

– Oui, à la question ! tonnèrent plusieurs voix.

– Mes amis, déclara le comte en levant la main, nous allons agir dans les règles. Ce parjure est à coup sûr un policier, ou un agent discret de la couronne. Il a remonté notre filière, ce qui est une leçon pour nous.

Nous savons comment : il a surpris Contade et l'a fait parler, voilà tout. La question ne nous en apprendrait pas plus. Sachons en tirer les conséquences. Nous devons redoubler de précaution dans nos combinaisons. Ce que nous ferons. Quant au sort de cet espion, il est prévu par nos statuts : les traîtres à la société doivent être jugés par le conseil et sanctionnés à la mesure de leur crime. Emmenez-le !

Les deux hommes qui avaient tiré l'épée prirent chacun Nicolas par un bras et l'entraînèrent hors de la salle, tandis que les chevaliers masqués s'asseyaient en silence autour de la grande table. Les deux hommes conduisirent leur prisonnier à sa chambre, qu'ils fermèrent à double tour, laissant Nicolas dans les affres du désastre.

Une demi-heure plus tard, la porte de la cellule s'ouvrit et d'Antraigues entra.

– Le conseil a délibéré, annonça-t-il. C'est la mort, le châtiment des parjures. Vous...

– De quel droit ? coupa Nicolas.

– Du droit de Dieu, qui guide nos actions. Cette lutte est une lutte à mort pour ce qui nous est le plus cher. Vous l'avez d'ailleurs compris, si je me réfère à notre conversation. Nos raisons sont limpides, vous les avez entendues et approuvées. Mais c'était un mensonge. Vous êtes à la fin de votre parcours. Notre entreprise est trop précieuse, nous devons être implacables.

– Qu'allez-vous faire ? Me fusiller ? Me décapiter ? Ou bien m'infliger le supplice de la roue ?

– Rien de tout cela, mon cher. Nous avons déjà connu semblable cas, nous l'avons réglé dans la plus grande discrétion. Vous êtes venu par la mer, vous repartirez par la mer, voilà tout...

D'Antraigues en avait fini. Il tourna les talons sans un mot et la porte de la chambre se referma sur un bruit de clés. Nicolas était anéanti, certain désormais que son sort était scellé. Ainsi il arrivait au bout de sa course, pour avoir trop cru à son étoile. Cette expédition était une folie, il le voyait désormais clairement. Éperdu, il regarda autour de lui.

Avisant la fenêtre, il l'ouvrit en grand. Le vent du large caressa son visage. Il se pencha. Au-dessous de lui, la muraille nue plongeait en pente verticale, rendant toute évasion impossible. Alors il s'allongea sur le bat-flanc, en proie au désespoir. Il revit Ranreuil, son fils, sa maisonnée assemblée, Aimée assise près du feu, tendre et attentionnée. Le chagrin lui comprima la poitrine. Puis, cherchant un début de réconfort, il se dit que sa vie, somme toute, avait été honorable, qu'il avait toujours agi dans la rectitude au service de ses maîtres qui avaient aussi été ses protecteurs. L'honneur, la fidélité, n'était-ce pas l'essentiel ? Puis une bouffée de piété l'assaillit. Il se mit à genoux près du lit et tâcha de se concentrer sur sa prière, éloignant un instant le poids de l'épreuve ultime qui l'attendait.

Dimanche 3 juillet 1791

Trois heures après minuit, il était dans cette posture quand la porte s'ouvrit de nouveau. Les deux chevaliers qui l'avaient emmené de la salle du conseil lui ligotèrent les mains dans le dos, le firent relever et le poussèrent en avant. Ils marchèrent dans la pénombre des couloirs mal éclairés puis descendirent un escalier en colimaçon. Arrivés en bas, les deux hommes ouvrirent une porte qui donnait sur le dehors. Ils prirent chacun une lanterne et s'engagèrent dans la pente qui descendait vers l'enceinte extérieure, l'un devant, l'autre derrière. Nicolas songea à s'échapper en prenant ses jambes à son cou. Mais il savait qu'il n'irait pas loin les mains liées dans le dos, d'autant que ses deux gardes conservaient leur épée à la main. Ils pouvaient d'un geste mettre fin à toute rébellion.

Ils franchirent l'enceinte extérieure et se retrouvèrent sur un amas de roches inégales qui menait vers la mer. Nicolas avançait l'épée dans le dos, trouvant son chemin à la lumière des lanternes. Après une marche malcommode, ils arrivèrent sur une plage donnant sur une baie déserte. Ils avancèrent encore en marchant sur le sable humide. Puis l'un des deux chevaliers ordonna à Nicolas de se coucher sur le sable. Il obéit à contrecœur. Les deux hommes lui lièrent solidement les pieds, lui passèrent un bâillon serré sur la bouche et une cagoule sur le visage. Puis ils le prirent, l'un par les pieds, l'autre sous les épaules, et ils marchèrent ainsi une dizaine de minutes. Ils s'arrêtèrent soudain et reposèrent leur prisonnier sur le sable. Puis Nicolas les entendit s'éloigner après l'avoir laissé gisant de tout son long, immobilisé par les cordes, aveuglé par la cagoule et réduit au silence par le bâillon.

Interloqué autant qu'angoissé, il n'entendait plus que le vent soufflant sur le rivage et les vagues se brisant au loin. Il pensa un moment que les deux bourreaux allaient revenir pour se livrer à une exécution par l'épée. Mais rien ne vint. Il était seul, abandonné sur cette plage dans le silence de la nuit, mouillé peu à peu par le sable gorgé d'eau. Il s'interrogeait sur cet étrange dénouement, qui le laissait vivre encore sans que ses exécuteurs s'en souciassent plus que cela. Dix minutes s'écoulèrent dans une expectative pleine de mystère. Rien ne se passait, rien ne venait, rien ne mettait fin à sa confusion.

Puis, soudain, il remarqua que le bruit du ressac, encore lointain, s'était un peu rapproché. Alors il comprit. La phrase du comte résonna dans sa mémoire. « Vous êtes venu par la mer, vous repartirez par la mer. » Ainsi ces chevaliers cruels avaient trouvé un mode opératoire impitoyable et silencieux, sans avoir besoin de s'occuper de fusillade ou de coups de hache. Ficelé comme un saucisson, le condamné devait attendre patiemment son véritable bourreau : la mer indifférente qui remontait inexorablement et l'envelopperait sans coup férir d'un linceul d'eau glacée. Point de bruit, point de violence, point de coup de feu ou de sang versé. Une noyade muette qui adviendrait tôt ou tard, à l'heure de la marée, sans bruit et sans appel. Nicolas écouta encore le va-et-vient des vagues, tâchant d'évaluer leur distance. C'était un halètement encore lointain. Il se remémora son départ de Granville, « en haut de l'eau », avait indiqué la jeune Olympe, c'est-à-dire à pleine mer. Il était alors cinq heures, l'avant-veille. Quoique fort peu marin, Nicolas savait que la marée durait un peu plus de douze heures, six heures en montant, six heures en descendant. Il devait être à peu près quatre heures du matin, calcula-t-il. La mer était encore basse, mais remontait depuis deux heures. Selon qu'il était plus ou moins loin du rivage, elle serait sur lui dans deux, trois ou quatre heures. Alors il serait englouti sans bruit, ses convulsions étouffées par le bâillon. La mer ballotterait son corps immergé dans le ressac puis repartirait vers le large, emportant son butin de chair dans les courants violents du passage qui séparaient Jersey de la côte française, englouti à jamais et devenu garde-manger pour les crabes et les poissons.

Il lui restait quelques heures à vivre, prisonnier du sable, écoutant l'avancée tranquille du flot qui était celle de la mort.

Il tenta de gigoter pour éprouver ses liens, mais ils étaient implacablement serrés. Il roula sur lui-même, se disant qu'il pourrait peut-être, par rotations successives, se rapprocher du rivage et s'épargner son supplice. Mais, de chaque côté, il se heurta aussitôt à la pierre dure. Ses bourreaux avaient prévu cette parade désespérée.

Ils l'avaient déposé entre deux rochers qui le retenaient prisonnier. Il était face à la mer comme la chèvre à son piquet qui attend le loup qui va la dévorer. L'image de Laure de Fitz-James s'imposa à son esprit. La jeune femme était décidément diabolique. Déjà son rôle dans l'affaire du Code noir était sombre et mensonger. Jamais il n'aurait dû céder à ses anciennes amours, retrouvant cette faiblesse du plaisir immédiat qui lui avait tant de fois coûté cher. Il reconstituait la véritable trame du vol de la lettre. Elle avait en fait tout manigancé, donnant à Contade et Moncé les renseignements nécessaires à l'opération. Elle avait surtout – il en était sûr désormais – désigné aux deux conspirateurs la victime destinée à égarer les soupçons, ce pauvre Soufflet assassiné sans cérémonie dans le but de fournir une piste crédible aux policiers et de les détourner des vrais coupables. Froide cruauté, indifférence totale à la vie humaine, cynisme assumé : toutes les caractéristiques du fanatisme. Laure de Fitz-James était une vipère, vouée à soutenir l'ordre ancien par tous les moyens, seraient-ils sanguinaires ou déshonorants. Et dire qu'il avait filé avec elle un amour de deux années…

Tout cela semblait maintenant dérisoire. Attendant l'heure fatale fixée par la mer, il parcourait en pensée, le cœur meurtri, les épisodes de sa vie de commissaire sémillant. Il revit son tuteur, l'abbé qui l'avait élevé avec tant de bienveillance ; il revit son père, ce marquis de Ranreuil qui l'avait guidé de loin et finalement reconnu au grand jour, lui transmettant ainsi son titre. Il revit Sartine, le ministre et mentor au caractère si singulier, mais qui l'avait toujours épaulé, il revit une à une ses anciennes maîtresses, longue théorie d'amoureuses qui avaient parsemé sa vie d'épisodes tendres et sensuels ; il revit la Paulet, la tenancière de maison au grand cœur, Noblecourt, l'ami subtil et fidèle, Semacgus, le

chirurgien amical, Bourdeau, son second loyal et coura-
geux, la Satin, la mère de son fils, qui l'avait tant chéri,
puis Aimée d'Arranet, si douce et prévenante, avec qui
il avait pensé terminer ses jours dans l'heureuse retraite
de Guérande, avec son fils et son petit-fils, l'enfançon
charmant. Il avait maintes fois risqué sa vie et, à chaque
mission dangereuse, regardé en face l'éventualité de sa
disparition, qui était la rançon du métier qu'il avait
choisi au service de la couronne. Une belle vie, somme
toute, avec ses failles et ses secrets, mais aussi ses heures
de gloire et de bonheur. Le temps que Dieu lui avait
imparti, se dit-il, n'a pas été si mal employé, dans cette
recette idéale pour une existence réussie, qui mêle honneur et bonheur. Malgré le chagrin qui comprimait sa
poitrine, en dépit de cette conclusion vertigineuse qui
l'entraînait vers le néant, il se trouvait plutôt content
de lui. Il en tira un mince réconfort, s'habituant peu à
peu à la fatalité.

Il entendit le bruit du ressac, encore lointain, mais qui
se rapprochait sans hâte ni trêve. Soudain, comme il évoquait en pensée ses aventures tumultueuses, il lui revint
que plusieurs fois il avait échappé à une mort certaine,
sauvé du trépas par un miraculeux rebondissement.
Et après tout, pourquoi en irait-il différemment cette
fois-ci ? Il lui restait deux ou trois heures de vie, dans
cette agonie organisée avec cruauté par ces zélotes de
l'ordre ancien. Tâchant de remuer son corps engourdi, il
replia ses genoux. Puis, fichant ses talons dans le sable, il
les repoussa avec force : il s'aperçut qu'il pouvait ramper
sur le dos, que ses épaules avaient progressé de quelques
centimètres, qu'il n'était plus cet objet inerte abandonné
dans la nuit. Pouvait-il, en réitérant sa reptation, remonter lentement la plage, progressant par petits à-coups vers
le rivage, vers le salut ? Il se tortilla alors comme un ver
mis au jour et, d'une pesée de ses talons, repoussa encore

son buste en arrière. Un fol espoir l'envahit. Glissant sur le sable mouillé, pouce après pouce, il bougeait. Il suffisait de poursuivre cet effort apparemment dérisoire pour se placer hors d'atteinte de l'eau. Peut-être serait-ce trop lent, peut-être ne réussirait-il pas à se hisser sur cette pente légère, succombant finalement en dépit d'efforts surhumains. Peut-être ses ennemis, revenus s'assurer de sa disparition, le découvriraient-ils en haut de la plage, pour le ramener sans pitié à portée des vagues. Mais peut-être aussi gagnerait-il quelques heures de vie, peut-être le laisserait-on gisant au-dessus des flots, peut-être des passants le verraient et le sauveraient. Peut-être... Il enfonça de nouveau ses talons et poussa avec une sorte de rage.

L'espoir s'éteignit aussi vite qu'il s'était allumé. Le haut de son crâne venait de toucher un rocher, qui mit fin à sa progression. Il devina l'origine de sa déception : sans doute instruits par l'expérience, ses bourreaux avaient prévu cette tentative d'évasion désespérée. Ils l'avaient déposé, non seulement entre deux récifs, mais également dans un espace clos de tous côtés, une sorte de fosse fermée par la roche. Dès lors, il était comme une mouche prisonnière de son bocal : il pouvait s'agiter de tous côtés, il se heurterait inexorablement à une paroi.

Il retomba dans le désespoir. Il laissa éclater sa muette colère contre cette bande de dévots fanatiques indifférents à toute souffrance, animés par la sinistre passion d'un combat rétrograde.

Puis encore une fois, il refusa de se rendre à l'évidence. Il fallait essayer encore et encore, tel Sisyphe au bas de la montagne, toujours déçu mais toujours actif. Il ne sera pas dit, décréta-t-il, qu'un Ranreuil ait renoncé avant son dernier souffle. Il décida de ramper, non plus sur le sable, mais verticalement, le long du rocher qui lui barrait la route. Il plia le cou et poussa encore de toute la force de ses jambes. Il gagna insensiblement en hauteur. Comme sa cagoule frottait sur la pierre, elle bougea et laissa entrer un mince rai de lumière. Il vit alors que le jour se levait. Il tendit l'oreille : cette fois le bruit des vagues était proche. Combien de temps lui restait-il ? Une heure peut-être, deux tout au plus. Il poussa encore, le cou tordu, les vertèbres martyrisées. Ses épaules remontèrent d'un cran minuscule. Enfin, après de longues minutes d'effort, il se retrouva assis, puis debout, adossé au rocher. Mais au-dessus de lui, la pierre le surplombait toujours. Il eût fallu grimper en s'aidant de ses mains, rêve impossible. Il se dit alors que le rocher était peut-être inégal, que sur la droite ou sur la gauche, la crête s'abaisserait et lui permettrait de la franchir. Il se tortilla encore, pour commencer cette fois une translation latérale, à la recherche d'une brèche. Mais ses mouvements empêtrés lui firent perdre l'équilibre. Comme un tronc qu'on abat, il tomba lourdement sur la plage ; son crâne heurta un autre rocher et il s'évanouit.

C'est le froid de l'eau qui le fit revenir à lui. Combien de temps était-il resté inconscient ? Suffisamment, en tout cas, pour laisser la mer l'atteindre. Il baignait maintenant dans deux pouces d'eau salée, frissonnant dans un linceul glacé. Il était trop tard, sa lutte opiniâtre avait été vaine, les calculs de ses bourreaux trouvaient leur conclusion. Il sentait le long de son corps allongé la progression de l'onde l'engloutir peu à peu. Il se tortilla à nouveau, tâcha de ramper, mais rien n'y fit. Puis, du fond de son désespoir, il crut à un rêve.

Une voix claire se fit entendre :

– Ah, je vous trouve enfin. Vous étiez bien caché. Encore une demi-heure et vous étiez noyé comme un chiot !

C'était la voix d'Olympe Le Hérel.

XII

COURSE

« Rien ne sert de courir, il faut partir
à point. »

JEAN DE LA FONTAINE

Dimanche 3 juillet 1791

La jeune femme l'empoigna par les épaules et le redressa comme un pantin. Il se retrouva assis dans l'eau, ébaudi par le miracle, éberlué d'être encore en vie. Olympe retira la cagoule, défit le bâillon, puis sortit un couteau de sous sa robe et commença de couper ses liens. Il fut bientôt sur pieds, chancelant, transi, ébloui par le soleil du matin, cherchant à se reconnaître par des regards alentour.

– Ce n'est pas le moment de rêver, dit-elle. Nous partons. On peut nous voir de loin sur cette plage. Ils peuvent revenir d'un instant à l'autre.

Inquiets, ils se tournèrent tous deux en arrière. Comme pour confirmer l'avertissement, deux soldats se pressaient déjà sur l'amas de roche qui conduisait à la plage.

– Allez ! cria-t-elle. Le bateau est derrière la pointe. Courez sans vous retourner.

Nicolas comprit qu'ils étaient dans la première crique qu'on voyait du château et qu'il fallait maintenant rejoindre la suivante, invisible de Mont-Orgueil, cachée derrière la pointe de roches à leur gauche, là où Olympe avait mouillé sa barque. Il entendit un coup de feu et le miaulement d'une balle. Les soldats tâchaient de les atteindre avec leur fusil. Ils étaient encore loin et tiraient sans grande chance de les toucher. Mais il fallait déguerpir.

Ils se mirent à courir vers la pointe, ralentis par l'eau qui leur montait aux mollets. Pour avancer, ils devaient lever haut les jambes à chaque pas, dans un ballet un peu grotesque, comme un gamin qui saute les obstacles. Ils entendirent un autre tir et la balle leva cette fois une petite gerbe d'eau sur leur droite.

– Ils rechargent, dit Olympe, accélérez !

Épuisé par les fatigues de la nuit, Nicolas peinait à avancer, trébuchait, vacillait, hésitait et prenait du retard dans la mer montante. Comme ils progressaient, la profondeur augmentait, ralentissant encore leur allure. Ils avaient maintenant de l'eau jusqu'à la taille. Avec la marée, la mer entourait la pointe, qui était devenue îlot, interdisant aux soldats d'y accéder et de leur barrer la route. Pour la rejoindre, les deux fuyards devaient nager.

– Attention, l'avertit Olympe, ils vont tirer ! Couchez-vous dans l'eau !

Il s'immergea jusqu'au cou, poussant sur le fond avec ses jambes pour continuer d'avancer. Bien lui en prit : une balle le frôla avec un vrombissement puis une autre ricocha entre lui et Olympe.

– Ils rechargent encore. On court !

Courir était un grand mot : il fallait marcher sur le fond en fendant l'onde qui les freinait.

– Ils vont tirer ! répéta la jeune femme.

Cette fois, ils plongèrent entièrement dans l'eau froide pour se protéger. Les deux soldats manquèrent encore leur cible.

Ce manège éprouvant dura de longues minutes, entre les courses dans l'eau et les plongeons à couvert. Les soldats s'étaient avancés eux aussi dans la mer montante pour mieux ajuster leur tir. Ils saisirent vite la tactique des fuyards. Alors, au lieu de faire feu ensemble, ils se relayèrent. Le premier tirait et obligeait Nicolas et Olympe à plonger, le second attendait de les voir reparaître pour les cueillir. Mais Olympe avait anticipé : elle ordonna à Nicolas de nager latéralement sous l'eau entre deux coups, ce qui obligeait leurs poursuivants à changer leur visée. Deux fois, les balles sifflèrent à leurs oreilles, mais ils finirent par atteindre la pointe. Ils la contournèrent en nageant sous l'eau, puis, abrités par la roche, ils reprirent pied de l'autre côté. Les soldats avaient compris leur manœuvre. Ils étaient revenus sur la plage et couraient vers l'autre crique, tandis que de nouveaux soldats faisaient leur apparition sur l'amas de roche qui descendait du château.

À une encablure, Nicolas vit la barque, mouillée sur son ancre. Ils nagèrent avec furie, atteignirent la coque et se hissèrent à bord tant bien que mal, lançant une jambe par-dessus la lisse puis roulant sur eux-mêmes pour tomber à l'intérieur, ruisselants et hors d'haleine. Sur la plage, les soldats accouraient, progressant vers la pointe, se déployant le long du rivage. Olympe donna ses ordres :

– Relevez l'ancre, j'envoie la grand-voile !

Nicolas empoigna la chaîne du mouillage, Olympe s'arc-bouta près du mât pour hâler la drisse de grand-voile. Elle surveillait du coin de l'œil leurs poursuivants. Soudain elle cria :

– Ils ajustent, couchez-vous !

Nicolas s'affala au fond du bateau sans lâcher la chaîne tandis qu'Olympe s'accroupissait derrière le mât. Les balles sifflèrent, perçant la voile de petits trous, sans grand dommage. Ils reprirent leur manœuvre d'appareillage malgré d'autres coups de feu, heureusement tirés de trop loin. L'ancre dégoulinante apparut sur le pont avant, le vent d'ouest gonfla la voile qui claquait, le bateau pivota, se détacha de la pointe et prit son erre, bondissant gaiement dans les vagues. Olympe envoya la deuxième voile, puis le foc et la barque prit encore de la vitesse. Au bout de cinq minutes, ils furent hors d'atteinte. Sur la plage, les soldats marris les regardaient s'éloigner, impuissants, hésitants, se regroupant lentement pour revenir vers le château de Mont-Orgueil.

– Eh bien ! On ne s'ennuie jamais avec vous ! lança la jeune femme en riant. Il me semble que ces sbires vous en veulent...

Trempé et heureux, Nicolas sourit.

– On ne peut rien vous cacher. Comment s'est produit ce miracle ? Sans vous, je serais à cette heure la pâture des crabes.

– C'est tout simple. Nous avions rendez-vous dans la crique de la Crête, j'y ai mouillé le bateau, comme vous avez vu. Comme je me doutais que vous repartiriez sans crier gare, je suis allée régulièrement sur la pointe qui ferme la première crique pour tâcher de vous apercevoir avec ma lunette. Vers trois heures, j'étais en faction quand j'ai vu deux lanternes sur la plage. Cela m'a intriguée, mais il faisait trop noir pour savoir de quoi il retournait. À cause des deux lanternes, j'ai pensé que ce n'était pas vous. J'ai essayé de comprendre leur va-et-vient, j'ai cru que c'étaient des pêcheurs et je suis allée dormir dans mon bateau.

– Ils cherchaient l'endroit où m'abandonner.

– À l'aube, je suis revenue à mon poste de surveillance. Je n'ai rien vu dans ma lunette, puis, soudain, j'ai aperçu une petite tache noire entre deux rochers. Je n'étais pas sûre, mais il m'a semblé que c'était une tête qui dépassait de la roche.

– C'était moi. J'avais réussi à me mettre debout. Puis je suis tombé.

– La tache a disparu, en effet. J'ai réfléchi, j'ai hésité, je ne voulais pas me faire repérer. Je ne voyais personne : je me suis approchée pour en avoir le cœur net, à tout hasard. J'ai eu du mal à retrouver l'endroit exact, j'ai tourné en tous sens dans les rochers. Puis j'ai repéré un creux au milieu d'un récif. C'est là que je vous ai trouvé.

– Trouvé et sauvé. Soyez remerciée pour le reste de mes jours.

– Je ne pouvais abandonner le prix du passage, qui va augmenter, soyez-en sûr, compte tenu des risques courus par la passeuse.

– Il ne sera jamais trop élevé, répliqua-t-il en riant.

La barque marchait bien sous ses trois voiles. Ils filaient maintenant leurs sept nœuds, poussés vers le sud par un vent de travers salvateur. Adossés à la lisse au vent, ils longeaient la côte à bonne distance, hors de portée des fusils. Les collines vertes de Jersey défilaient à tribord, laissant en arrière la massive silhouette de la forteresse et la jetée du port. À bâbord, la côte de France était masquée par une légère brume d'été. Olympe prit sa lunette et la braqua sur Gorey.

– Attention ! s'exclama-t-elle. Deux chaloupes ont quitté la jetée pour souquer vers le brick. M'est avis qu'ils veulent organiser une poursuite. Voilà qui peut devenir dangereux !

Elle s'empara de l'écoute de grand-voile et la borda avec énergie. Le bateau accéléra.

— Nous marchons bien, hasarda Nicolas, ils resteront en arrière.

— Pas sûr, rétorqua la jeune femme. Ces bricks sont rapides, ils tiennent leurs onze nœuds sans difficulté.

— Et nous ?

— Huit ou neuf nœuds.

— Ce qui veut dire ?

— Que si nous avons deux milles d'avance, ils nous rejoindront en une heure.

— Et quelle est notre avance ?

— S'ils appareillent dans une demi-heure, quatre milles. Deux heures de sursis. Et ils ont des canons, qui ont près d'un mille de portée utile.

Nicolas comprit qu'il n'était pas tiré d'affaire. Dans cette matinée idéale, avec un bon vent et un grand soleil, à quelques encablures d'un paysage enchanteur, ils engageaient une course à mort.

Soucieuse, concentrée, Olympe se mit à surveiller ses voiles et à barrer au plus précis, se tournant régulièrement vers le port. Nicolas se demanda comment cette jeune Olympe avait de si sûres notions de combat naval. Il posa la question.

— Granville est un port de corsaires, expliqua-t-elle. Beaucoup de pêcheurs ont déjà fait le coup de feu contre l'Anglais. Mon père notamment... J'ai beaucoup navigué avec lui.

Une demi-heure se passa, puis soudain, loin en arrière, une petite tache blanche apparut au-dessus du brick mouillé devant Gorey. Olympe sortit sa lunette et la pointa sur le navire dont la coque jaune et noire s'ornait maintenant d'une étoffe blanche et carrée.

– Ils envoient le hunier ! s'écria la jeune femme. Ils vont appareiller. Nous avons quatre milles d'avance. Ce n'est pas assez !

Elle regarda autour d'elle. À tribord, une tour se dressait sur la pointe sud-est de Jersey et des récifs brisaient en avant d'elle, loin vers l'est. Elle confia le gouvernail à Nicolas en lui disant de rester bien à gauche de la tour, puis elle sortit une carte du petit coffre placé sous la barre. Tout en surveillant son cap, Nicolas y jeta un œil anxieux. L'île formait sur le papier un rectangle irrégulier dont la tour Martello, ainsi qu'il était écrit sur la carte, signalait le coin sud-est, en bas du papier, à droite. Au-delà de la tour, les taches noires d'un semis de roches débordaient la côte et formaient un entrelacs d'obstacles vers lequel le bateau s'avançait de toute sa vitesse. Olympe prit un compas et se mit à mesurer les distances entre différents points de la carte. Leur sort dépendait maintenant d'équations mathématiques implacables, qui intégraient le vent, les courants, les profondeurs et la vitesse relative des deux bateaux.

– Nous serons à l'entrée du chenal Violet dans une heure, lâcha-t-elle. Je vais couper droit dans les récifs, ils n'oseront pas nous suivre.

– Pourquoi ?

– Je cale cinq pieds, eux dix.

– Je cale ?

– Cela veut dire que ma quille pointe à cinq pieds sous la surface et la leur à dix pieds. S'ils prennent notre route, ils risquent l'échouage. Et avec ces rochers, ils éventreront leur coque et couleront. Ils ne suivront pas.

– Nous sommes sauvés, donc ?

– Non. Ils vont contourner le banc Violet à l'est et revenir vers l'ouest pour nous rattraper. Mais nous avons gagné un délai. Ensuite, nous verrons.

Elle se tut et se concentra sur la navigation, portant son regard alternativement sur la carte et sur le paysage. Nicolas resta silencieux, essayant de comprendre le jeu mortel qui s'enclenchait sous ses yeux. Il s'agissait, au vrai, de risquer le naufrage pour éviter la canonnade. Entre deux maux...

Une heure plus tard, ils entrèrent dans le labyrinthe de roches du banc Violet. Pâle, le regard aigu, la main ferme sur la barre, Olympe gardait les yeux sur l'eau qui s'étendait devant la proue. Dans le soleil de fin de matinée, Nicolas aperçut des taches verdâtres qui défilaient sous la coque du bateau. C'était le fond de la mer, soudain remonté à quelques pieds de la quille. Il comprit le danger : il suffisait d'une erreur minime pour que l'un de ces obstacles sous-marins affleure soudain à la surface devant le bateau, fendant la coque comme une hache maniée à pleine volée. Soudain Olympe vit devant elle un friselis d'écume ; elle poussa la barre et le bateau passa à dix pieds du récif frangé d'eau blanche. Elle n'y prêta aucune attention, tout entière penchée vers l'avant et les rochers suivants.

Pendant un long moment, dans un silence angoissé, la barque virevolta entre les récifs, frôlant les uns, s'écartant des autres, pointant dans l'eau libre ou bien embouquant au contraire un passage si étroit que Nicolas crut plusieurs fois à l'explosion de la coque sur la pierre.

Puis la passe s'élargit, l'eau libre s'ouvrit devant la proue et la barque se retrouva en pleine mer, éloignée du danger, pointant vers les îles qui les séparaient de Granville, l'archipel des Minquiers, puis celui de Chausey.

Olympe se tourna vers sa gauche. Loin à l'est, le brick longeait le banc Violet, creusant l'écart entre les deux bateaux.

– Ils sont loin, remarqua Nicolas d'une voix rassurée.

– Il reste plus de vingt milles à parcourir, ils ont tout le temps de nous rattraper.

– Alors ?

– Alors je vais droit sur les Minquiers. Nous pourrons peut-être nous y infiltrer et les laisser en arrière. Mais je vois qu'ils marchent vite. Ce sera très serré.

La route vers l'archipel fut tendue, soucieuse, silencieuse. On n'entendait que le bruissement de l'eau sur les bordés, le sifflement du vent et les claquements de deux voiles dans les coups de roulis. Toutes les cinq minutes, Olympe sortait sa lunette et tâchait de mesurer la distance qui séparait les deux esquifs. La silhouette blanche du brick grossissait à vue d'œil ; sa coque de couleur était de plus en plus visible, ainsi que la moustache d'écume qui entourait sa proue lancée à pleine vitesse sur l'eau bleue de l'été.

Comme ils s'approchaient de l'archipel, voyant les roches brunes et ocre hérisser peu à peu l'horizon, ils entendirent comme un coup de fusil assourdi par le vent. Ils se retournèrent : un panache de fumée entourait le brick, effiloché par le vent.

– Ils font donner le canon, remarqua Olympe. Ils ont une pièce de chasse à l'avant. Ils sont encore trop loin, mais ils entraînent leurs canonniers et tâchent de régler leurs coups.

Un nuage blanc apparut de nouveau sur le brick, suivi deux secondes plus tard du bruit de l'explosion. Cette fois, Olympe et Nicolas, le regard braqué en arrière, virent une gerbe d'eau s'élever à quelques encablures sur la droite de la poupe.

– Trop court et à gauche, dit Olympe. Dans une demi-heure, ils seront à portée.

– Alors ? demanda Nicolas.

– Alors les boulets tomberont sur nous et la barque sera détruite.

Nicolas se tut, cherchant du regard les roches des Minquiers où ils pourraient s'abriter. Mais il restait plusieurs milles à courir, tandis que le brick se rapprochait à chaque minute. De plus en plus inquiète, un air de panique sur le visage, Olympe braquait tour à tour son regard sur le brick et sur l'entrée des Minquiers. Il y avait dans l'archipel un chenal étroit où le navire ne se risquerait pas. Ils pourraient y attendre la nuit et s'esquiver à la faveur de l'obscurité. Encore fallait-il y parvenir à temps. Laquelle de ces distances diminuerait le plus vite ? Leur sort dépendait de cette équation, qui était celle du destin.

Un nouveau coup de canon se fit entendre, une gerbe s'éleva à l'arrière, mais cette fois dans le sillage exact de la barque.

– Ils ont réglé leur tir, remarqua Olympe. Encore un quart d'heure et ils mettront au but.

Elle regarda les Minquiers dont les premières roches étaient encore à plus d'un mille.

– Nous n'y arriverons pas. Nous serons par le fond avant le chenal.

Elle réfléchit encore, puis, soudain, prise par une inspiration, elle sortit la carte de son coffre. Sans un mot, elle pointa son doigt sur le papier, réfléchit une minute et prit sa décision. Un quart d'heure plus tard, après une nouvelle explosion, une gerbe se dressa dans l'eau à quelques mètres du tableau arrière. Le brick était maintenant à portée. Ils voyaient les détails de sa coque, la gueule du canon, les servants qui s'affairaient autour de lui, maniant les bragues et la poudre. Elle attendit encore quelques minutes puis, évaluant la distance qui la séparait du brick, elle tira soudain sur la barre. Le bateau descendit dans le vent, la proue pointée vers le sud. Une seconde plus tard, une gerbe d'eau s'éleva à l'endroit exact qu'ils venaient de quitter en abattant brusquement.

– Manqué ! dit-elle en exprimant une joie mauvaise.

Elle sembla compter dans la tête, puis poussa d'un coup sur la barre et borda sa grand-voile. Le bateau se remit au lof. Un boulet tomba là où ils auraient dû être s'ils n'avaient pas changé de cap.

— Encore manqué ! Mais cela ne va pas durer.

Inquiet, Nicolas se dit que la réflexion d'Olympe annonçait une fin prochaine. Elle ne pourrait sans cesse esquiver les coups de canon par des zigzags. Tôt ou tard, un boulet ferait mouche et la petite barque éclaterait sous l'impact.

Pourtant Olympe gardait son calme, la carte sur ses genoux, la main sur la barre, jetant des regards de gauche et de droite, semblant chercher quelque chose au milieu de la mer en même temps que parmi l'enchevêtrement des Minquiers.

— Nous approchons, lâcha-t-elle.

Nicolas se demanda de quoi ils pouvaient bien approcher, au milieu d'une eau libre et le cap sur le sud, loin de l'archipel. Un boulet passa juste au-dessus de la barque, avec un sifflement sinistre. Par réflexe, ils rentrèrent la tête dans les épaules. Olympe abattit encore, puis lofa de nouveau. Une nouvelle gerbe apparut à l'endroit qu'ils venaient de quitter.

— Nous y sommes ! s'écria Olympe en faisant pivoter son regard des Minquiers au brick qui pointait sa coque sur eux.

À cette seconde, un boulet frappa le pataras qui cassa comme une corde de guitare. Sans soutien, le mât de misaine s'effondra dans un craquement sinistre et tomba dans l'eau.

— Prenez une hache et coupez les haubans ! hurla Olympe.

Nicolas chercha la hache, la vit, accrochée sur bâbord, s'en empara et s'attaqua au gros cordage qui retenait le mât le long de la coque. Incapable de manœuvrer à cause de cette ancre flottante intempestive, le bateau était en panne, comme une proie offerte au chasseur. La proue du brick semblait maintenant toute proche, levant sa double gerbe d'écume. Nicolas et Olympe pouvaient distinguer les trois marins qui servaient à l'avant, bourrant le canon pour y enfourner le boulet suivant. Puis les marins manœuvrèrent les bragues et pointèrent l'arme sur la barque immobilisée.

– À l'eau ! cria Olympe, qui sauta par-dessus bord pour s'accrocher à la coque.

Nicolas l'imita, se disant que, décidément, cette mer serait son linceul. Il était clair que le prochain coup serait décisif, que la barque coulerait bas et qu'ils allaient se retrouver nageant en pleine mer, sans espoir d'être secourus. Grelottant dans l'eau froide, ils attendaient le boulet fatal, cachés derrière les bordés. Mais rien ne vint. Plus de canon, plus de fracas, seulement le murmure du vent dans les haubans et le choc des vagues le long du bateau.

Au bout d'une minute, ils risquèrent un regard de l'autre côté. Olympe éclata d'un rire sonore. À moins d'un mille, le brick était immobilisé, sa coque penchée sur tribord. La confusion régnait à bord, les marins couraient en tous sens et le capitaine se penchait sur la lisse pour évaluer les dommages.

– Ils ont percuté la Nuisible ! Voilà ce qui arrive aux marins sans vigilance. C'est notre chance ! Remontons et partons.

Ils se hissèrent de nouveau à bord, encore une fois trempés jusqu'aux os. À la hache, Nicolas acheva de séparer le mât de misaine tombé à l'eau de ses attaches et Olympe remit le bateau en marche avec les deux voiles d'avant. La barque s'éloigna à vive allure du lieu du naufrage.

– Voilà qui est miraculeux, remarqua Nicolas.

– C'est un miracle provoqué, rétorqua Olympe.

– Comment cela ?

– Quand j'ai vu que nous n'atteindrions pas les Minquiers à temps, dit-elle, j'ai décidé de jouer le tout pour le tout. J'ai pris un cap au sud-est, comme si nous cherchions à nous glisser le long de l'archipel pour nous échapper vers la côte française. Je savais qu'ils tenteraient aussitôt de nous couper la route. J'ai pensé qu'en se rapprochant à portée ils ne songeraient plus qu'à nous couler. Avec un peu de chance, ils négligeraient de regarder la carte avec assez d'attention. Or il y a à cet endroit un haut-fond de roche qui émerge à marée basse. À cette heure de la marée, il est invisible, mais il est sous très peu d'eau. C'est un piège mortel. En prenant mes relèvements sur les Minquiers, je me suis arrangée pour qu'ils passent exactement à cet endroit. Gagné ! Ils sont tombés dans le piège.

Nicolas admira la maîtrise de la jeune femme, son sens du risque et de la décision, son sang-froid dans l'action. Il la regarda, moulée dans sa robe trempée d'eau de mer, les cheveux en bataille, le regard pointé sur l'horizon. Il la trouva soudain d'une rare beauté. Elle se sentit observée, se tourna vers lui et lui décocha un sourire. Leurs regards se croisèrent et s'attardèrent.

Puis elle reprit ses esprits et sortit sa lunette.

– Plutôt que de bayer aux corneilles, lança-t-elle, prenez la barre et gardez le cap au sud-est.

Elle se pencha sur la lisse, prit appui avec ses coudes et braqua sa lunette sur le navire échoué.

– Ils ont mis un canot à la mer, dit-elle. Ils vont porter une ancre sur le côté du navire et tâcher de le faire pivoter pour le dégager en tournant la chaîne sur le cabestan. La marée monte, ils seront à flot dans une heure ou deux. Je devine que la coque n'a pas été percée, qu'ils ont glissé sur le récif. Ils vont pouvoir reprendre la poursuite.

Nicolas se dit que cette course fatale, décidément, n'en finirait jamais.

– Ils vont encore nous rattraper ? demanda-t-il, anxieux.

– Si nous restons en pleine mer, c'est inévitable. Dans trois ou quatre heures ils seront sur nous.

– Serons-nous arrivés avant eux ?

– À Granville, non.

– Alors ?

– Alors nous allons nous cacher à Chausey. C'est un labyrinthe de récifs. Nous pourrons nous mettre à l'abri, hors de portée.

– Mais je dois rentrer à Paris.

– Paris attendra. Avant de rentrer, il faut survivre.

Ainsi fut fait. Ils mirent à profit leur avance pour filer vers le sud, laissant le brick aux prises avec son échouage, hors de vue loin derrière eux. La navigation fut tranquille et Nicolas, qui n'avait pas fermé l'œil depuis la veille, mit à profit cette trêve pour s'endormir.

Quand il s'éveilla, le soleil était bas dans le ciel d'été. Ils entrèrent à marée haute par la passe nord de Chausey, rasant encore des récifs, et suivirent un chenal sinueux jusqu'à un long goulet d'eau verte surplombé à tribord par quelques maisons de pêcheurs bâties à flanc de dune. Le soleil tombait vers la mer à l'ouest, une lumière dorée illuminait les îlots de roches rougeâtres qui bordaient le chenal.

– Nous sommes dans le Sund, dit-elle, le mouillage est sûr. Nous allons jeter l'ancre dans une crique et abattre le mât. Ils ne nous trouveront pas.

Elle se rapprocha d'une plage de sable lovée au fond d'une anse, jeta l'ancre face au vent et laissa culer le bateau jusqu'au rivage. Elle défit les chevilles qui tenaient le mât dans son emplanture et laissa Nicolas le déposer à l'horizontale. D'autres esquifs de pêche étaient mouillés dans la crique, eux aussi désarmés ; une fois le mât abaissé et les voiles affalées et serrées dans un coffre, rien ne distinguait le bateau d'Olympe des autres embarcations.

– Nous allons dormir à terre, expliqua-t-elle. Ils vont descendre vers Granville et ne verront personne sur l'eau. Ils nous chercheront ici, dans l'archipel, mais s'ils passent dans le Sund, ils ne pourront pas repérer le bateau au milieu des autres. Ensuite il fera nuit, nous serons tranquilles.

Mais comme ils parlaient, Olympe eut soudain l'œil attiré par une voile qui passait au large, à l'est de l'archipel. Elle prit sa lunette.

– C'est le brick, dit-elle. Ils vont nous chercher vers Granville, puis ils viendront ici.

XIII

TRÊVE

« Les îles sont de petits continents en abrégé. »

BERNARDIN DE SAINT-PIERRE

Dimanche 3 juillet 1791

C'était une pause étrange, exotique, au milieu d'un monde inconnu, mi-terrestre, mi-marin. Laissant la barque ancrée dans la crique, mélangée aux esquifs des pêcheurs, la quille tutoyant le fond, ils sautèrent dans l'eau qui leur montait à la taille et marchèrent dans la vase pour rejoindre une plage surmontée par une dune frangée de verdure. Suivant un chemin herbu qui serpentait entre les buissons, ils arrivèrent sur une pointe donnant sur le Sund inondé de soleil, où plusieurs maisons de granit étaient alignées face à la crique, fermées, les volets clos, avec un petit jardin sur le côté.

– Ce sont les maisons des pêcheurs, expliqua Olympe. Nous avons la nôtre.

Elle sortit une clé de son sac et ouvrit la porte de bois brut du premier logis, qui ressemblait à une maison de poupée. Ils entrèrent dans une pièce obscure où l'on voyait une table de chêne, des chaises, des bougeoirs, un coffre et une cheminée éteinte où sifflait le vent d'ouest. Olympe ouvrit les fenêtres qui donnaient sur l'île, laissant fermées celles qui étaient du côté du Sund.

– Nous ne ferons pas de feu et nous laisserons ces volets clos, déclara Olympe. Pas question de signaler notre présence. De toute manière, il fait assez chaud. Si vous voulez sécher vos vêtements, ôtez-les et étendez-les dehors.

Engoncé dans ses habits humides, Nicolas ôta sa veste et sa chemise pour les poser sur l'herbe du jardin striée de jaune par les rayons du couchant. Se retournant, il surprit le regard d'Olympe qui l'observait. Il lui sourit, elle répondit et, après un instant de complicité, elle se détourna. Comme il était dehors, il fut attiré par le spectacle de l'archipel qui s'étendait à ses pieds, illuminé par une lumière rasante et fauve. Il fut ébahi.

Au premier plan, le Sund montrait une eau turquoise qui scintillait, bordée de rochers bruns inégaux contournés par le courant, où les mouettes s'étaient établies en cohortes blanches et piailleuses. Plus loin, un entrelacs de goulets, de détroits, de rivières éphémères, de plages provisoires et de lacs intérieurs d'un bleu cristallin s'étendait à perte de vue, baignant des îlots déserts, des grèves dorées, des rocs noirs couverts d'algues vertes, des collines couronnées d'herbe et des plages qui brillaient d'une lumière surnaturelle. La marée descendante découvrait peu à peu un paysage désertique de pierre, de sable et d'eau, comme si le fond de la mer était remonté à la surface de la terre. Sur cette mosaïque

d'îles disparates flottait une odeur salée d'iode et de
varech. Entendant le murmure du vent, la rumeur de la
mer, le cri des oiseaux qui fendaient l'air au-dessus de
l'archipel, Nicolas eut le sentiment d'avoir été ramené
au commencement du monde.

Olympe s'était approchée, elle aussi subjuguée par ce
tableau qui mêlait ciel, terre et mer dans une immuable
innocence. Ils restaient interdits, frissonnant dans la
brise, fascinés par le spectacle. Après la peur, l'angoisse,
la fatigue de la route et le danger de la poursuite, ils
goûtaient cette trêve marine, rassurés par la douceur d'un
soir d'été. Voyant Nicolas dépouillé de sa chemise, elle
avait tiré d'une armoire une vareuse de pêcheur qu'elle
lui passa autour du cou. Ses bras entouraient ses épaules
et frôlèrent sa peau nue. Tout naturellement, comme
par réflexe, il la prit par la taille. Elle ne résista pas et
s'abandonna, la tête penchée sur sa poitrine. L'instant
d'après, sans qu'ils aient dit un mot, tremblants et mal-
habiles, ils étaient enlacés, leurs corps se joignaient et
leurs bouches se trouvaient. Le baiser fut long, frémis-
sant, presque rageur, comme s'il était la conclusion
d'une attente longue et frustrante. Le danger les avait
rapprochés, la peur éprouvée en commun avait placé
entre eux comme un aimant, l'action commune avait
créé une complicité charnelle. Puis Olympe, toujours
décidée, toujours entreprenante, prit Nicolas par la main
et l'attira à l'intérieur de la maison. Dans la pénombre
dorée du soir, dans ce refuge isolé, on n'entendit plus
que cris étouffés, gémissements contraints et murmures
de tendresse.

Plus tard, Olympe, vêtue d'une jupe à plis et d'un
corsage étroit tirés d'une armoire, sortit une table de
chêne et deux chaises dans le jardin attenant. Ils avaient
vue sur l'est et sur le Sund, à travers des arbustes qui les
dissimulaient aux regards extérieurs. L'île était déserte,

les maisons étaient fermées, les pêcheurs étaient en mer. La jeune femme posa sur la table des verres, des assiettes, des couverts, du poisson fumé, du lard, du pâté dans un pot de grès, une miche et une bouteille de cidre qu'elle mit à tremper dans un seau d'eau froide.

– Maintenant, dit-elle en servant les verres de cidre, tu dois m'éclairer sur cette mission si dangereuse et si secrète.

– Le propre d'une mission secrète, c'est de rester secrète.

– Ta, ta, ta, si tu ne me dis rien, tu restes ici, je ne t'emmène pas sur le continent. Tu t'établiras ici comme pêcheur, et j'en serai fort aise.

– Je croyais que tu avais un mari ?

– Il est à l'armée pour un an encore, au bas mot. Je vis dans une parenthèse, autant qu'elle soit agréable.

Nicolas réfléchit un instant. Décidément, cette fille de la mer ne faisait rien comme les terriens. Sa liberté de ton et de mœurs l'étonnait à chaque seconde. Son énergie n'était pas celle d'une femme de son temps. Il la vit bientôt comme un exemple d'humanité nouvelle, bien dans l'esprit de ces Lumières qui avaient miné l'ordre ancien et de cette révolution qui fondait le nouveau. Leur intimité nouvelle changeait la donne, il trouvait moins d'excuses pour la tenir dans l'ignorance. Aussi bien, il lui devait sa vie, qu'elle avait sauvée au moins deux fois avec maestria, cela valait bien un peu de confiance. Il calcula qu'il pouvait donner de son entreprise une version qui lui plairait : il s'agissait, après tout, de combattre des monar-chistes exagérés et cruels – tout ce qu'elle détestait – pour défendre un roi constitutionnel. N'était-elle pas membre de la Société des amis de la Constitution ? Avec un brin de cynisme, il pensa qu'il aurait encore besoin de ses compétences marines pour rejoindre Granville. Il déroula toute son histoire, expliquant comment le couple royal s'était enfui, pourquoi il était encore utile à la nation, comment les révolutionnaires de l'Assemblée voulaient sauvegarder la couronne pour protéger la Constitution nouvelle.

– Ainsi, nota-t-elle en attaquant le lard et le poisson fumé, je suis mêlée, moi, humble pêcheuse, à une affaire d'État.

– Tout juste, répondit Nicolas. Tu peux m'aider à prévenir un attentat contre la reine et maintenir la Révolution dans la voie légale.

– Mais je n'ai que faire de cette reine qui opprime le peuple et vit à ses crochets.

– C'est de la politique, ma chère. Aujourd'hui, la majorité des députés estime que cette reine et ce roi sont un moindre mal. D'où ma mission.

– Tu as fait souvent des missions de ce genre ?

– Souvent, pour le service du roi.

– Aussi dangereuses ?

– Parfois. Je suis policier de métier, mais Louis XV et Louis XVI ont jugé utile de m'employer directement.

Elle le regardait fixement, de toute évidence impressionnée par Nicolas, son métier et son rôle dans les affaires d'État. Il devinait qu'elle se passionnait pour les grandes joutes qui agitaient Paris, pour les hommes et les lieux qui faisaient l'Histoire, pour ce monde du pouvoir, plein de mystère et de grandeur ; il supputa qu'elle trouverait vite Granville bien petite et ce métier de pêcheur trop fade. Avec sa fougue, son intelligence, sa passion des livres et de la politique, elle était faite pour les grandes passions et les grandes entreprises. Encore une fois, à contrecœur, Nicolas mesurait la désuétude de l'ordre ancien, qui pouvait placer n'importe quelle dinde à particule au sommet de la société et confinait une fille aussi audacieuse, aussi avisée qu'Olympe, aux tâches ancillaires et aux métiers subalternes.

La conversation continua longtemps tandis que la nuit tombait par l'est. Ils restèrent dans l'ombre puis, saisis par la fraîcheur du soir, ils se replièrent dans la maison obscure sans allumer de feu qui les aurait signalés à leurs poursuivants. Ils se couchèrent bientôt, serrés dans leur lit, et malgré la fatigue, peut-être émoustillés par le cidre, ils ne s'endormirent pas avant d'avoir épuisé leur réserve de caresses et d'étreintes.

Lundi 4 juillet 1791

Le lendemain vers neuf heures, Olympe secoua Nicolas qui dormait encore d'un lourd sommeil.

– Debout ! Allez ! Le brick nous a rejoints !

Nicolas sauta sur ses pieds et sortit sur le seuil. À l'entrée du Sund, le navire anglais avait mouillé et tirait sur son ancre dans le courant, comme une menace immobile. À cette distance, ils étaient à l'abri. Mais il fallait se cacher : les hommes du brick avaient des lunettes d'approche. Olympe prit la sienne puis la donna à Nicolas. Dans le verre grossissant, il vit cinq matelots qui manœuvraient les palans pour soulever un canot et le placer au-dessus de l'eau.

– Ils mettent une chaloupe à la mer, remarqua Olympe. Ils vont visiter les maisons une par une. Il est temps de déguerpir.

Tandis que Nicolas s'habillait à la hâte, elle rangea la maison, refit le lit et jeta les reliefs du repas dans une caisse au fond du jardin. Dix minutes plus tard, ils s'esquivaient vers la petite baie et marchaient dans l'eau pour rejoindre la barque pontée.

– Nous allons mettre à la rame. Ils accostent du côté de la jetée. De là, ils ne peuvent pas nous voir. Allons !

Ils relevèrent l'ancre, poussèrent la barque, sautèrent à l'intérieur et Nicolas décrocha les avirons de leur support.

Il se mit à souquer, le dos à la proue, tandis qu'Olympe menait le bateau au milieu des récifs. Après une heure de louvoiements, ils rejoignirent la passe Beauchamp où le courant les portait vers le sud. Le bateau accéléra et ils furent bientôt sortis de l'archipel, à quatre milles à l'est du brick. Olympe montra du doigt trois voiles qui avançaient vers Granville.

— Il y a d'autres bateaux de pêcheurs qui rentrent. Nous allons envoyer la voile et nous mêler à eux. En principe, les guetteurs du brick n'y verront que du feu.

Nicolas releva le mât, envoya la grand-voile, puis le foc. Deux heures plus tard, ils entraient dans le port de Granville poussés par la marée. Olympe s'amarra à quai et ils allèrent droit sur la taverne qui se dressait à la racine de la jetée, où ils avaient fait connaissance trois jours plus tôt, ce qui leur semblait une éternité.

Attablés devant un pichet de vin rouge, ayant commandé un boudin noir et ses pommes, ils tentèrent de résumer leur situation. Grâce à la dextérité d'Olympe, ils s'étaient tirés du piège de Jersey, ils avaient trompé leurs poursuivants et gagné un lieu sûr.

— Que peuvent-ils encore faire ? demanda Nicolas.

— Pas grand-chose, m'est avis, répondit-elle. Hier, ils ont supposé que nous irions à Granville directement. Ils ont cinglé tout droit sur la route sud-est pour nous couper la retraite. Mais notre escale à Chausey les a trompés, ils nous ont attendus en vain jusqu'au soir devant Granville. Quand ils ont compris le stratagème, ils sont revenus dans le Sund, où ils sont arrivés dans la nuit. Au matin, ils ont visité les maisons de l'île, exploré les criques pour débusquer le bateau, observé l'archipel à la lunette pour trouver notre trace. Mais c'était trop tard, nous étions partis à temps. Maintenant, nous sommes en France, un navire anglais ne peut rien faire ici.

– Sauf débarquer un messager qui filera vers Paris pour avertir ses complices que je me suis évadé et qu'ils doivent se cacher. Je connais le nom de leur organisatrice qui réside aux Tuileries. Dès qu'elle sera prévenue, elle disparaîtra et je serai gros-jean comme devant.

Olympe resta silencieuse un instant, réfléchissant, coupant les tranches du boudin qu'elle avalait gloutonnement, puis avança son hypothèse.

– C'est logique. Dans ce cas, ils reviendront ici. Ils sont même peut-être en route.

Elle termina son assiette et se versa une rasade de vin.

– Nous n'allons pas tarder à le savoir. Il suffit d'aller sur la jetée.

Ils payèrent le tavernier, sortirent dans le vent et se dirigèrent vers l'extrémité de la jetée où ils avaient une bonne vue sur le large. La déduction d'Olympe était juste : à trois ou quatre milles se dressait sur l'eau verte le grand hunier du brick dont la proue pointait vers le port. Ils l'observèrent avec la lunette de la jeune femme : arrivé dans la baie, le navire amena les voiles et jeta l'ancre. Aussitôt il mit à l'eau sa chaloupe avec deux hommes à bord, qui se dirigèrent vers le port.

– Il va débarquer le messager, dit Nicolas. Que pouvons-nous faire ?

– Soit l'occire, soit l'arrêter, laissa tomber Olympe.

– Je ne vais pas l'assassiner, rétorqua Nicolas, ni le suivre jusqu'à Paris, il me repérera immanquablement. Et je n'ai aucun pouvoir pour l'arrêter. Je n'ai pas de papiers à mon nom.

– J'ai peut-être une solution. J'ai de bons amis parmi les douaniers.

Elle tourna les talons et disparut vers les bâtiments qui bordaient le port, au-delà de la taverne. Une demi-heure plus tard, quand le canot du brick accosta, trois douaniers l'attendaient sur la jetée. Les deux hommes à bord, un Anglais en tenue de matelot et un jeune aristocrate en redingote et manteau, furent arrêtés et conduits au poste des douanes, accusés de contrebande avec Jersey. Ils protestèrent de leur innocence, proférèrent cris et menaces, jurèrent grands dieux que tout était en règle. L'officier des douanes demanda à vérifier le contenu du canot, ce qu'ils acceptèrent aussitôt, certains d'être innocentés. Mais quand ils furent revenus à bord de leur chaloupe, les douaniers découvrirent sous le banc de nage une caisse arrimée au fond du bateau. Ils crièrent aussitôt que cette caisse n'y était pas quand ils avaient quitté le bord, qu'on l'avait placée là pour les accuser, etc. Quand les douaniers défirent les planches qui la fermaient, ils trouvèrent dix paquets de tabac, vingt bouteilles de gin et quinze de porto. Les deux occupants de la chaloupe furent alors enfermés à la prison de la haute ville en attendant de passer en jugement pour importation frauduleuse de marchandises anglaises.

Un peu plus tard, Olympe expliqua qu'elle avait seulement déplacé de son bateau à celui des Anglais les provisions qu'elle avait faites à Gorey avant d'aller attendre Nicolas dans la baie de la Crête. En toute complicité, les douaniers fermaient habituellement les yeux sur les petits trafics de leurs amis pêcheurs. Ils avaient cette fois décidé de les ouvrir, pour mettre à l'ombre quelques semaines le dangereux messager du comte d'Antraigues, laissant à Nicolas les mains libres pour contrecarrer les plans des Chevaliers de la foi. Comme ils s'apprêtaient au départ, avec maints serments, regards de tendresse et étreintes fougueuses, il remercia encore Olympe, promettant de revenir à Granville dès qu'il le pourrait, ce qui était une promesse en l'air qu'elle accueillit avec un sourire sceptique. Puis il enfourcha le cheval de la poste et piqua des deux sur la route de Paris.

XIV

FILATURE

« Il vaut mieux suivre le bon chemin
en boitant que le mauvais d'un pas
ferme. »

SAINT AUGUSTIN

Jeudi 7 juillet 1791

Arrivé trois jours plus tard aux Tuileries, Nicolas
trouva une lettre qui l'attendait sur le pas de sa chambre.
Il reconnut l'écriture d'Aimée.

Mon ami,
Je n'avais de cesse de vous voir : je suis revenue à
Paris. J'ai fait demander pour vous dans le palais, on m'a
répondu que vous étiez parti là d'où je viens, à Ranreuil,
et où je ne vous ai point aperçu. J'ai supposé que vous
étiez de nouveau attelé à l'une de ces missions dont vous

*avez, dans tous les sens du terme, le secret. À moins qu'il
ne s'agisse d'une autre de vos infidélités qui, cette fois,
serait fatale.* Quoi qu'il en soit, rejoignez-moi à Fausses-
Reposes, pour rassurer votre mal nommée

AIMÉE

Il se reprocha aussitôt de n'avoir point prévenu la
jeune femme du subterfuge dont il avait usé pour justifier son absence. Le ton de la lettre était aimable mais
suspicieux. Un vent léger annonce parfois l'orage, un
nuage isolé la tempête ; il fallait dissiper cette nuée au
plus vite. Il était quatre heures, il se dit qu'il était encore
temps de réparer son impair, qu'il pouvait se trouver au
soir à Fausses-Reposes, repentant et rassurant. Tout bien
réfléchi, son plan de bataille contre Laure de Fitz-James
pouvait attendre le lendemain.

À huit heures, descendu du fiacre qui l'avait conduit
au cœur de la forêt de Meudon, il entra dans l'allée de
tilleuls menant à l'hôtel d'Arranet. L'été avait fait comme
une explosion de couleurs et de verdure dans le jardin
qui entourait la maison de pierre grise. Il vit Tribord, le
vieux marin qui servait l'amiral, poussant une brouette
vers un appentis. Sa face fripée et brune s'éclaira d'un
large sourire.

– Ah ! Vous tombez à point nommé, lança-t-il,
Mme Aimée sera contente, elle se morfondait et faisait
mille suppositions inquiètes.

Nicolas lui jeta un clin d'œil complice et grimpa en
hâte les marches du perron. Il entra, trouva le vestibule
vide, ainsi que le grand salon où trônait, entre fauteuils et
canapés, la vaste maquette de la bataille du cap Finisterre,
avec ses vaisseaux miniatures, ses vagues de plâtre et ses
coups de canon figurés par des boules d'étoupe. Le père
d'Aimée, l'amiral d'Arranet, vivait parmi ses glorieux
souvenirs d'officier de la Royale, qu'il aimait à conter à

ses hôtes. La porte-fenêtre du fond était ouverte. Nicolas passa sur la pelouse qui s'étendait au-delà du salon et vit Aimée assise dans un fauteuil d'osier au bord de la rivière. Elle lui tournait le dos ; il s'approcha à pas de loup et posa ses mains sur ses épaules nues. Aimée sursauta, se retourna et le gratifia d'un sourire un peu pincé.

– Mais où étiez-vous donc ? s'enquit-elle, mi-joyeuse, mi-courroucée. J'espère que ce n'est pas avec cette gourgandine de Mme de Fitz-James avec qui vous auriez rambiné dans mon dos !

– Point du tout, ma mie, j'étais à Jersey pour le service de la reine, mission spéciale, très secrète et très serrée, répondit Nicolas, qui ne mentait pas dans sa réponse mais pensa aussitôt, avec un zeste de culpabilité, à la jeune Olympe, la sirène de Granville.

– Vous avez encore pris des risques insensés, jeta Aimée sur un ton de reproche. Mais quand apprendrez-vous à mieux apprécier le séjour de Ranreuil que les dangers du service ?

– C'est l'effet de ma fidélité.

– Une fidélité intermittente !

– Une fidélité à la royauté.

– Je l'avais ainsi compris, conclut-elle d'un ton sarcastique.

Nicolas demanda des nouvelles de sa famille ; il fut rassuré par la sérénité qui semblait régner sur la terre de Ranreuil, où les éclats de la Révolution ne parvenaient qu'assourdis et lointains. L'amiral apparut, venant du fond du parc de sa démarche raide, coiffé d'un chapeau de paille, portant de hautes bottes et une canne à pêche.

– Voici donc le gendre prodigue ! s'exclama-t-il. Ma fille tournait dans la maison comme une chatte ayant perdu son matou.

Ils s'assirent sur les sièges du jardin tandis que Tribord apportait les jus d'orange. Nicolas conta ses aventures en détail, troquant seulement Olympe pour un pêcheur granvillais fictif, qui ne risquait pas d'éveiller la jalousie d'Aimée. L'amiral et sa fille admirèrent le stratagème employé contre les Chevaliers de la foi et tremblèrent *a posteriori* pour les dangers encourus.

– Cette lettre de la reine était donc bien compromettante, remarqua Aimée.

– Secret d'État, ma chère.

– Nous ne voulons pas en savoir plus, dit l'amiral, attaché aux souverains et aux respectueuses prudences de l'ancien temps.

Tribord vint annoncer le repas, ils gagnèrent la salle à manger qui jouxtait le grand salon, puis écoutèrent le marin détailler le menu, fait d'un potage à la Du Barry, bouillon de travers de porc et de chou-fleur, avec jaunes d'œufs et crème fraîche, et d'une canette à la sauce orientale, mélangeant pistaches, dattes, cannelle et citron confit en mirepoix, le tout accompagné d'une bouteille de bordeaux sortie de la cave après dix ans de repos.

Nicolas demanda des nouvelles de la situation politique, qu'il devinait tendue et dangereuse. Et en effet, les événements couraient, rendant la position de la couronne de plus en plus périlleuse.

– La majorité de l'Assemblée, expliqua l'amiral, veut sauver le roi pour sauver sa Constitution. Mais elle doit tenir compte de l'indignation suscitée par la fuite du couple royal. Elle a donc cherché toutes sortes d'arguties pour atténuer sa culpabilité.

– Cette fuite vers Montmédy n'était pas une bonne combinaison, lâcha Aimée, je vois qu'elle a aggravé soudain les choses et enhardi nos ennemis au-delà de toute mesure.

– J'y ai contribué à contrecœur, admit Nicolas, mais le roi m'avait demandé en tête à tête de l'aider. Pouvais-je refuser ?

– Vous n'êtes pas en cause, dit l'amiral, qui se mit en devoir de décrire la scène parisienne, tandis que Tribord servait le bouillon dans des assiettes de porcelaine creuses.

Dès le retour de Louis XVI, un débat s'était engagé à l'Assemblée sur l'inviolabilité du souverain. Les uns le présentaient comme un simple fonctionnaire, qui avait trahi les devoirs de sa charge et qu'il fallait suspendre. Les autres, majoritaires, arguaient de la protection offerte au roi par la Constitution, qui le plaçait au-dessus du citoyen habituel. Toujours logique, toujours implacable, Robespierre tenait le roi pour un commis et exigeait un interrogatoire en bonne et due forme ; les monarchiens, auteurs du texte constitutionnel, tels Duport ou Barnave, tenaient qu'on *n'interrogeait pas* un roi mais qu'on *l'entendait*. Il y avait, derrière cette querelle de mots, une chose essentielle : le roi gardait-il une fonction supérieure et donc une part de la souveraineté, ou bien n'était-il qu'un délégué de l'Assemblée, placé par la nation au pouvoir exécutif ? Dans le premier cas, il fallait le ménager, dans le second, l'Assemblée pouvait le suspendre et même le remplacer. Mais cette dernière voie menait au vertige : si ce roi délégué par l'Assemblée avait failli, s'il avait rompu le contrat qui le liait à la nation, celle-ci pouvait décider non seulement de s'en débarrasser, mais aussi de lui substituer un exécutif différent. Celui-ci n'écherrait pas à un souverain héréditaire mais à un nouveau personnage, par exemple un président élu, comme il l'était dans les tout nouveaux États-Unis d'Amérique.

C'était annoncer sans la nommer une République française. Au sein de l'Assemblée, les plus révolutionnaires eux-mêmes reculaient devant cette perspective, qui infligerait à la Révolution une commotion nouvelle, alors que, selon toute probabilité, le peuple préférait qu'on gardât un roi. On décida donc tacitement de laisser dans l'ombre ce dilemme. Barère, l'un des mieux rompus aux accommodements parlementaires, proposa de nommer le roi « la victime » (d'un enlèvement) et demanda qu'on allât auprès de lui « prendre des renseignements ». Robespierre et ses amis, par peur d'une aventure politique qui les placerait trop en avant de l'opinion, acquiescèrent à cette comédie. Trois députés vinrent donc aux Tuileries chercher ces « renseignements ».

Chapitré au préalable, Louis débita son couplet. Il était parti parce qu'il craignait pour sa sécurité (c'était vrai) ; il n'avait jamais eu l'intention de passer à l'étranger (c'était peut-être vrai) ; il voulait par son voyage montrer seulement au peuple qu'il était libre et non prisonnier de Paris (c'était une invention ridicule) ; il avait compris, en parlant sur la route à ses sujets, que ceux-ci voulaient une Constitution et non un roi tout-puissant (c'était une autre fable).

– Mais je sais, moi, que tout cela est un conte arrangé pour les besoins de la cause ! s'exclama Nicolas.

– Voilà bien les arguties des soi-disant représentants du peuple ! ajouta Aimée, qui restait, de toutes ses fibres, attachée à l'ordre ancien. La politique appelle enlèvement ce qui est une fuite et conversion ce qui est une arrestation.

– D'ailleurs, poursuivit Nicolas, le roi a laissé derrière lui, sur son bureau, une lettre où il écrit tout le contraire.

– Cette lettre a été occultée par les députés, précisa l'amiral. L'enlèvement est une fiction, mais les fictions sont parfois plus utiles que la vérité.

Il poursuivit son récit, laissant à Tribord le temps de desservir et d'apporter le grand plat où les tranches de canette bien dorées étaient alignées en rang serré. La reine, dit-il, n'a guère aidé son mari. Comme elle ne savait trop que dire, elle fit connaître à la délégation de l'Assemblée qu'elle était « au bain ». Ainsi la nation,

venue s'informer poliment, fut congédiée jusqu'au lendemain. Recevant la délégation, Marie-Antoinette ajouta au
ridicule en affirmant qu'elle avait suivi son mari sous la
condition expresse qu'il ne quitterait pas le royaume. Les
députés durent se contenir pour ne pas éclater de rire.
Aussi invraisemblable qu'elle fût, cette version fut
accréditée par l'Assemblée. Les opposants n'osèrent la
réfuter ouvertement, craignant d'être dénoncés comme
des exagérés. L'amiral cita Robespierre au club des
Jacobins : « On m'a accusé d'être républicain, c'est me
faire trop d'honneur. Je ne le suis pas. Si l'on m'eût
accusé d'être monarchiste, on m'eût déshonoré. Je ne le
suis pas non plus[1]. » Quant à Danton, l'orateur furieux
du club des Cordeliers, il fit preuve d'une habile imagi-
nation pour éviter la mise en accusation du roi. « Ce roi
fuyard, tonna-t-il, est au-dessous du jugement. Ce qu'il
faut, c'est un conseil de Régence, avec le duc d'Orléans. »
Là encore, sous couvert de colère et de vindicte, un
républicain comme Danton n'osait franchir le pas. Il
réclamait sans le dire qu'on maintînt l'institution monarchique sous la forme d'une régence.

— M'est avis que l'argent que distribue mon ami
Choderlos de Laclos a produit son effet, remarqua Nicolas
en reprenant une tranche de la délicieuse canette.

— Assurément, reprit l'amiral. Danton est un tribun
vénal. Il a sans doute pris l'argent du duc d'Orléans en
échange de sa proposition. Il a trouvé expédient de lancer
cette idée, qui reportait la question du régime.

L'amiral continua son tableau avec verve et intelligence, stimulé par les verres de bordeaux, passionné-
ment écouté par Nicolas. Le jour baissait sur le parc
et la senteur du soir entrait par la porte-fenêtre grande
ouverte sur la pelouse.

Voyant le roi accusé, vilipendé, questionné, certes
avec les formes mais comme un suspect, ses partisans

dans l'Assemblée s'étranglèrent d'indignation. Malouet fut le plus éloquent pour défendre les prérogatives de Louis XVI. Mais sa philippique eut un effet désastreux : les plus ardents royalistes, menés par Montlosier et d'Éprémesnil, décidèrent de ne plus participer aux débats de l'Assemblée, suivis par 290 députés. Ainsi, déplora l'amiral, au moment même où l'on décidait du sort du roi, il n'y avait plus de royalistes au Manège, seulement des Jacobins ou des constitutionnels. Le 30 juin, on lut à l'Assemblée une lettre de Bouillé, celui-là même qui devait protéger la fuite du roi à Sainte-Menehould. Voulant soutenir Louis XVI, il l'affaiblit. « Si on leur ôte un cheveu de la tête, avant peu, il ne restera pas pierre sur pierre à Paris. Je connais les chemins ; j'y guiderai les armées étrangères... » La menace parut vaine et extravagante à l'opinion parisienne, qui oscilla entre rire et indignation.

Elle produisit néanmoins son effet. Le lendemain, 1er juillet, les républicains jetèrent le masque. Au matin, les députés venus au Manège trouvèrent une affiche placardée sur la porte de l'Assemblée, rédigée comme une suite d'aphorismes vengeurs. « Nous venons d'éprouver que l'absence d'un roi vaut mieux que sa présence. – Il a déserté, abdiqué. – La nation ne rendra jamais sa confiance au parjure, au fuyard. – Sa fuite est-elle son fait ou celui d'autrui, qu'importe ? Fourbe ou idiot, il est toujours indigne. – etc. » L'auteur de ce manifeste cruel était un député étranger prestigieux, anglais de naissance, américain de cœur et français de raison, Thomas Paine, proche de Condorcet, philosophe, publiciste et aventurier, causeur de salon, théoricien de la République américaine et propagandiste redoutable. Ainsi l'idée de république, jusque-là confinée dans les écrits des philosophes les plus radicaux ou dans les journaux imprécateurs, se répandait dans Paris, s'emparait peu à peu de l'opinion, courait dans les sections de l'est et devenait la doctrine des Cordeliers, qui étaient comme l'aiguillon des Jacobins. L'amiral conclut son récit par ce diagnostic plein de lucidité et d'angoisse : le sort du roi, résuma-t-il, repose désormais sur une fiction, celle de l'enlèvement, que la majorité des députés veut imposer mais dont chacun, ennemi ou ami de la couronne, connaît la fausseté.

Nicolas garda le silence, méditant sur cette situation qui faisait de Louis XVI un funambule malgré lui, marchant sur un fil qui menaçait de se rompre à tout instant. Il repensa aux propos du comte d'Antraigues, qui voulait sauver la monarchie en sacrifiant le monarque. Le raisonnement du comploteur, qui voulait faire sortir le bien du pire, venait avec une logique de fer compléter la fresque brossée par l'amiral. Plutôt que de s'acharner à voler au secours d'un roi faible, il fallait, aux yeux des monarchistes fanatiques, trancher le nœud gordien, provoquer la chute de Louis XVI, favoriser l'anarchie et le désordre pour contraindre les souverains européens à la guerre contre la Révolution, qui serait dès lors noyée dans le sang. Une alliance cynique se mettait en place : les plus extrêmes des deux bords, sans le vouloir expressément, se rejoignaient pour faire table rase, consommer le désordre et déclencher la guerre. Sur la ruine du roi, chacun rêvait de reconstruire la France à son idée : une monarchie rétablie dans sa pureté pour le parti réactionnaire, une République érigée dans sa pureté pour le parti révolutionnaire. Nicolas garda pour lui ces tristes méditations.

Fort satisfait de sa péroraison, l'amiral fit servir les liqueurs au salon, sortant d'une petite armoire, sous l'œil réprobateur de sa fille, le rhum des îles du Vent qu'il affectionnait.

– Buvons ce nectar quand il en est encore temps, conclut-il, versant dans les verres quelques rasades généreuses.

Ils terminèrent la soirée dans une gaieté un peu artificielle. À onze heures, l'amiral se retira de son pas raide et les deux amants gagnèrent la chambre opportunément préparée par Tribord, pour des retrouvailles intimes exaltées par le rhum du maître de maison.

Vendredi 8 juillet 1791

Le lendemain, Nicolas se leva à l'aube, plein de ses projets. Il embrassa Aimée, emprunta un cheval à l'amiral et traversa la forêt vers la barrière de Vaugirard. Arrivé au Châtelet, il chercha Bourdeau, qu'il trouva à son bureau, toujours exact dans son service. Le commissaire laissa éclater sa joie de le voir de retour vivant, lui qui réprouvait au fond de lui-même les risques pris par son ami. Après quelques accolades et maints sourires, Nicolas dévida son histoire, sous l'œil anxieux et admiratif de Bourdeau. Il décrivit enfin les projets du comte d'Antraigues et dévoila son plan. Bourdeau écouta, concentré et inquiet.

– Je n'ai qu'une information sûre, expliqua Nicolas. C'est le rôle de Mme de Fitz-James, sans doute la plus dangereuse intrigante que nous ayons connue.

– Il faut l'arrêter au plus vite, dit Bourdeau. Ces royalistes fanatiques veulent déclencher une guerre civile. La folie monarchiste rejoint celle des démagogues des faubourgs.

– Nous pouvons faire mieux : la surveiller et détecter ses complices, puis saisir tout ce petit monde d'un coup. Organisons une filature. Pour l'instant, elle ne se doute de rien. En la suivant, nous pourrons découvrir ses complices et tenter de pénétrer leurs desseins.

– Mais si d'Antraigues l'avertit de ton évasion ?

– Ce ne pourra se produire avant plusieurs jours. Il croit en ce moment que son messager est en route pour Paris. Or il est en prison à Granville. C'est seulement quand il s'apercevra que son message reste sans réponse qu'il s'inquiétera. Alors il renverra un autre messager. Nous aurons un moyen tout simple de nous en rendre compte : dès qu'elle apprendra que nous savons, Laure s'enfuira pour échapper à l'arrestation. En attendant, ses mouvements nous renseigneront sur ses intentions.

– Il y faudra maintes précautions. Ton amie Laure est une rouée. Elle s'est maintenue à la Cour alors qu'elle conspire contre la couronne. Elle sera de la dernière méfiance.

– Choisis tes meilleurs inspecteurs. Nous pouvons organiser une nasse dont elle ne sortira pas.

Bourdeau réfléchissait. Il bâtit en parlant le dispositif nécessaire, qui supposait la mise en jeu de nombreux policiers. Nicolas avait de son côté un souci urgent.

– Il faut prévenir la reine du rôle de Mme de Fitz-James, annonça-t-il. Elle doit redoubler de prudence avec cette espionne perverse à ses côtés.

– Nous n'aurons pas trop de la journée pour armer notre piège, conclut Bourdeau.

Ils se séparèrent, le commissaire pour assembler ses troupes, Nicolas pour demander audience à la souveraine.

Marie-Antoinette accueillit son sauveur avec un sourire rassuré. Sa chevelure blanche était maintenant arrangée avec art, ce qui lui rendait un peu de sa jeunesse. Ses mouvements gracieux achevaient de la ramener au charme d'antan en dépit de ses épreuves.

– Dieu soit loué, mon ami, vous êtes revenu sain et sauf. Je me rongeais à l'idée que vous risquiez votre vie pour moi.

Nicolas conta une nouvelle fois son histoire, décrivit Jersey, le château de Mont-Orgueil, les Chevaliers de la foi et leurs cyniques projets. Puis il rapporta à la souveraine les propos du comte d'Antraigues sur le rôle de Laure de Fitz-James.

– Êtes-vous sûr de tout cela ? demanda la reine. Mme de Fitz-James est à mon service depuis des années. Je ne puis concevoir chez elle une telle trahison.

– Mme de Fitz-James vous a été longtemps fidèle. Mais les derniers événements ont accentué sa foi profonde dans l'ordre ancien et suscité chez elle une réprobation envers le roi, qui a tourné à l'hostilité. Elle est devenue fanatique.

– Le roi est un homme généreux. Je m'en plains souvent moi-même. Mais enfin, cela devrait lui être compté en bien et non provoquer cette froideur et cette haine fanatique. Ainsi vous pensez que je dois prendre Mme de Fitz-James en méfiance ?

– En prudence, à tout le moins. Nous souhaitons la confondre et démanteler son réseau de fanatiques. Si Votre Majesté le permet, je lui conseille de continuer avec elle le même commerce qu'à l'habitude, mais de ne rien lui révéler d'important. Vous avez à vos côtés une ennemie déterminée. Pour parer cette menace, il faut jouer avec elle au plus retors.

– Quelle intrigue, mon Dieu, quelle intrigue ! Ainsi je dois me défier de mes amis autant que de mes ennemis.

– Souvenez-vous de ce lord anglais, Madame, qui disait ceci : si vous cherchez un ami en politique, achetez-vous un chien.

La reine sourit à la boutade.

– Les Anglais sont meilleurs politiques que nous, dit-elle, avant de revenir à la situation française. Nous avons contre nous, ajouta-t-elle, les faubourgs, les clubs, l'Assemblée, et maintenant les royalistes les plus ardents. Pauvres de nous ! Je ne vois d'espoir que dans l'action de nos cousins d'Europe, mais ils sont occupés ailleurs. Ou alors dans ce parti plus modéré dont ce M. Barnave, qui nous a accompagnés au retour de Varennes, me semble l'un des chefs. Qu'en pensez-vous ?

– Les constitutionnels de Barnave veulent se sauver en vous sauvant. Sans vouloir vous dicter quoi que ce soit, m'est avis que c'est votre seule planche de salut.

– Pour le moment sans doute... Il nous faut composer avec tous ces bourgeois qui croient leur heure arrivée. Et avec ce M. de La Fayette tout farci d'orgueil et d'ambition, qui est un grand seigneur traître à sa classe et à son roi. Combien de couleuvres faudra-t-il avaler ?

– Il faut durer, Madame.

Elle resta silencieuse, puis laissa tomber, avec un regard de profonde tristesse :

– Mais que leur ai-je donc fait ?

Nicolas entendait cette question pathétique pour la deuxième fois. Il éprouva un peu de pitié et beaucoup d'agacement devant cet aveu d'incompréhension. Marie-Antoinette, pourtant fine et rompue aux affaires de l'État, refusait de comprendre le mouvement profond du royaume. Voilà qui augurait mal de l'avenir pour la couronne.

Il laissa la reine à sa mélancolie, prévenue, en tout cas, des intrigues perverses de Laure de Fitz-James. Il fallait maintenant passer à l'action contre cette jeune femme qui avait la beauté du diable et envers qui il éprouvait maintenant un furieux ressentiment. D'un pas vif, marchant dans les rues encombrées de pratiques, d'orateurs improvisés et de vendeurs de journaux, qui composaient le tableau d'un Paris en pleine effervescence, il rejoignit Bourdeau au Châtelet.

Ils étaient une dizaine d'inspecteurs et d'exempts dans son bureau, rejoints par Rabouine et deux de ses mouches, attendant que les deux commissaires, avec qui ils avaient depuis longtemps travaillé, les affranchissent

sur ce qu'il fallait faire. La police depuis 1789 se défaisait
peu à peu, tiraillée entre plusieurs fidélités, soumise à de
nouveaux maîtres dont elle ne savait s'ils allaient durer
plus longtemps qu'une saison, ne sachant s'il fallait obéir
au roi, au ministre, à la garde nationale, à la municipalité
ou à l'Assemblée, à Louis XVI, à Montmorin, à Pétion,
à La Fayette, à Barnave ou à Robespierre. Au moins
Nicolas et Bourdeau étaient-ils connus, tenus pour droits
et compétents, éprouvés par maintes enquêtes réussies
où ils avaient commandé leurs hommes avec sûreté et
loyauté. Dans la tourmente politique, les fidélités per-
sonnelles valaient mieux que les plus sonores des profes-
sions de foi. Aussi se conformèrent-ils exactement aux
consignes des deux amis, qui avaient résolu de mettre sur
pied l'un des dispositifs les plus complets qu'ils eussent
jamais utilisé pour une filature. À six heures, tout était
en place.

Les policiers se postèrent ainsi à chaque sortie des
Tuileries, deux du côté de la Seine, deux au centre
devant le Carrousel et deux de l'autre côté, sur la rue
Saint-Honoré. Sage précaution : à sept heures, la jeune
femme franchit d'un pas pressé le porche qui donnait sur
la rue Saint-Honoré. Aussitôt, les deux policiers en faction comprirent qu'ils devraient jouer serré. Laure marchait vite, se retournait souvent, scrutait les passants et
changeait de trottoir sans crier gare, pour revenir aussitôt
sur le côté de la rue qu'elle venait de quitter. La voyant
sortir, un des deux policiers se mit à sa suite, marchant
un peu en arrière et sur l'autre côté de la rue, tandis que
son compère courait vers une taverne où l'attendaient
trois de ses collègues. L'un d'eux partit vers le Châtelet
prévenir le gros de la troupe policière pendant que les
autres prenaient position dans la rue Saint-Honoré, l'un
vendant des journaux, l'autre baguenaudant entre les
boutiques, le troisième tirant un cheval par la bride. Ils

n'étaient pas de trop. Le premier policier fut bientôt hors jeu : Laure s'était retournée soudain pour revenir sur ses pas. Il ne pouvait l'imiter sans se signaler. Il dut poursuivre dans sa direction pour ne pas éveiller les soupçons. Heureusement, un de ses collègues avait vu la scène. Il attendit cinq minutes puis, voyant que Laure avait de nouveau fait demi-tour, il se mit à sa suite sans se faire remarquer. Pendant ce temps, les autres tentaient d'anticiper le chemin emprunté par Laure pour prendre à bon escient le relais.

Ce jeu dura une bonne heure, après maints détours, maintes ruses et contre-ruses. Toutes les cinq minutes, les policiers se relayaient dans le sillage de la jeune femme, changeant de tenue ou de couvre-chef quand ils remplaçaient l'un de leurs collègues pour donner le change. Ainsi Laure conduisit ses poursuivants jusqu'au Théâtre italien où elle entra parmi la foule des spectateurs, montrant son billet au portier. L'un des exempts fonça alors au Châtelet et prévint Nicolas qui avait pris son tour de veille, laissant Bourdeau se reposer.

Un quart d'heure plus tard, Nicolas, affublé d'une barbe postiche, montra son passeport de policier au portier du théâtre et fut introduit sur un strapontin du parterre. La représentation avait commencé et la salle était plongée dans l'obscurité. De son siège, il pouvait observer la loge où Laure de Fitz-James avait pris place, rejoignant trois personnages distingués, une femme et deux hommes que Nicolas ne connaissait pas, avec qui elle devisait pendant les entractes. Impossible d'en savoir plus : le théâtre était une bonne couverture et l'on ne pouvait surprendre les propos échangés. À tout hasard, néanmoins, Nicolas ressortit et donna à ses hommes la consigne de suivre à la fin de la représentation les trois amis de Laure et de noter leur adresse. S'ils étaient du complot, ils seraient plus faciles à atteindre.

La soirée se termina sans autre péripétie notable. Laure rentra aux Tuileries, suivie dans la même disposition qu'à l'aller et sans que rien ne trahît chez elle le moindre soupçon. Nicolas repensa aux propos tenus à Mont-Orgueil par d'Antraigues. Les conspirateurs attendaient l'occasion favorable que leur fournirait telle ou telle manifestation populaire pour déclencher par provocation une fusillade entre la troupe et la foule. Or le dimanche suivant, l'Assemblée avait décidé d'organiser le transfert des cendres de Voltaire au Panthéon. Si les Chevaliers de la foi passaient à l'action, ce serait ce dimanche-là, derrière le cercueil du défenseur des Calas. Pour cela, il leur faudrait se concerter préalablement, c'est-à-dire le lendemain samedi.

XV

CONCILIABULE

« La parole qui vous échappe ne peut
être rattrapée. »

HORACE

Samedi 9 juillet 1791

Le lendemain ne fut guère plus fructueux. Laure de
Fitz-James sortit à trois heures, toujours méfiante, suivant les itinéraires les plus tortueux et mettant à rude
épreuve l'habileté des policiers. Elle les emmena par des
détours incongrus jusqu'à la rue Monsieur-le-Prince, sur
la rive gauche, où, avant de s'en retourner aux Tuileries
par le Pont-Royal, elle acheta un chapeau. À la nuit,
Nicolas se dit que vingt inspecteurs avaient été mobili-
sés depuis deux jours pour observer une jeune femme
faire l'emplette d'un couvre-chef. Mais à dix heures, il
constata que ce déploiement policier n'avait pas été vain.

Cette fois, Laure avait commandé un fiacre, qui vint l'attendre au pied du pavillon de Flore, sur le quai de la Seine. Le cocher fouetta aussitôt. Il fallut toute la maîtrise des inspecteurs pour ne pas perdre la jeune femme de vue dans les rues encombrées et sur les avenues où l'on pouvait presser l'allure. Deux cavaliers se relayèrent tandis que les policiers à pied réquisitionnèrent deux fiacres pour suivre de loin. Une autre équipe, prévenue selon la procédure fixée, rejoignit le dispositif une demi-heure plus tard. Après maints détours pendant lesquels la jeune femme observait la rue par les deux fenêtres latérales et par le hublot ouvert à l'arrière du fiacre, elle monta la colline Sainte-Geneviève et s'arrêta devant l'entrée du couvent des Feuillantines, sis dans un passage donnant sur la rue Saint-Jacques et qui jouxtait le Val-de-Grâce. La petite rue était déserte ; le policier à cheval qui suivait le fiacre de loin poursuivit sa route dans la rue Saint-Jacques sans jeter un regard dans la direction de Laure, qui l'observait d'un air inquisiteur. Cinq minutes plus tard, un deuxième policier, en fiacre celui-là, passa au même endroit : Laure avait disparu.

Nicolas qui supervisait la filature fut prévenu. Arrivé à proximité du couvent, il envoya un exempt inspecter la porte d'entrée. Elle était close, encastrée dans une façade sévère surmontée d'une croix et percée de quatre fenêtres à petits carreaux. Un peu plus loin, un mur prolongeait la façade vers le fond de l'impasse, derrière lequel on voyait le feuillage de grands arbres regroupés en bouquets. Nicolas hésita : Laure avait sans doute réuni ses complices dans l'une des salles, mais les couvents parisiens, qui occupaient une portion notable de la ville, étaient souvent entourés de vastes terrains où se dressaient plusieurs bâtiments aux usages particuliers, une chapelle, un réfectoire, une bibliothèque, un dortoir pour les sœurs, un presbytère pour le supérieur... S'il donnait l'ordre d'envahir le domaine, les policiers devraient entrer au hasard dans telle ou telle partie de la propriété sans savoir où se tenaient les conjurés. L'alerte serait donnée et tous s'échapperaient par une issue sans doute aménagée d'avance. Mieux valait attendre. Il envoya chercher un plan détaillé du quartier sur lequel on pourrait repérer la disposition des lieux. En attendant, il décida de sauter le mur avec Bourdeau pour une première reconnaissance. Il était plus de onze heures, l'obscurité enveloppait la ville. Dans l'impasse, seule une petite lanterne luisait au-dessus de la porte d'entrée. Un inspecteur leur fit la courte échelle et ils atterrirent l'un après l'autre sur une pelouse bordant un vaste parc parsemé d'arbres et de buissons. À leur gauche, le bâtiment qui donnait sur la rue conduisait à une chapelle où nulle lumière ne brillait. Plus loin, une maison au toit haut et pentu était elle aussi dans l'ombre. À droite, en revanche, on voyait deux fenêtres éclairées qui se découpaient dans un bâtiment trapu. Les deux policiers restèrent quelques minutes accroupis au pied du mur d'enceinte, puis, ne voyant personne, s'approchèrent des deux fenêtres lumineuses en passant d'un arbre à l'autre.

Les battants étaient ouverts, sans doute à cause de la chaleur de juillet qui maintenait Paris dans une étuve. Nicolas et Bourdeau risquèrent un regard à l'intérieur. Au milieu d'une salle meublée de longues tables et de bancs alignés, une dizaine de personnages masqués étaient regroupés autour de Laure de Fitz-James, elle aussi masquée, mais que Nicolas reconnut aussitôt à sa voix et à sa silhouette sanglée dans un costume de chasse. La pièce était éclairée par deux lustres qui pendaient du plafond et répandaient sur l'assistance une lumière orangée. Il devina qu'il s'agissait du réfectoire des nonnes, transformé en quartier général de la société.

Malgré sa crainte d'être découvert, il esquissa un sourire : ces conspirations subreptices avaient décidément quelque chose de ridicule, avec leurs rituels secrets, leurs assemblées nocturnes, leurs déguisements de pantomime italienne. Bourdeau restait un peu en arrière, scrutant le parc en tentant d'y déceler un bruit, un mouvement, qui signalerait une présence inopportune. Nicolas tendit l'oreille pour saisir les propos échangés.

– Messieurs, disait Laure d'un ton d'autorité, poursuivant un discours commencé avant l'arrivée des policiers, cette occasion approche. La fuite et le retour du roi ont mis Paris en effervescence. Sans nul doute, les plus exagérés des Jacobins vont tenter une de ces journées qui sont leur expédient habituel pour faire dévier la politique du royaume. Voilà qu'ils se sont mis en tête d'imposer ce régime d'anarchie qu'ils nomment république. Or l'Assemblée impie a pris l'extravagante décision de transférer demain à l'église Sainte-Geneviève, qu'elle a rebaptisée Panthéon, les cendres de Voltaire, ce démolisseur vicieux de la religion. Il y aura grand concours de peuple, les faubourgs vont s'ameuter, tout le Paris révolutionnaire sera au rendez-vous. La Fayette, qui ne sait plus comment arrêter la machine qu'il a lancée, sera là avec la garde nationale pour contenir les élans de la foule. C'est là que nous pouvons agir.

Laure se mit en devoir de décrire par le menu l'action des Chevaliers de la foi qui devaient se mêler à l'assistance et, par quelques coups de feu soudain, provoquer une fusillade qui donnerait le branle du désordre général. Nicolas voyait maintenant, écoutant cette bande de factieux réunis au même endroit, le moyen de mettre fin d'un coup à la conspiration. Il fit signe à Bourdeau et recula de quelques mètres. En chuchotant, il donna ses consignes à son ancien adjoint. Munis du plan saisi au Châtelet, les policiers qui entouraient maintenant le couvent devaient se poster à chaque entrée ; les autres devaient sauter le mur et se ruer vers le réfectoire au signal donné. Ainsi les dix conspirateurs seraient pris et la conjuration étouffée dans l'œuf.

Vingt minutes plus tard, tandis que Nicolas saisissait par bribes la discussion du réfectoire qui se prolongeait en détails d'exécution, les policiers s'étaient groupés devant les trois entrées du couvent, prêts à arrêter tout fuyard, tandis que les autres franchissaient le mur du parc pour procéder à l'arrestation. C'est là que la belle combinaison de Nicolas s'enraya. Comme ils sautaient un à un sur la pelouse, une nonne qui sortait de la chapelle aperçut les policiers. Elle comprit aussitôt ce qui se passait. Elle courut vers le réfectoire et se mit à crier :

– Fuyez pour l'amour de Dieu ! Nos ennemis sont dans la place !

Entendant cela, Nicolas paya d'audace, bondit à l'intérieur du réfectoire, sortit son pistolet et cria :

– Au nom du roi, ne bougez plus !

Il y eut un instant de stupeur. L'assemblée des masques le regardait, interdite. Mais Laure réagit sans coup férir. Elle sortit un pistolet de sa poche et tira sur Nicolas. La balle siffla à ses oreilles et il répliqua, ratant lui aussi sa cible. Trois chevaliers furent bientôt sur lui, l'épée tirée et pointée sur sa poitrine. Laure s'approcha.

– Monsieur de Ranreuil, dit-elle, vous avez manqué votre affaire. Elle était pourtant bien montée et je ne sais par quel sortilège vous êtes ici.

L'un des chevaliers se tourna vers elle, son épée touchant la gorge de Nicolas. Il l'interrogea du regard.

– Non, dit-elle, ces policiers sont abusés par leur aveugle fidélité à un roi défaillant. Ce ne sont pas nos ennemis. Ils gênent, voilà tout. Rien ne sert d'en tuer un, d'autres arrivent. Partons.

À travers le masque, Nicolas vit le regard de Laure, qui dardait colère et tristesse mêlées.

Les conjurés disparurent par la porte du réfectoire, manifestement préparés à cette fuite. Le chevalier qui le tenait en respect lui ordonna de se mettre à genoux et s'éclipsa à son tour. Nicolas se releva et se précipita à sa suite. Mais un claquement de serrure lui indiqua que l'issue était désormais barrée. Il se retourna. Par l'autre entrée, les policiers affluaient à présent dans le réfectoire. Nicolas leur donna l'ordre de fouiller tous les bâtiments. Une heure plus tard, les recherches étaient restées vaines, entravées par les nonnes qui étaient sorties de leur dortoir et s'agenouillaient les mains jointes devant les policiers qui ne savaient comment s'en dépêtrer. On cassa la porte close du réfectoire : elle ouvrait sur un couloir menant à un escalier, lequel aboutissait à un tunnel qui conduisait à une maison de la rue Saint-Jacques. Les conjurés avaient disparu.

La police arrêta la mère supérieure qui refusa de répondre à la moindre question, ainsi que les nonnes qui se contentaient de prières psalmodiées en latin d'une voix gémissante. Le couvent fut fermé et la mère supérieure enfermée au Châtelet. On courut aux Tuileries à la recherche de Laure. Elle s'était bien sûr gardée de revenir à son appartement, évanouie quelque part dans Paris. Tout cela ne donnait aucun résultat. Les Chevaliers de la foi s'étaient fondus dans la ville, faisant planer sur le Paris de la Révolution une menace diffuse mais insaisissable.

Dimanche 10 juillet 1791

Le lendemain à sept heures, Nicolas et Bourdeau entrèrent dans le bureau de La Fayette à l'Hôtel de Ville. Le marquis conservait en toutes circonstances sa froide courtoisie. Il les fit asseoir, préleva dans une boîte d'acajou son habituelle prise de tabac et écouta les deux policiers dans un silence seulement coupé par ses éternuements. Une fois leur récit achevé, il leur répondit de son ton bonhomme et quelque peu condescendant.

– Mes amis, je vous remercie de votre zèle et de votre promptitude à m'avertir. Nous sommes entourés de comploteurs de tous les bords, voilà une bande de plus dont nous devrons prévenir les agissements. Nous allons redoubler de prudence et je fais dès maintenant renforcer mes arrangements. La garde nationale veillera au bon déroulement de la cérémonie. Je suggère que vous et vos policiers vous mêliez à la foule pour détecter toute manœuvre suspecte.

Ils quittèrent La Fayette à moitié rassurés.

À vrai dire, le transfert des cendres de Voltaire avait commencé depuis quatre jours. Pour éviter les tracas que l'Église aurait pu susciter, Voltaire avait été enterré en secret treize ans plus tôt à l'abbaye de Romilly, désormais dans le département de l'Aube. Dès le 6 juillet, le catafalque avait pris la direction de Paris, protégé par la garde nationale, acclamé par la foule qui avait pris place sur le parcours. La population se souvenait des drames composés par le philosophe, à l'immense succès. Elle vénérait surtout ses pamphlets écrits au moment de l'affaire Calas ou de celle du chevalier de La Barre, empreints d'humanité, d'ironie et de tolérance. Les cérémonies parisiennes devaient durer deux jours, d'abord le dimanche avec l'accueil du cortège par le maire Bailly et une station à l'emplacement de la Bastille récemment démantelée, puis le lundi avec la marche sur l'église Sainte-Geneviève devenue Panthéon, où la dépouille de Mirabeau, enterré en avril, attendait celle de Voltaire.

Quand Nicolas arriva à la Bastille après avoir salué le très confiant La Fayette, il fut un peu rassuré. Le catafalque dessiné par le peintre David était halé par huit chevaux blancs à plumet et entouré de près par un bataillon compact de la garde nationale. Bien sûr n'importe quel tireur pouvait s'embusquer sur le passage et abattre tel ou tel personnage officiel. Mais les rangs imposants des gardes nationaux étaient à même de dissuader tout mouvement de foule. On ne pouvait empêcher un assassinat, mais on pouvait interdire une émeute. Si crime il y avait, il resterait isolé et la réaction populaire maîtrisée. Au moment où les policiers se dispersaient dans la foule, aux aguets, observant les fenêtres alentour et les rues adjacentes, le cortège emmené par Bailly et précédé d'une délégation parlementaire fournie s'était arrêté devant les ruines de la forteresse où Voltaire avait été enfermé sur lettre de cachet ; sur un monceau de pierres une inscription avait été disposée, gravée dans une plaque de marbre : « Reçois en ce lieu où t'enchaîna le despotisme, Voltaire, les honneurs que te rend ta patrie. » Plusieurs discours s'enchaînèrent, ronflants et patriotiques à souhait. Puis la musique joua une composition de François-Joseph Gossec, et la foule, contente du spectacle, édifiée dans l'amour de la liberté et des droits de l'homme, se sépara sans incidents. Nicolas se dit que l'opération de la veille au soir au couvent des Feuillantines avait peut-être désorganisé les projets des Chevaliers de la foi. Encore fallait-il franchir l'obstacle suivant, le cheminement solennel vers la colline Sainte-Geneviève.

Lundi 11 juillet 1791

Le lendemain, La Fayette avait encore renforcé son organisation et des milliers de gardes nationaux encadraient une foule joyeuse, infiltrée par les policiers de Nicolas aux aguets. Cette fois, le cortège était emmené par les élèves des Beaux-Arts tenant un buste couronné de Voltaire. Il alla d'abord à l'Académie de musique sur le boulevard Saint-Martin pour entendre un chœur énergique tiré du premier acte de *Samson* de Rameau, dont le livret avait été écrit par Voltaire, et qui proclame : « Peuple, éveille-toi, romps tes fers ! »

On prit ensuite soin de descendre jusqu'aux Tuileries, sous le nez de Louis XVI, pour traverser la Seine et s'arrêter sous un arc de verdure d'où cascadaient des roses, devant l'hôtel de Villette. La marquise de Villette, l'hôtesse des lieux et fameuse « belle et bonne » de Voltaire qui la considérait comme sa fille et l'avait sortie du couvent, s'avança avec sa petite fille pour ceindre le buste d'une « couronne civique » avant de le serrer dans ses bras sous les acclamations. On passa ensuite devant l'ancienne Comédie-Française, rue des Fossés-Saint-Germain, où une autre inscription disait : « À dix-sept ans, il fit *Œdipe* », puis devant le théâtre de la Nation, où une autre affiche répondait : « Il fit *Irène* à quatre-vingt-trois ans. »

Enfin le cortège arriva au Panthéon, entouré d'une immense foule qui admirait les chevaux blancs tirant le catafalque posé sur un char doré, les gardes nationaux en grande tenue, les députés alignés et les corps constitués rassemblés en un groupe compact sur le perron du monument, où il manquait seulement les prêtres, qui avaient refusé d'assister à la cérémonie. De chaque côté de la place, les soldats formaient une haie hermétique qui tenait la foule à distance tandis que le char s'avançait au son d'un hymne solennel, avec chœur, violons, cuivres et percussions. Les Parisiens étaient calmes, recueillis, touchés par la majesté du spectacle. Placé à l'entrée du Panthéon dans l'ombre des colonnes, en surplomb, Nicolas inspectait l'assistance avec méthode, à la recherche d'un détail, d'une arme ou d'un regard qui auraient pu trahir une malfaisante intention. Mais tout était paisible, réglé, conforme à l'immense respect qui entourait le philosophe et le dramaturge dont l'œuvre avait tant fait pour préparer les esprits à la Révolution.

L'attelage s'arrêta devant les marches de l'église, l'orchestre jouait encore, et une demi-douzaine de gardes se mirent en devoir de soulever le cercueil et de le porter vers l'entrée. Le maire Bailly, à la triste figure, le marquis de La Fayette, fringant et poudré, les parlementaires, les ministres et les magistrats étaient alignés devant Nicolas, le long de la façade entourée par les colonnes romaines. Sur le frontispice, l'inscription désormais célèbre faisait face à la foule : « Aux grands hommes la Patrie reconnaissante ».

Nicolas continuait d'observer la foule à la lunette, dissimulé derrière un pilier. Sur le côté gauche de la place, une troupe de jeunes filles figurant les vertus du royaume régénéré – la tempérance, la fidélité, le civisme, le courage, l'amour de la liberté, etc. – formaient un rang de robes blanches échancrées qui attiraient les regards des citoyens de tous âges et de toutes conditions, soudain passionnés par la contemplation de ces vertus ostensibles, qui présentaient toutes des minois avenants couronnés de laurier. Soudain une image fugace arrêta son inspection. Il revint en arrière et braqua sa lunette sur l'une des jeunes filles, dont le visage altier apparut dans le verre grossissant. C'était Laure de Fitz-James.

Soudain fébrile, Nicolas fit aller la lunette de haut en bas. La robe blanche était serrée, près du corps ; ces jeunes filles ne portaient ni sac, ni écharpe, ni poche qui auraient pu dissimuler une arme. Il fut un peu rassuré, tout en essayant de comprendre ce que son ancienne amante pouvait bien ourdir au premier rang, sans poignard ni pistolet, risquant d'être reconnue et arrêtée. Il fit venir un inspecteur qui attendait trois pas en arrière et lui donna ses instructions en lui désignant discrètement d'un doigt pointé la rangée de robes blanches. Une minute plus tard, le policier sortit par le côté sud de la façade, à l'abri des regards, et commença à rallier les commissaires et les inspecteurs mêlés à la foule.

Nicolas continuait d'observer Laure. Soudain elle tourna la tête en arrière et sur sa droite. Elle fit un signe du menton en direction d'un complice que Nicolas ne voyait pas. Avec sa lunette, il passa en revue les badauds assemblés derrière Laure. Tous regardaient le catafalque arrêté devant le Panthéon, sauf un qui avait mis un genou à terre et ouvrait la serrure du sac qu'il avait posé devant lui. Commençant à comprendre ce qui se passait, Nicolas inspecta la foule massée entre Laure et le cortège. Il repéra aussitôt un deuxième homme également affairé, qui sortait un pistolet de son manteau. Inutile de chercher plus : les Chevaliers de la foi s'étaient infiltrés dans l'assistance et s'apprêtaient à tirer sur les excellences réunies au pied du Panthéon. La lunette de Nicolas revint vers le premier sbire. Il avait lui aussi sorti son arme et la tenait le long du corps, jetant des regards interrogatifs vers Laure. De toute évidence, il attendait le signal de la jeune femme pour passer à l'action. Nicolas se dit qu'il restait peut-être une minute ou deux avant l'attentat. Il balaya de nouveau la foule de sa longue-vue. Il détecta alors les policiers qui s'étaient enfoncés dans la foule et convergeaient vers Laure de Fitz-James. Mais ils risquaient d'arriver trop tard pour prévenir les tirs. Nicolas n'avait plus qu'une seule parade : prévenir La Fayette, qui donnerait l'ordre à la garde nationale de s'interposer entre les officiels et la foule, tandis que les policiers refermeraient leur dispositif sur Laure.

Affectant le plus grand calme, Nicolas se détacha de la colonnade qui le dissimulait et marcha vers La Fayette qui surveillait la cérémonie, quelques pas en avant des marches de l'entrée. Il s'approcha du général et lui parla à l'oreille.

— Général, annonça-t-il, les assassins sont ici, dans la foule. Ils s'apprêtent à tirer, sur vous ou sur Bailly.

La conjecture de Nicolas reposait sur un raisonnement politique. La Fayette et Bailly étaient deux personnalités clés dans le parti constitutionnel qui défendait la monarchie limitée voulue par la Constituante. Leur assassinat, à l'un ou à l'autre, serait imputé au parti républicain et déclencherait un conflit qui risquait d'allumer une guerre civile.

La Fayette avait le défaut de la vanité, mais ce n'était pas un pleutre. Plutôt que se mettre à l'abri à l'intérieur du bâtiment, il s'avança dans l'espace libre qui séparait l'entrée de l'attelage arrêté et appela à lui son adjoint au commandement de la garde nationale. Il donna ses ordres et l'autre sortit son sabre pour rallier ses hommes. Pendant ce temps, Nicolas avait braqué de nouveau sa lunette sur Laure. Quand son visage apparut dans le cercle de la lunette, ses yeux étaient fixés dans l'exacte direction de Nicolas. Il eut l'impression qu'elle le dévisageait à quelques mètres de lui, avec une expression de colère et de déception mêlées. Puis elle s'avança d'un pas, lançant un regard circulaire sur la scène, et mit ses mains à l'horizontale en les écartant, comme un chef de chœur qui veut interrompre le chant des choristes. L'instant d'après, elle s'était fondue dans la foule. Nicolas réussit à la suivre un moment avec sa lunette. Elle rejoignit un de ses complices qui lui tendit un manteau qu'elle enfila à la hâte, pour disparaître pour de bon au milieu de l'assistance. En fouillant du regard la place, Nicolas constata que les deux hommes au pistolet qu'il avait repérés s'étaient eux aussi évanouis. À coup sûr, voyant que La Fayette donnait des instructions, elle avait mis fin à l'opération selon un signal convenu.

L'attentat avait échoué, se dit Nicolas, mais l'action policière aussi. La translation des cendres de Voltaire s'achevait sans incident. Mais toujours la menace des Chevaliers de la foi planait sur la scène parisienne.

XVI

VEILLÉE

> « Un homme libre ne pense à aucune
> chose moins qu'à la mort, et sa sagesse
> est une méditation non de la mort mais
> de la vie. »
>
> BARUCH SPINOZA

Mardi 12 juillet 1791

Au matin, pendant qu'il faisait sa toilette du lever dans sa petite chambre des Tuileries, Nicolas vit un billet qu'on glissait discrètement sous sa porte. C'était un message de son ami Noblecourt, qui le laissa pensif et inquiet.

> *Mon cher Nicolas,*
> *Viendras-tu partager avec moi un ultime repas à l'hôtel Noblecourt ? J'arrive à la dernière étape de mon voyage. C'est pour moi l'heure des bilans, des souvenirs*

*et de l'amitié qui m'a soutenu tout au long de cette
route. Je ne voudrais pas tirer ma révérence sans avoir
revu ceux que j'ai aimés tendrement et qui m'ont aidé
à traverser cette vallée de larmes.*
  *Tu passeras donc la soirée de ce mardi avec ton ami
fidèle,*

Aimé de Noblecourt

Nicolas sentit l'étreinte du chagrin le saisir. Ainsi, son
proche mentor lui annonçait son départ. Il chercha à se
rassurer, mit cette missive sur le compte d'un moment
de découragement, voulut croire qu'un vieil homme
amoindri, cloué sur son fauteuil jour après jour, exa-
gérait son état et perdait de temps à autre le goût de
vivre, avant de se reprendre et de reporter une nouvelle
fois son rendez-vous avec le ciel. Mais il connaissait
aussi la lucidité du vieux magistrat, son âge canonique
et son intelligence, depuis toujours apte à voir les choses
comme elles étaient. Aimé de Noblecourt avait passé
depuis un lustre sa quatre-vingt-dixième année. La providence l'avait gratifié d'un sursis qui ne pouvait s'éter-
niser. Tout en refusant la résignation, Nicolas anticipait
aussi l'implacable terme fixé par le destin, qui était de
toute évidence imminent.
  Il passa la journée avec ce crève-cœur, attelé machina-
lement à son enquête. Celle-ci était dans l'impasse. Nulle
trace de Laure de Fitz-James, qui avait une nouvelle fois
échappé à toute recherche. La police visita les domiciles
des trois personnes qui l'avaient côtoyée dans sa loge de
théâtre. Ils étaient vides, comme l'était l'hôtel de Fitz-
James, rue Saint-Florentin, où Laure se repliait d'habitude
quand elle quittait le palais des Tuileries. Ces repaires
furent dûment fouillés, mais aucun indice n'en sortit.
  Paris bouillonnait, surchauffée par la situation politique. Les factions se déchiraient autour du sort du roi,

que l'Assemblée se préparait à absoudre au grand dam des faubourgs et des orateurs de clubs. Les journaux bataillaient par crieurs interposés dans les rues parsemées d'attroupements fiévreux, échangeant formules assassines, titres enflammés, appels au rétablissement de l'ordre ou à l'insurrection. Au milieu de cette clameur confuse, les conspirateurs dissimulés au milieu de la foule faisaient peser sur la ville une menace immanente.

À huit heures, accompagné de Bourdeau qui avait lui aussi reçu un mélancolique billet de Noblecourt, Nicolas frappa à la porte de l'immeuble de la rue Montmartre. C'est Catherine, l'ancienne gouvernante, qui leur ouvrit, revenue de son Alsace natale, sans doute appelée par une lettre du vieux magistrat. Elle les accueillit avec un sourire de contentement voilé par la tristesse, tandis que Mouchette et Vénus, indifférentes à la gravité de l'heure, leur faisaient fête avec force jappements et miaulements.

Les deux amis furent introduits dans la salle à manger où la table était dressée et les convives réunis. C'était une assemblée qui concentrait une bonne part de la vie du magistrat. Nicolas reconnut aussitôt les visages tournés vers lui. Il y avait là Semacgus, le chirurgien de marine compagnon de maintes aventures, sa gouvernante Awa, avec son sourire éclatant, le bourreau Sanson à la mise raffinée, l'amiral d'Arranet raide dans son fauteuil, Catherine, que son retrait avait fait admettre à la table des maîtres, intimidée et précautionneuse, et enfin Aimée, serrée dans une robe bleue de soirée au généreux décolleté orné d'un collier de pierres scintillantes qui rehaussait son teint diaphane. Trônant à son habitude en bout de table, l'œil pétillant et le verre à la main, Noblecourt apostropha les deux arrivants :

– Prenez place, mes chers amis, nous n'attendions plus que vous, lança-t-il. Je suis ce soir le plus heureux des hommes, entouré de la meilleure compagnie.

Recroquevillé sur son fauteuil, la main tremblante, la voix chevrotante, Noblecourt faisait effort pour se redresser et parler distinctement, les traits creusés par l'épuisement. Il posa son verre qui ballottait dans ses doigts, menaçant d'éclabousser la table, et il poursuivit :

– Je ne veux ni soupirs, ni pleurs, ni tristes mines. C'est un repas de fête, l'heure n'est pas aux jérémiades. Je vous l'ai écrit à mots couverts : j'arrive au bout du chemin. Mes médecins m'ont averti. Je sais qu'ils se trompent tout le temps mais mon corps me dit la vérité : il m'a signifié son congé. Par bonheur, je ne suis pas alité sans aucune force. Il m'en reste assez pour vous faire honneur. Au fond, je suis comme les anciens Romains. Je réunis ma maison pour mes adieux. Estimez-vous heureux, la coutume voulait à l'époque qu'un *pater familias* sentant sa fin arriver se mette au bain et s'ouvre les veines en public. J'ai préféré vous épargner ce spectacle. Le vin remplacera avantageusement le sang. Préparez-vous, il coulera à flots !

– Vous dites que les médecins se trompent tout le temps, répliqua Nicolas. Peut-être est-ce encore le cas. Vous me paraissez fort gaillard pour un mourant.

– Je donne le change, mon cher. La camarde est derrière la porte. Mais rassurez-vous, je l'ai consignée dans un placard. Elle n'en sortira pas ce soir. Et puis, assez de sinistres considérations. Je n'aime pas les oraisons funèbres. J'ai fait mon temps, je suis content de ma vie. Que demander de plus, sinon les cadeaux de l'amitié ?

Voyant la mine déconfite de ses invités, il se tourna vers l'office.

– Ramatuelle ! cria Noblecourt. Servez donc encore ce vin de Champagne à mes hôtes. Je crains de les avoir importunés.

Le cuisinier de Noblecourt entra dans la pièce, tenant une grosse bouteille du vin pétillant. Chacun tenta d'obéir au maître de maison, de surmonter l'effroi dispensé par son discours et de répondre à sa volonté d'agapes joyeuses en dépit de la circonstance. Ils vidèrent leur verre pour se donner de l'entrain et s'efforcèrent d'adopter l'humeur qu'on leur suggérait. Comme pour revenir à la normale, le magistrat se tourna vers Nicolas et Bourdeau avec un air de curiosité.

– Gardons nos habitudes, dit-il, où en est cette passionnante enquête dont vous m'avez entretenu la dernière fois ?

Nicolas, en confiance avec ses amis, repoussa la mélancolie, prit le parti de l'obéissance et conta avec les détails les événements des derniers jours, le voyage à Jersey, la filature, la cérémonie du Panthéon. Quand il aborda le rôle de Laure de Fitz-James, Noblecourt l'interrompit.

– J'ai toujours trouvé cette jeune femme fort sémillante, mais péremptoire dans ses vues et dissimulée dans ses buts.

Il jeta un rapide coup d'œil vers Aimée, qui lui renvoya un sourire satisfait. Il reprit :

– Le parti du roi est égaré. Ces idiots ont décidé de ne plus participer aux débats de l'Assemblée pour protester contre la mise en cause de Louis. Juste au moment où ils auraient été enfin utiles ! Je ne m'étonne pas de voir les plus ardents comme ce comte d'Antraigues se rabattre sur des procédés expéditifs et obliques. Mais il en ira de ceux-ci comme des autres. Ce sont des amateurs, ils vont s'empêtrer.

– En attendant, ils nous donnent du fil à retordre, remarqua Bourdeau. Et les Anglais sont derrière tout cela…

– Certains Anglais, corrigea Noblecourt. Le gouvernement de Sa Majesté a plusieurs fers au feu. Certains ministres ne sont guère pressés de sauver la monarchie française. Un royaume anarchique et faible leur va mieux qu'une restauration du trône.

— Comment voyez-vous la suite ? demanda Semacgus, qui connaissait la sagacité politique de leur hôte.

— Je crains que le monarque n'ait lui-même rompu le charme monarchique. Pour assurer la couronne, il faut que le peuple lui prête des pouvoirs un peu gothiques. Il y faut de la majesté et du surnaturel. Un souverain fuyard ou prisonnier a perdu l'onction du ciel. Dès lors, tout est possible, à commencer par le pire. Je ne serai pas là pour le voir, par bonheur. Mais il est clair que la machine révolutionnaire avance désormais toute seule. Les gens des faubourgs ont goûté à cette drogue qu'on appelle la liberté et qui n'est que la licence. Les députés chevauchent un tigre. Ils croient mener le peuple, c'est le peuple qui les mène. Or celui-ci demande des choses impossibles : il ne cessera de les demander et s'enragera de ne pas les obtenir. Et comme rien de consistant ne lui résiste, il enfoncera tous les obstacles. Si bien que parmi ces bourgeois qui croient dompter les événements parce qu'ils ont lu les philosophes, les plus exagérés l'emporteront. Immanquablement, l'heure viendra de ce Maximilien de Robespierre, c'est un calculateur implacable, ou celle de ce Georges d'Anton, c'est un tribun du ruisseau qui a l'oreille de la canaille. Ceux-là seront le dos au mur devant le désordre et peut-être la guerre que les puissances finiront par nous déclarer. Ils recourront aux moyens les plus extrêmes et chercheront leurs boucs émissaires parmi les gens de notre condition. Malheur à nous ! Nous sommes les coupables désignés. Au fond, j'émigre par anticipation. Je meurs avant qu'on me fasse mourir. Mais pour vous mes amis, ce seront des heures terribles. Préparez-vous. Ou bien passez à l'étranger, c'est la chose la plus intelligente à faire.

— Nous nous battrons, rétorqua l'amiral.

– Certes. Mais vous ne mesurez pas la puissance des idées. Ces bourgeois avides ont répandu celles de liberté et d'égalité. Le peuple en est tourneboulé, cela ne s'arrêtera pas de sitôt.

– La majorité de l'Assemblée veut arrêter la Révolution au point où elle est arrivée, objecta Bourdeau, qui en tenait pour la légalité et la Constitution. Elle a tous les moyens de le faire, la garde de M. de La Fayette, la municipalité de Bailly, la police...

– Autant vouloir arrêter un rocher qui dévale la pente, répondit Noblecourt. Croyez-moi, je vous parle en connaissance de cause. Comme je ne peux plus sortir, je lis les journaux, qui sont innombrables et intarissables. *L'Ami du peuple* de Marat et le *Père Duchesne* de Hébert ne déguisent pas leurs intentions. Tout y est pour qui sait les lire. Savez-vous que Marat a exigé dans sa feuille diabolique qu'on égorgeât tous les puissants, ceux des Tuileries et ceux de l'Assemblée. Tous ! Il a ensuite proposé qu'on leur coupât les mains et que les plus coupables fussent soumis au supplice du pal ! Je puis vous le dire en ami désintéressé, dans ces journaux, il n'est question que de votre mort. Voilà mon modeste testament, faites-en bon usage.

Un silence consterné avait saisi les convives. Noblecourt leur annonçait du même mouvement sa mort et la leur : voilà qui refroidit les plus confiants. Noblecourt voulut secouer leur abattement.

– Mais trêve de prédictions lugubres. Puisque l'avenir nous inquiète, jouissons du présent, s'exclama-t-il. Et le présent, c'est ce dîner, qui doit rester à tous égards mémorable. Ramatuelle va vous en détailler la composition.

Le cuisinier avait écouté son maître, trois pas en arrière, sa toque à la main. Il remit son couvre-chef et s'avança, tâchant de détendre l'humeur de cet étrange souper.

– Nous commencerons, à tout seigneur tout honneur, par un potage Noblecourt. Il y a là oseille, épinard, céleri, cresson, persil, mêlés au beurre fondu et à l'oignon ciselé. J'y ai ajouté le concombre et les pommes de terre. Le tout a été passé à la moulinette avec une once de beurre supplémentaire et de la crème fraîche épaisse. J'y jetterai les croûtons au moment de servir.

– La reine Marie-Antoinette goûte particulièrement ce potage, précisa Noblecourt. Je ne sais pourquoi notre ami Ramatuelle l'a affublé de mon nom ; en fait, la recette vient de Versailles.

– C'est vous qui me l'avez transmise, expliqua Ramatuelle.

– Voilà une mince contribution !

– Mais décisive, reprit Ramatuelle qui avait de la repartie.

Il poursuivit son exergue.

– Nous continuerons avec la galantine d'Awa.

La jeune femme se rengorgea discrètement.

– Il y faut un bouillon préalablement puisé dans un pot-au-feu, de la poitrine de veau, de la mie de pain, des blancs de poulet, du porc haché, de la graisse de rognon de veau et des échalotes, auxquels on mélange deux œufs durs, de la ciboulette, du persil, du lard fumé et un verre de liqueur de cognac. La poitrine de veau est cuite dans l'eau, on la bourre de farce et on la barde de lard, et l'ensemble cuit à son tour dans le bouillon du pot-au-feu. La galantine Awa est servie froide et en tranches.

– Je n'en mange guère chez moi, se plaignit Semacgus, qui s'attira un coup de coude d'Awa.

– Elle est réservée aux grandes occasions, précisa Awa.

– Voilà mon triste sort, répondit Semacgus, je ne peux faire bombance que si j'invite à ma table quelque excellence supérieure ! Je suis ravalé à la banalité du quotidien.

La tablée rit de bon cœur et Ramatuelle poursuivit sa description.

– Nous ferons une pause avec la tourte champenoise de Catherine.

L'ancienne cuisinière de Noblecourt rougit jusqu'aux oreilles, flattée d'apparaître dans ce menu de gala.

– Ne soyez pas gênée, ma chère Catherine, lança Noblecourt à qui rien n'échappait, c'est un hommage à vos décennies de service.

– C'est un plat de l'Est, reprit Ramatuelle, avec des viandes marinées au vin blanc, cuites doucement dans une pâte feuilletée. Je l'ai agrémenté de truffes, même si celles-ci ne viennent pas de Champagne. Vient ensuite le plat de résistance, qui sera dédié lui aussi à notre maître, l'aloyau Noblecourt.

– Deux plats à mon nom ! s'exclama le magistrat. Ce n'est plus un hommage, c'est une usurpation.

– L'aloyau, précisa Ramatuelle, est le morceau coupé entre les reins qui comprend le filet, le contre-filet et la bavette. On dégraisse la viande et on la place dans une braisière bardée de lard, de tranches de veau, d'oignons, de girofle et de bouquet garni. On verse du bouillon et on laisse mijoter pendant six heures.

– Ramatuelle, dit Nicolas, vous travaillez donc ce repas depuis des jours !

– C'est mon métier, monsieur le marquis.

– Précieux métier, ajouta Aimée.

Ramatuelle poursuivit sa péroraison en annonçant un autre plat de viande, les légumes et les salades, chaque convive étant gratifié de son plat : le gigot farci de Semacgus, l'étuvée de choux Arranet, les épinards au jus à la Bourdeau, puis il annonça le dessert avec un égard particulier.

– J'ai prévu pour finir une friandise qui exige – je me permets de le dire – un art consommé. C'est le baba Nicolas.

– Il a été créé par le pâtissier de la reine Marie Leszczyńska, précisa Noblecourt, qui avait manifestement présidé, tout moribond qu'il était, à la conception du repas.

– La pâte doit d'abord lever comme une brioche, continua Ramatuelle. La chose est malaisée : un four trop chaud grille la pâte, un four trop bas la rend flasque et le baba s'effondre. J'utilise un papier spécial qui se colore différemment selon la chaleur, ce qui me permet de régler le feu. Mais le plus ardu m'attend à la sortie. Il faut noyer le baba dans une soupière emplie de vin de Málaga en un geste sec et court. Si l'on va trop vite, la pâte reste en partie sèche, si on lambine, elle se dissout. On badigeonne ensuite de rhum au pinceau. Tout est dans le coup de main.

– Nous avons confiance, lança Nicolas en souriant. Mes amis, ajouta-t-il en levant son verre, je vous propose de boire à Ramatuelle, qui déploie pour nous le meilleur de son art.

Chacun leva son verre et but de concert.

– Et je porte un deuxième toast à notre hôte, qui a supervisé ce repas avec une sagacité et une sollicitude raffinées dont nous lui serons toujours reconnaissants.

Ils burent encore, la tête déjà tournée par le champagne. Noblecourt souriait avec béatitude. Il écrasa une larme et leva son verre à son tour.

– Merci, mes amis, grâce à vous, le dernier jour est l'un des meilleurs.

Nicolas sentit lui aussi les pleurs monter. Il se refréna, admirant la stoïque intrépidité de son mentor, qui changeait cette occasion sinistre, par générosité et force de caractère, en cérémonie de l'amitié.

Noblecourt relança la conversation en narrant une anecdote du temps du roi Louis XV. Jeune magistrat, il avait réglé une affaire de la Cour avec tact et discrétion. En remerciement, le Bien-Aimé l'avait convié à son souper au milieu d'une brillante tablée. Flatté au dernier degré, se poussant du col imprudemment, il avait quelque peu abusé du vin de Bourgogne qui arrosait ce repas de gala. Vint le moment des toasts. Avec grâce, le roi le félicita de son habileté juridique. Il dut répondre. Il avait préparé son compliment et le débita avec flamme. Puis, emporté par son élan, il salua le souverain en joignant à son toast une dame qu'il savait être la favorite du moment. Las ! Trop éloigné de la Cour, il ignorait que le roi venait de s'en détacher au profit d'une jeune marquise. Par égard, Louis XV avait néanmoins convié les deux maîtresses au souper, l'ancienne et la nouvelle. L'élue laissa échapper un rire ironique et la maîtresse déchue se rencogna avec une mine furibonde. Un silence se fit. Déconcerté, Noblecourt se demandait quel impair il avait pu commettre. Toujours délicat, le roi vint à son secours. « Mon cher magistrat, conclut-il, je m'en remettrai à vous pour mes démêlés judiciaires, mais je vous tiendrai en lisière pour mes affaires conjugales ! » Un rire général avait accueilli l'épigramme, laissant Noblecourt à la fois rassuré et déconfit.

L'historiette donna le départ des souvenirs. Nicolas conta sa première rencontre avec son mentor, quand il arrivait à Paris avec la seule recommandation de son parrain Ranreuil, dont il ignorait qu'il était aussi son père. Puis ils parcoururent ensemble, avec force récits coupés d'éclats de rire et de nostalgie, les aventures auxquelles l'un ou l'autre avait été mêlé, l'énigme des Blancs-Manteaux, l'affaire de l'homme au ventre de plomb, l'histoire de la jeune femme à la perle noire, morte dans la bousculade de la rue Royale, la femme de chambre égorgée rue Saint-Florentin, le noyé du Grand Canal ou le mystère de la pyramide de glace. La figure contournée de Sartine, lieutenant de police puis ministre de la Marine, apparut dans la conversation et chacun y alla de son souvenir sur le patron respecté de Nicolas, ses combinaisons tortueuses, son intelligence diabolique et ses perruques innombrables.

– Si Sartine avait autant de perruques, inventa Semacgus, c'est qu'il en changeait à chacun de ses plans machiavéliques. En fait, il avait plusieurs cerveaux, avec chacun sa perruque !

On rit encore. Les plats annoncés se succédaient sur la table, apportés par un Ramatuelle aux anges, fier d'avoir démontré son insigne savoir-faire. Le ton montait à chaque service, amplifié à chaque fois par l'arrivée d'une nouvelle bouteille. Les joues des dames rosissaient, les visages s'éclairaient, les plaisanteries se faisaient grivoises. Sur la lancée, on aborda la joyeuse farandole des amies de cœur de Nicolas.

– Taisez-vous, je ne veux rien entendre ! protestait Aimée, faisant mine de découvrir la richesse des amours du marquis de Ranreuil.

Le rire fut à son comble quand Nicolas, qui se prêtait au jeu, rappela la scène de comédie qui avait mis aux prises, à sa grande confusion, Aimée d'Arranet et Laure de Fitz-James, sous l'œil narquois de l'amiral et de Bourdeau. Aimée avait traité Laure de « gourgandine ». Bourdeau rappela, en hoquetant d'hilarité, la dernière phrase de la seconde, quittant le domaine de l'amiral : « J'irai à pied, c'est le sort des gourgandines ! »

Ravi de la réussite de son repas funèbre, l'un des plus joyeux qu'il eût reçu à sa table, Noblecourt avança une supposition :

– Mon cher Nicolas, vos aventures mériteraient qu'un chroniqueur s'en empare. Ce serait un récit piquant qui dévoilerait l'envers de ce siècle.

– Je me demande qui cela pourrait intéresser, répliqua Nicolas avec humilité.

– Ta, ta, ta, je suis sûr que ces affaires de police peuvent passionner le public, corrigea le magistrat.

La conversation s'interrompit pour accueillir le baba Nicolas, que Ramatuelle posa sur la table au milieu des applaudissements. La pâte onctueuse gorgée de rhum et de vin de Málaga fut coupée en parts généreuses et disparut en quelques instants. Noblecourt fit distribuer les liqueurs, qui achevèrent de tourner la tête des convives. L'euphorie de l'alcool avait masqué la tristesse qui présidait au souper. Fatigué, ravi mais trop affaibli, Noblecourt en profita pour conclure. Il annonça d'une voix altérée qu'il devait se retirer. Ramatuelle apparut pour le voiturer dans son fauteuil. Tous se levèrent pour l'embrasser, dégrisés par cet adieu subit. Les effusions durèrent de longues minutes. Puis Noblecourt fit signe à Ramatuelle, qui le poussa vers sa chambre.

– Les médecins se trompent, voulut croire encore Nicolas, nous vous reverrons bientôt.

– Vous me reverrez au ciel, j'y compte bien, lança Noblecourt avant de disparaître dans le couloir. Je vous attends !

Ils restèrent autour de la table, silencieux et désemparés.

– Quel homme ! jeta Bourdeau. Il a le courage d'un Romain. Puissé-je avoir le même quand mon heure viendra.

Nicolas voulut avoir le mot de la fin.

– Mes amis, quoi qu'il arrive, promettons-nous de nous revoir chaque année à la même date, en mémoire de lui.

– Si nous sommes encore de ce monde, ajouta Semacgus. Vous avez entendu son testament…

XVII

RÉPUBLIQUE

« Nous voulons substituer [...] toutes
les vertus et tous les miracles de la
république à tous les vices et tous les
ridicules de la monarchie. »

MAXIMILIEN DE ROBESPIERRE

Mercredi 13 juillet 1791

Nicolas était rentré de chez Noblecourt le cœur lourd,
saisi d'une mélancolie qui grandissait à mesure que les
effets de l'alcool s'amenuisaient. Il passa une mauvaise
nuit dans sa chambre des Tuileries, coupée de cauchemars
horrifiques et, dès le matin, fut de nouveau happé par les
événements.

Il avait résolu de rendre compte à la reine de l'avance-
ment de sa mission. Elle l'accueillit dans son antichambre
avec affabilité, assise dans son fauteuil, ses cheveux blancs
de nouveau relevés en une coiffure compliquée. Le valet

qui l'avait introduit, selon son habitude, avait fermé la porte derrière lui. C'est là que Nicolas mesura l'abaissement de la monarchie. Un garde national en faction se précipita et ouvrit de nouveau la même porte. Nicolas se retourna.

– Affaire d'État, lança-t-il au garde trop zélé et il referma la porte.

Elle s'ouvrit de nouveau.

– Ne fermez pas cette porte, tonna le garde. Je la rouvrirai sans cesse. Consigne de M. de La Fayette.

La reine intervint d'une parole résignée :

– Laissez, mon ami. Il fera comme il a dit. Je n'ai aucun moyen de l'en empêcher. Nous sommes gardés à vue.

Nicolas finit par obéir. Il abandonna la porte et rapprocha son siège du fauteuil de la reine. D'une voix plus basse, il informa Marie-Antoinette de ses pérégrinations infructueuses.

– Ainsi Mme de Fitz-James est introuvable, notat-elle. Je n'en suis guère surprise. J'ai toujours éprouvé son habileté et sa détermination. Il faut y ajouter maintenant la duplicité.

– Faute de l'arrêter, je n'ai d'autre ressource, Madame, que d'anticiper les mouvements de foule ; à leur faveur, les conspirateurs tenteront d'entrer en action. C'est là que la police doit intervenir.

– Voilà une tâche bien ardue et incertaine, remarqua Marie-Antoinette.

– Nous avons un atout : nous savons ce qu'ils veulent faire, c'est-à-dire se mêler à la populace pour déclencher un drame.

– Je comprends. Mais voyez-vous, mon cher, nous sommes dans un tel état d'humiliation que j'en viens à m'interroger. Peut-être faut-il ce drame pour que nos cousins d'Europe prennent enfin la mesure de la situation.

– Ce serait la politique du pire, Madame. Et le pire emportera à coup sûr la couronne.

– Je vous entends, Ranreuil, vous parlez avec sagesse. Mais il est des circonstances où la sagesse est mauvaise conseillère.

Elle laissa un instant son esprit divaguer en silence. Puis elle se reprit :

– De toute manière, nous n'avons pas prise sur ces événements. À quoi bon dresser des plans chimériques ?

– Monsieur Barnave et les siens tentent de vous sauver, il faut les seconder.

– Ils veulent un roi sans pouvoir. Ce n'est plus un roi.

– Peut-être, mais il restera sur le trône. Il faut faire comme le roseau de M. de La Fontaine, plier pour ne pas rompre. Si l'anarchie se déclare ou si la guerre étrangère éclate, vous serez menacée par la populace et en butte aux manœuvres des frères du roi auprès des puissances. Elles ne seront guère fraternelles...

– Sur ce point, vous avez raison. Provence, surtout, est un être tortueux et nuisible. Son ambition est sans limite. Il n'a jamais admis d'être né après son frère. Il fera tout pour monter sur le trône à sa place.

– C'est le calcul de ce comte d'Antraigues et de ses complices. Il faut le déjouer.

– Et nous devons aussi combattre notre cousin Orléans, que cet horrible Choderlos de Laclos veut mener au pouvoir. Tout se ligue contre nous...

La conversation se poursuivit un moment, formée de réflexions amères et de conseils de modération. Puis Nicolas prit congé, dans une humeur mélangée. Ainsi les souverains étaient tentés par le drame. Ils espéraient en tirer parti, ce qui sembla pure folie à Nicolas. Plus clairement qu'à l'ordinaire, il jaugea sa propre situation : il était le serviteur de maîtres qui ne savaient plus quoi penser, ballottés par des événements qui les dépassaient.

Pourtant il fallait continuer à les aider, même contre eux-mêmes. Il pensa à Noblecourt, pour qui l'honneur et la fidélité à la couronne passaient avant tout. Encore sous le coup de la soirée de la veille, il se dit qu'il n'avait d'autre choix que de suivre cet exemple. Pour remplir sa mission, il devait se porter partout où se faisait la décision politique, pour tenter de comprendre la tragédie en cours et de prévenir l'attentat qui se préparait quelque part dans Paris, où se cachaient les Chevaliers de la foi.

En cette veille de 14 juillet, la pièce se jouait, d'abord, à l'Assemblée. Dans l'après-midi, Nicolas quitta le palais pour rejoindre la salle du Manège, qui se dressait à quelques toises, au fond du parc des Tuileries, jouxtant la place Louis XV et la rue Saint-Honoré. Dans la vaste salle rectangulaire, quelque quatre cents députés écoutaient le rapport sur la fuite du roi rédigé par cinq commissions et présenté par un ami des Lameth et de Barnave, un certain Muguet, dont le nom printanier cadrait mal avec la gravité de l'heure.

Nicolas se glissa en montrant son passeport de policier dans les tribunes réservées au public, qui surplombaient les bancs des représentants. Une foule fiévreuse tendait l'oreille pour saisir les propos de l'orateur, dont la voix trop faible parvenait difficilement aux rangs les plus éloignés. C'était l'argumentation d'un juriste, logique mais froide, qui reposait sur un syllogisme : « la fuite du roi n'est pas un cas prévu dans la Constitution, il n'y a rien d'écrit là-dessus ; mais son inviolabilité est écrite, elle est dans la Constitution ». Ayant trouvé un moyen formel d'exonérer le roi, grand coupable, Muguet se rattrapa en accablant les petits coupables, ces serviteurs qui avaient obéi. Il cita d'abord Bouillé, traître en chef, puis Fersen, Mme de Tourzel, les courriers, les domestiques. Nicolas remarqua qu'il manquait un nom à cette liste : le sien, qui était heureusement resté ignoré des enquêteurs parlementaires.

Robespierre se leva. Soucieux de temporiser, il demanda en vain qu'on distribuât ce rapport et qu'on ajournât la discussion à la semaine suivante. On refusa sèchement. L'Assemblée était visiblement d'accord pour décider au plus vite. Elle avait hâte de voter et de voter pour le roi. Elle décida de reprendre la discussion dès le lendemain, dans le but visible de hâter sa conclusion.

La scène se transporta le soir aux Jacobins, à quelques pas de là, dans la rue Saint-Honoré. Le même débat reprit dans la chapelle du couvent en forme de nef renversée. Avec une différence notable : plusieurs membres des Cordeliers, le club de Danton, venus du café Procope, également adhérents aux Jacobins, avaient trouvé place sur les gradins de bois. Danton prit la parole de sa voix caverneuse. Il demanda comment l'Assemblée pouvait décider seule du sort du roi, alors que son jugement serait sans doute contredit par celui de la nation. Son comparse Legendre fut encore plus net. Il vitupéra Louis XVI et menaça les comités de l'Assemblée : « S'ils voyaient la masse, prévint-il, les comités reviendraient à la raison ; ils conviendraient que, si je parle, *c'est pour leur salut.* » Les hommes de Danton jouaient le « peuple » – c'est-à-dire les faubourgs exaltés – contre la représentation nationale pour obtenir le jugement du roi et, donc, sa déposition.

Jeudi 14 juillet 1791

Le lendemain, on fêta l'anniversaire de la prise de la Bastille sur le Champ-de-Mars, où trônait l'autel de la Patrie, celui-là même où, un an plus tôt, lors de la fête de la Fédération, La Fayette, puis le roi et la reine, avaient juré fidélité à la future Constitution devant l'immense foule des Parisiens assemblés. Cet élan d'unanimité était bien loin, remarqua Nicolas. Décidément, la fuite du roi avait rompu le lien ténu qui tenait encore ensemble les forces antagoniques d'un royaume déchiré.

Voyant une réunion populaire pacifique, que la garde nationale venue en nombre surveillait de près, Nicolas décida qu'il ne se passerait rien et revint à l'Assemblée, qui poursuivait sans désemparer la discussion sur le sort du roi. Robespierre, une nouvelle fois, fit le discours le plus clair et le plus ingénieux. Rappelant les faits avec précision, il prit un air d'humanité pour dénoncer l'injustice qu'il y aurait à ne frapper que les faibles et non le roi. Il était même tenté, disait-il, de se faire l'avocat de Bouillé et de Fersen. Les députés l'écoutèrent poliment, mais avancèrent dans la direction qu'ils avaient choisie. L'un des orateurs du parti monarchien usa d'une rhétorique contournée ; il défendit le roi en affectant de l'accabler. Sa suspension, dit-il, était de toute nécessité et on ne la lèverait que s'il acceptait la nouvelle Constitution, faute de quoi il serait déchu. C'était poser d'une voix menaçante une condition que Louis XVI avait d'avance acceptée. L'abbé Grégoire ne se fit pas faute de le rappeler. « Soyez tranquilles, s'exclama-t-il, il acceptera, jurera tant que vous voudrez. » Et Robespierre : « Un tel décret déciderait d'avance qu'il ne sera pas jugé... » Les monarchiens, dont le subterfuge avait été éventé, n'insistèrent pas et l'Assemblée ne vota pas. En revanche elle refusa d'entendre la pétition qui demandait la déchéance et la mise en place d'un pouvoir transitoire à la connotation républicaine. Barnave ajouta que cette pétition, même si elle était entendue, ne ferait pas varier l'Assemblée. « Ne nous laissons pas influencer par une opinion factice... La loi n'a qu'à placer son signal, on verra s'y rallier les bons citoyens. » C'était annoncer qu'on était prêt à faire respecter la décision de l'Assemblée par tous les moyens légaux, y compris celui de la force armée. La situation se tendait de plus en plus.

Vendredi 15 juillet 1791

Le lendemain, La Fayette posta cinq mille hommes autour de l'Assemblée qui poursuivait sa délibération. Précaution indispensable aux yeux du parti constitutionnel : cette fois, des pétitions circulaient dans Paris à l'initiative de Danton et de Choderlos de Laclos, qui demandaient la déchéance du roi et son remplacement par un pouvoir que désignerait l'Assemblée, une régence pour les orléanistes, un comité préfigurant un régime républicain pour les dantonistes. Des milliers de Parisiens avaient déjà signé ces adresses. Ils prévoyaient maintenant de se réunir au Champ-de-Mars pour adopter un texte commun, qui serait à son tour signé en masse.

Jugeant la séance décisive, les monarchiens firent donner leur orateur majeur, Barnave, qui conservait tout son prestige. L'ancien président de l'Assemblée de Vizille, qui avait préparé en 1788 la révolution parisienne, alla droit au but. Il fallait choisir, proclama-t-il, entre la monarchie et le « gouvernement fédératif » (c'est ainsi qu'il désignait la république, régime qui mettrait fin, selon lui, à l'unité de la nation). La monarchie étant seule possible, disait-il, il faut bien subir l'inviolabilité du roi, qui en est la base. « Si vous suivez aujourd'hui le ressentiment personnel en violant la Constitution, menaça-t-il, craignez qu'un jour la même mobilité du peuple, l'enthousiasme pour un grand homme, la reconnaissance des grandes actions, ne renversent en un moment votre absurde république... Croyez-vous qu'un conseil exécutif, faible par essence, résistât longtemps aux grands généraux ? » C'était faire référence, devant des députés gagnés à sa cause, à la révolution anglaise de 1688, qui avait mis au pouvoir un général nommé Cromwell, perspective abominable pour les tenants du pouvoir parlementaire. Barnave, dans une péroraison magistrale, poursuivit son propos : « Si la Révolution fait un pas de plus, elle ne peut le faire sans danger. Dans la ligne de la liberté, le premier acte qui pourrait suivre serait l'anéantissement de la royauté ; dans la ligne de l'égalité, le premier acte qui pourrait suivre serait l'attentat à la propriété. On ne fait pas des révolutions avec des maximes métaphysiques ; il faut une proie réelle à offrir à la multitude qu'on égare. Il est donc temps de terminer la Révolution. Elle doit s'arrêter au moment où la nation est libre et où tous les Français sont égaux. Si elle continue dans les troubles, elle est déshonorée et nous avec elle. Oui, tout le monde doit sentir que l'intérêt commun est que la Révolution s'arrête. Ceux qui ont perdu doivent s'apercevoir qu'il est impossible de la faire rétrograder. Ceux qui l'ont faite doivent s'apercevoir qu'elle est à son dernier terme. » La salle éclata en applaudissements.

L'Assemblée se confortait dans ses résolutions, qui étaient d'arrêter la Révolution par la force de la loi.

Samedi 16 juillet 1791

Nicolas continuait d'assister à tous ces débats fiévreux. Son diagnostic était pessimiste. Deux mouvements, pour l'instant parallèles, allaient immanquablement entrer en collision. L'Assemblée, protégée par les soldats de La Fayette, était décidée à imposer l'autorité de la Constitution, ce qui supposait de maintenir Louis XVI sur le trône, le roi serait-il ravalé au rang de simple symbole. La gauche, qui s'exprimait un peu dans l'Assemblée mais beaucoup aux Jacobins et dans les sections populaires, en tenait pour la mise en procès du souverain, qui déboucherait sur un nouveau régime qu'on hésitait encore à nommer République, mais qui en serait le substitut provisoire.

Ce samedi, on prévoyait donc un vote de la Constituante, tandis que les Cordeliers s'amassaient au Champ-de-Mars pour faire signer leur pétition. Quelque trois mille personnes ameutées par les amis de Danton se retrouvèrent à cette signature. Nicolas fut vigilant, plaça ses policiers dans la foule, observa cette assemblée populaire à la lunette, dissimulé derrière un buisson. Rien ne se passa.

Au soir, l'Assemblée vota. Il était décidé que le roi devrait accepter la nouvelle Constitution, moyennant quoi il serait exonéré de sa fuite, qu'on nommait officiellement un enlèvement, et maintenu sur le trône.

Dans la soirée, les monarchiens du club des Jacobins firent scission. Ils décidèrent qu'ils se séparaient de leurs collègues trop exagérés à leur goût et se réuniraient dorénavant dans les murs d'un autre couvent, celui des Feuillants, sis également rue Saint-Honoré. La rupture entre constitutionnels et démocrates était consommée. Sous les yeux de Nicolas, la plupart des députés membres des Jacobins quittèrent le club, laissant Robespierre pour ainsi dire seul en piste et le club réduit à sa portion la plus radicale. Retirés aux Feuillants, ils votèrent aussitôt que le nouveau club n'accepterait dans ses rangs que des électeurs, c'est-à-dire des bourgeois capables d'acquitter l'impôt. Le peuple en serait donc exclu. Ils mettaient en demeure la municipalité de Bailly, le maire, qui dirigeait les actions de La Fayette, de prendre ses responsabilités pour faire appliquer les décrets de l'Assemblée.

En bon policier, Nicolas anticipait les conséquences de ces mâles résolutions pour l'ordre public. Les pétitionnaires caressaient l'idée de remuer les faubourgs pour imposer leurs vues, même si Robespierre, toujours aussi politique, conseillait à ses amis de rester dans la légalité, de signer des textes de protestation et d'obéir, *in fine*, aux décrets de l'Assemblée.

Dans le camp d'en face, Nicolas avait compris que la résolution était totale. Les députés majoritaires n'hésiteraient pas à faire appel à la force armée pour vaincre l'opposition. La loi était avec eux : depuis les émeutes d'octobre 1789, ils avaient à leur disposition la loi martiale, qui interdisait, si besoin, les rassemblements de plus de vingt personnes et autorisait les arrestations préventives. La Fayette, il en était certain, était prêt à déployer le drapeau rouge, symbole de cette loi martiale et à marcher contre les manifestants avec sa garde.

Dans la salle presque vide du club des Jacobins, il avisa Choderlos de Laclos, qui avait assisté à toute la discussion assis au premier rang.

– Mon cher Laclos, lui demanda-t-il, vos amis convoquent la foule demain au Champ-de-Mars. Sera-ce une de ces « journées » révolutionnaires dont vous avez le secret ?

– Point du tout, rétorqua l'homme du duc d'Orléans. Nous passons des consignes pacifiques. Nous irons au Champ-de-Mars faire signer en masse, pour que le peuple exprime les vues qui sont comprimées au sein de l'Assemblée. C'est un droit constitutionnel. Nous n'irons pas plus loin et nous avons exigé qu'on vienne sans armes.

Nicolas avait un pressentiment, dont il voulait faire part à Laclos. Il avait conclu des débats que le conflit risquait de dégénérer, surtout si les Chevaliers de la foi réussissaient le lendemain à provoquer un incident meurtrier. Dans cette circonstance, il valait mieux que les chefs de file de la gauche s'abstinssent de paraître. Ce serait autant de cibles en moins pour les sbires de Laure

de Fitz-James. En tuant l'un d'entre eux, les conspirateurs pouvaient espérer déclencher une insurrection qui
se changerait en guerre civile.

– L'Assemblée est déterminée, soyez prudents, lança-
t-il à Laclos. La loi martiale est toute prête et les gens des
Feuillants pressent la municipalité de la proclamer. M'est
avis que l'Assemblée veut l'affrontement pour asseoir
son autorité. Il est même possible qu'elle fasse procéder
à des arrestations dès cette nuit. Vous devriez en avertir vos amis orléanistes, ainsi que vos alliés, les Brissot,
Robespierre ou Danton. Il serait sage qu'ils couchent
ailleurs que chez eux et qu'ils ne paraissent pas demain
au Champ-de-Mars.

– Croyez-vous ? interrogea Laclos avec une mine soudain préoccupée.

– C'est l'avis de la police, qui n'a point de parti,
sinon celui de la paix civile. Demain matin à la première heure, l'Assemblée fera placarder dans Paris les
décrets qu'elle vient de voter. À partir de ce moment,
tout contrevenant sera susceptible d'être arrêté et tout
rassemblement pourra être dispersé par la force.

– Voilà un sage conseil dont je vous remercie, répondit
Laclos, qui connaissait Nicolas depuis l'automne 1789
et lui faisait confiance. Je vais de ce pas leur envoyer
des messagers. Je pense qu'ils m'écouteront. Quant à
moi, je passe derechef des consignes de calme pour les
pétitionnaires.

La scène était dressée. Le lendemain dimanche, les
opposants se rassembleraient au Champ-de-Mars pour
signer ensemble le texte qui exigeait la déchéance du
roi. L'Assemblée et la municipalité, avec La Fayette leur
bras armé, annonçaient à l'avance que les décisions des
députés seraient imposées, quoi qu'il en coûtât.

Nicolas quitta Laclos et alla voir Bourdeau au
Châtelet, qui l'attendait pour prendre des dispositions

pour le lendemain. Tous deux convoquèrent le ban et l'arrière-ban des policiers sûrs et leur intimèrent de se retrouver à la première heure au Champ-de-Mars. Il déploya sur le bureau un plan de Paris et étudia longuement la disposition des lieux. C'est là qu'une idée lui vint.

XVIII

AFFRONTEMENT

> « Dans les combats, il n'est pas de
> vainqueur, et la victoire devrait être
> célébrée en des rites funèbres. »
>
> LAO-TSEU

Dimanche 17 juillet 1791

À six heures, tandis qu'un jour maussade se levait sur Paris et qu'un manteau de nuage surplombait la ville trempée par les pluies nocturnes, Nicolas et sa petite troupe arrivèrent au Champ-de-Mars encore désert. C'était une vaste étendue de terre, de sable et d'herbe rase qui allait de l'École militaire à la Seine, où les régiments du roi avaient l'habitude de s'exercer aux manœuvres d'infanterie. Elle formait un long rectangle bordé de talus où l'on avait aménagé un an plus tôt des tribunes pour accueillir la fête de la Fédération.

Ces talus étaient coupés d'échancrures qui permettaient au public de pénétrer sur le lieu du rassemblement. Au milieu de cette esplanade entourée de gradins de bois s'élevait une pyramide tronquée de cent pieds de haut, avec une plate-forme de bois au sommet, surmontée par l'autel de la Patrie ombragé d'un palmier, où l'on accédait par des marches disposées autour de la construction qui avait l'allure d'un temple païen, appuyée sur quatre blocs cubiques et massifs occupant les angles de son vaste quadrilatère. Ces blocs de planches étaient liés entre eux par des escaliers dont la largeur était telle qu'un bataillon entier pouvait monter de front chacun d'eux. Au nord était la Seine, dominée sur l'autre rive par les hautes collines de Chaillot et de Passy ; au sud, la façade ocre de l'École militaire, derrière laquelle on apercevait une plaine où les maraîchers cultivaient leurs légumes.

Sur le plan consulté la veille, Nicolas avait repéré cinq entrées par où viendrait la foule convoquée pour signer la pétition des Cordeliers. Il avait supposé que les Chevaliers de la foi, dirigés par Laure de Fitz-James comme lors de la cérémonie du Panthéon, s'infiltreraient parmi les participants au début de la manifestation. Se souvenant des deux réunions de la société secrète qu'il avait observées, il avait calculé que les conspirateurs, portant toujours des masques, ne se connaissaient pas. Dès lors, déduisait-il, ils devraient porter un signe commun qui leur permettrait de se reconnaître dans le mouvement de foule qu'ils comptaient déclencher, un chapeau, une écharpe, un vêtement quelconque, distinctif, visible de loin, qui ferait le départ entre les quidams et les conjurés. Ainsi, des policiers postés aux différentes entrées et les mouches de Rabouine réparties dans la foule pourraient peut-être les détecter en repérant ces signes de reconnaissance. C'était une hypothèse fragile – les Chevaliers n'avaient peut-être pas pris ces précautions – mais Nicolas n'avait pas trouvé d'autre moyen pour débusquer ses ennemis et prévenir leurs manigances.

Il désigna à ses hommes leurs postes d'observation et se dirigea, Bourdeau à ses côtés, vers la pyramide centrale pour inspecter les lieux, croisant sur son chemin les marchandes de boissons, de coco, de pain d'épices et de gâteaux de Nanterre, venues dès l'aube investir les lieux avant l'arrivée des manifestants qui étaient autant de futurs clients. Les deux policiers montèrent les marches, où un jeune homme muni d'un carnet et d'un crayon recopiait, sans doute en vue d'un récit, les maximes patriotiques inscrites sur les flancs de l'édifice. Comme ils prenaient pied sur la plate-forme, embrassant d'un coup d'œil circulaire le théâtre de la future manifestation, le jeune homme leur fit signe, l'air interloqué, pointant son **doigt** sur le plancher de bois. Il y avait en effet motif de surprise. Au ras des planches, la mèche tire-bouchonnée d'une vrille était apparue, manipulée par en dessous. Nicolas crut à des ouvriers mettant la dernière main à une réparation.

– Qui est là ? demanda-t-il à haute voix à travers le plancher. Que faites-vous ?

Il n'y eut pas de réponse, sinon que la mèche, dans un mouvement circulaire inversé, disparut comme elle était venue. Nicolas répéta sa question, sans résultat. Bourdeau, tout aussi intrigué, descendit les marches en trombe et fit le tour de la pyramide, cherchant une entrée. Au bout d'une minute, il héla Nicolas, qui le rejoignit sous l'œil étonné des marchandes de boisson. Bourdeau montra du doigt deux planches qu'on avait déclouées, laissant dans la paroi de l'édifice une ouverture étroite et obscure. Nicolas se faufila sous la pyramide, scrutant la cavité coupée de poutres qui s'étendait sous l'autel de la Patrie. Ses yeux s'habituèrent à l'obscurité et il aperçut deux hommes recroquevillés dans le recoin opposé.

Aussitôt il pensa à Laure. Avait-elle donné l'ordre à ses sbires de s'introduire sous l'autel de la Patrie pour préparer un mauvais coup ? Il prit dans son chapeau le petit pistolet qu'il portait toujours et cria :

– Pas un geste, il vous en cuirait ! Venez vers moi les mains sur la tête.

Les deux hommes s'exécutèrent lentement et tous trois sortirent à l'air libre, au milieu d'un groupe de femmes attirées par l'incident.

– Qui êtes-vous ? questionna Bourdeau. Que faisiez-vous sous cette pyramide ?

– Rien de pendable, répondit le premier, un adolescent mince en redingote et culotte de soie, tandis que l'autre, un invalide en veste de soldat, marchant avec une jambe de bois, esquissait un sourire contrit.

– Mais encore ? demanda Nicolas. Vous faisiez un trou dans le plancher de l'autel. Vous n'êtes pas des ouvriers. Voilà un agissement bien louche.

Derrière Nicolas, une femme suspicieuse renchérit aussitôt :

– Vous prépariez un attentat ! C'est un complot des aristocrates !

Bourdeau leva la main pour lui intimer le silence.

– Expliquez-vous ! ordonna-t-il aux deux intrus.

– C'est une mauvaise plaisanterie, avança celui qui avait parlé le premier.

– Une plaisanterie ? coupa Nicolas. Elle pourrait vous mener en prison. Ou pire...

Les deux hommes se regardaient d'un air piteux.

– C'est un pari que nous avons fait avec des amis hier soir, commença le premier.

– Un pari ?

– Oui, ajouta l'autre. Nous avons gagé que nous viendrions sous l'autel faire un trou pour voir sous les jupes des femmes.

– Quoi ? Quelle est cette faribole ? s'exclama Bourdeau. Voilà un conte que vous nous faites.

– Nous avions bu plus que de raison et nous voulions nous moquer de la populace, expliqua l'invalide.

Bourdeau s'approcha d'eux et palpa leurs vêtements. Ils n'avaient pas d'arme. Pendant ce temps, le jeune homme au carnet était entré sous l'autel. Il en ressortit tenant un petit tonneau et un sac de cuir.

– Voilà le fin mot, cria-t-il. Ces brigands voulaient faire sauter le peuple !

– Ce sont nos provisions pour la journée, se défendit l'adolescent en redingote.

– Ouvrez le baril, ordonna Nicolas.

On enleva le couvercle. Le baril contenait de l'eau, le sac de la viande séchée et une miche de pain.

– Avez-vous vu autre chose ? demanda Nicolas au jeune homme, qui secoua la tête.

– Mensonges et tromperie ! hurla une autre femme. Ce sont des brigands royalistes, ils s'apprêtaient à apporter de la poudre.

– Mais non, se récria l'invalide. Nous voulions seulement avoir un point de vue original.

– Original, c'est le mot, dit Nicolas[1].

– C'est une insulte aux bonnes patriotes, lança la première femme.

– Il faut les mener à la garde du Gros-Caillou, exigea une autre.

Pendant l'interrogatoire, d'autres badauds, venus tôt pour la cérémonie, s'étaient attroupés derrière eux. Nicolas entendit l'un d'eux qui disait à un nouvel arrivant qu'on avait éventé un complot royaliste, qu'on avait trouvé un tonneau de poudre sous l'autel de la Patrie. Il était perplexe. L'explication donnée par les deux hommes était du dernier bizarre, mais il n'y avait là ni arme ni machine infernale. La personnalité des suspects ne cadrait pas avec l'idée d'un complot, encore moins avec le profil des Chevaliers de la foi. Mais le baril et les trous percés sous l'autel donnaient de la consistance à la rumeur d'une conspiration.

– Nous sommes policiers, déclara Nicolas en montrant son passeport alentour. Nous allons nous en occuper.

Autour d'eux, le ton montait comme le ramas de peuple s'enflait. La rumeur commençait à l'emporter sur la réalité. Certains parlaient d'une mine, dissimulée sous l'autel de la Patrie, d'autres voulaient pendre à un arbre les supposés conspirateurs. Les femmes qui avaient entendu les explications étaient outrées par l'injure faite à leur sexe, les autres quidams propageaient des allégations fantastiques. Il fallait couper court, sauf à risquer l'immolation immédiate des deux suspects. Nicolas et Bourdeau n'eurent d'autre solution que de conduire ces mauvais plaisants au poste du Gros-Caillou.

– Je pars prévenir la municipalité à l'Hôtel de Ville, annonça le jeune homme au carnet.

Les deux policiers ne purent l'en dissuader, plaidant en vain l'incident mineur, le stratagème libertin de deux olibrius ayant trop bu la veille.

Escortés par une petite escouade de Parisiens méfiants et fébriles, les deux policiers marchèrent vers l'École militaire où un bataillon de la garde nationale avait pris ses quartiers. Contre toute raison, la thèse du complot dominait maintenant cette troupe agressive. On insultait les deux prisonniers, on leur crachait dessus et un agité tenta même de les frapper. Les policiers repoussaient difficilement les agresseurs, pressés de rejoindre la garde qui les protégerait.

Ils arrivèrent à l'École militaire, où une salle servait de mess aux soldats de La Fayette. Un officier revêche les écouta avec une mine incrédule. Deux hommes cachés sous l'autel de la Patrie ne pouvaient nourrir autre chose que des intentions criminelles ; l'histoire des mauvais plaisants lui semblait une excuse improvisée. Peu soucieux de prendre la responsabilité de l'affaire, il décida de renvoyer les suspects à l'Hôtel de Ville où ils seraient mis à la discrétion de la Commune. Il désigna quatre hommes et les chargea d'escorter les prisonniers.

Nicolas et Bourdeau devaient reprendre leur mission initiale sur le Champ-de-Mars. Ils se dessaisirent d'un mot et sortirent à la suite des quatre gardes. Entre-temps, la foule avait grossi. Le Gros-Caillou était un quartier où travaillaient les blanchisseuses, qui se défiaient de La Fayette et de l'Assemblée monarchienne. Ameutées, les unes étaient indignées par le projet libidineux des prévenus, les autres sûres qu'il y avait là une maléfique conspiration contre le peuple. Plusieurs hommes, les uns en blouse d'artisan, d'autres en tablier blanc, armés de couteaux et de hachoirs, s'étaient joints à elles, criant des imprécations et réclamant un châtiment immédiat. Les soldats effrayés tentèrent de repousser les assaillants. Rien n'y fit. Le petit groupe n'avait pas franchi dix toises que les deux suspects furent arrachés à la garde des soldats. Ils furent jetés à terre et frappés sans retenue, essayant de se protéger, les bras levés devant le visage, recroquevillés sur le sol. Exaspérés par cette résistance, les agresseurs redoublaient leurs coups. Soudain l'un des quidams en tablier blanc, un boucher sans doute, particulièrement excité, se pencha sur les deux hommes à terre, les saisit l'un après l'autre par les cheveux et les égorgea d'un geste rapide. Le sang gicla, les victimes succombèrent dans un sinistre gargouillement et la foule survoltée applaudit bruyamment.

– Coupez-leur la tête ! cria une femme, cela fera réfléchir les aristocrates.

Les bouchers obtempérèrent et les deux têtes, rouges et grimaçantes, furent fichées sur des piques parmi les acclamations. Le cortège macabre s'éloigna, décidé à promener ces trophées dans Paris.

Pâles et défaits, Nicolas et Bourdeau se détournèrent en silence, impuissants devant la colère populaire. Ils se dirigèrent vers la pyramide du Champ-de-Mars, tandis que les Parisiens envahissaient peu à peu l'esplanade. Ils croisèrent un envoyé de la municipalité qui s'était planté à l'entrée principale et lisait d'une voix forte les décrets pris la veille par l'Assemblée. On annonçait le maintien de Louis XVI sur le trône, la punition de Bouillé, de Fersen, de leurs complices et l'interdiction de toute manifestation protestataire, y compris sous la forme d'« écrit collectif ». Ainsi était visée par la proscription la pétition populaire que les opposants s'apprêtaient à faire signer sur l'autel de la Patrie.

Fendant la foule, les policiers se glissèrent jusqu'à la pyramide, où ils devaient recevoir, selon le plan convenu la veille, les renseignements glanés par leurs hommes postés aux entrées. Au sommet de la pyramide, plusieurs personnages, parmi lesquels ils reconnurent Robert, le président du club des Cordeliers, disputaient du texte qui serait soumis à signature collective.

– Nous avons la pétition des Cordeliers, disait l'un.

– Le texte est dépassé, rétorquait l'autre, nous devons tenir compte du vote de l'Assemblée.

La discussion se prolongea un moment, puis Robert fit une proposition.

– Je prends la plume, coupa-t-il, j'écrirai sous la dictée du peuple.

Les autres approuvèrent et ils se mirent en devoir de rédiger un nouvel appel qui satisfasse le petit groupe réuni autour de l'autel. Au pied de la pyramide, la foule grossissait de minute en minute, ils furent bientôt plusieurs centaines de patriotes attroupés au centre du Champ-de-Mars. Nicolas remarqua que cette assemblée restait dans le plus grand calme. Elle attendait patiemment que le texte fût prêt, tandis que les familles déambulaient sur l'esplanade. Les enfants organisaient des jeux et quelques soldats dépêchés par La Fayette observaient les opérations d'un air bonhomme, le fusil à l'épaule, échangeant des plaisanteries avec les patriotes. Le sanglant incident du matin semblait sans prise sur l'humeur du rassemblement.

Nicolas avait en tête les promesses dispensées la veille au soir par Laclos. Robert mis à part, les chefs cordeliers, Danton, Fréron, Desmoulins, s'étaient abstenus de venir, tout comme les orateurs jacobins proches de Robespierre. Visiblement, le mot d'ordre pacifique dispensé par les porte-parole de l'opposition était suivi. Le rassemblement du Champ-de-Mars avait toutes les apparences d'une protestation réglée, constitutionnelle, destinée à marquer le coup sans outrepasser la loi.

Nicolas réfléchissait. Le jeune homme au carnet, se disait-il, est parti pour l'Hôtel de Ville. La rumeur d'un complot, à coup sûr, courait maintenant dans Paris. Ces nouvelles, colportées sans vérification, enflées par la parole populaire, risquaient d'inciter les autorités à des décisions dangereuses. Nicolas se tourna vers Bourdeau.

– Mon ami, dit-il, les choses se passent bien pour l'instant. Je crains que l'alerte ne soit donnée à tort par ce jeune scribe qui est parti pour l'Hôtel de Ville. L'Assemblée et la Commune sont décidées à maintenir l'ordre par tous moyens. L'assassinat de ces deux imbéciles risque de mettre le feu aux poudres. Les monarchiens en prendront prétexte pour arrêter des mesures extrêmes. Irais-tu prévenir M. de La Fayette, lui dire que le calme règne et qu'il n'est surtout pas besoin d'action de force ?

Bourdeau comprit et acquiesça. Il quitta Nicolas pour se faire le messager de l'apaisement auprès du marquis.

Il était bientôt midi et les opérations se déroulaient sans heurts. Penché sur l'autel de la Patrie, Robert rédigeait laborieusement le nouveau texte de la pétition, sans cesse interrompu par les suggestions des patriotes regroupés autour de lui. La foule attendait sans impatience que l'appel fût achevé pour le signer, vaquant d'un air débonnaire sur l'esplanade, achetant boissons et collations, admonestant les enfants, plaisantant les femmes qui ripostaient par des reparties ironiques. Plusieurs familles s'étaient assises sur des draps pour se sustenter, tartinant du pâté sur des tranches de pain, se passant des bouteilles avec force quolibets.

Une demi-heure plus tard, Rabouine rejoignit Nicolas.

– J'ai peut-être quelque chose. Plusieurs mouches m'ont signalé des individus qui échangeaient des regards, le cou serré dans une écharpe bleue et rouge.

– Rien d'étonnant, répondit Nicolas, ce sont les couleurs des patriotes.

– Oui, mais ils sont mis comme des aristocrates.

– Il y a des aristocrates patriotes.

– Ils portent tous un sac de cuir en bandoulière.

Ce dernier détail convainquit Nicolas. Il se souvenait du tireur du Panthéon repéré dans sa lunette : l'homme avait sorti un pistolet d'une mallette en cuir, avant de s'esbigner sur l'ordre de Laure de Fitz-James.

– Tu as peut-être raison. Préviens les exempts et les commissaires. Il faut vous mettre à deux à proximité de chaque suspect. Pour l'instant, tout est calme, rien ne se produira. Mais si les choses se tendent, ils passeront à l'action. Je vais me poster sur les marches. Je serai aux aguets. Si j'enlève mon tricorne et que je l'agite au-dessus de ma tête, vous saisirez les suspects et vous les emmènerez au Châtelet. S'ils résistent, n'hésitez pas à sortir votre pistolet. Il faut les mettre hors d'état de nuire, à tout prix. Tâchez surtout de repérer Laure de

Fitz-James. Elle est sûrement quelque part dans la foule, ou bien sur l'un des talus pour qu'on la voie de loin. Si vous la trouvez, saisissez-la aussitôt. Les conspirateurs seront sans chef.

Diligent, discipliné, Rabouine repartit accomplir sa mission. Il était une heure. La pétition était terminée. Robert prit le papier en main, monta sur l'autel et commença à lire d'une voix forte l'adresse à l'Assemblée pour recueillir l'assentiment des présents :

« Sur l'autel de la patrie, 17 juillet 1791. Représentants de la nation ! vous touchez au terme de vos travaux. Un grand crime se commet ; Louis fuit, il a abandonné indignement son poste. L'empire est à deux doigts de l'anarchie. On l'arrête ; il est ramené à Paris ; on demande qu'il soit jugé. Vous déclarez qu'il sera roi... Ce n'est pas le vœu du peuple ! Le décret est nul. Il vous a été enlevé par ces deux cent quatre-vingt-douze aristocrates qui ont déclaré eux-mêmes qu'ils n'avaient plus de voix à l'Assemblée nationale. Il est nul parce qu'il est contraire au vœu du peuple, votre souverain. Revenez sur ce décret. Le roi a abdiqué par son crime. Recevez son abdication, convoquez un nouveau pouvoir constituant, désignez le coupable, et organisez un autre pouvoir exécutif. »

Les patriotes massés sur la pyramide applaudirent longuement, bientôt imités par la foule qui n'avait rien entendu mais témoignait sa confiance dans les rédacteurs. Puis la cérémonie de la signature commença, sur les feuillets disposés aux quatre coins de l'autel. En file indienne, les manifestants gravissaient les marches de la pyramide, prenaient la plume que leur tendait un assesseur improvisé et apposaient leur paraphe avec un visage grave. Certains signaient avec application, d'autres demandaient s'il fallait ajouter leur nom et leur qualité, ce qu'ils firent, d'autres encore, ne sachant pas écrire, se contentaient de tracer une croix à l'emplacement qu'on leur désignait, déclinant leur identité auprès d'un scribe qui la consignait en regard. Nicolas remarqua parmi les premiers signataires Chaumette, orateur des Cordeliers, Maillard, l'homme qui conduisait le cortège des femmes en marche sur Versailles en octobre 1789, Santerre, le brasseur du faubourg Saint-Antoine qui avait mené la prise de la Bastille, Hanriot, autre agitateur notoire des faubourgs, Hébert, le rédacteur furieux du *Père Duchesne*, puis une théorie d'artisans, de gens de robe ou de plume, de femmes des halles, de journaliers et de porteurs d'eau, et même des enfants dont le père ou la mère guidaient la main malhabile.

Bourdeau refit soudain son apparition, porteur de nouvelles. Il rejoignit Nicolas posté à mi-hauteur sur une volée de marches.

– L'Assemblée a eu vent du meurtre de ce matin. Elle a pris peur. Regnault de Saint-Jean d'Angély a demandé la loi martiale. Les députés croient que le peuple se dispose à commettre les derniers excès et même à les attaquer. Ils pensent que le meurtre et la pétition sont confondus. Ils ont envoyé une délégation à l'Hôtel de Ville pour presser Bailly d'envoyer la garde nationale disperser la foule.

– Bailly a accepté ?

– Pas encore. Il veut éviter le drame, il temporise.

– Tu as parlé à La Fayette ?

– Oui, il m'a écouté. Il vient au Champ-de-Mars avec une petite troupe, mais il veut jouer l'apaisement.

– Nous avons repéré plusieurs sbires de Laure. À mon signal, ils seront saisis.

Plusieurs milliers de personnes étaient maintenant massées au pied de la pyramide, attendant leur tour de monter à l'autel pour signer la pétition. Quand soudain un bruit de chevaux se fit entendre à l'une des entrées, la plus proche de la pyramide, sur le long côté du Champ-de-Mars. C'était un détachement de cavalerie qui pénétrait sur l'esplanade. Il se déploya au pas, sur le pourtour du vaste rectangle, encadrant l'assemblée. Puis La Fayette apparut sur son cheval blanc, marchant à la tête d'une centaine de gardes nationaux en uniforme rouge et bleu, fusil à l'épaule. Le soleil de juillet revenu dans le ciel dardait des rayons éclatants sur les baïonnettes verticales. Il jeta un regard sur la foule, qui restait calme, et donna l'ordre à ses hommes de se tenir sur la bordure, devant les gradins qui entouraient l'esplanade. Des huées partirent des tribunes, on jeta quelques pierres que les soldats esquivèrent sans peine et plusieurs manifestants ramassèrent des mottes de terre pour les lancer sur la troupe. Resté impavide, La Fayette fit un signe d'apaisement à ses hommes.

Soudain, un coup de feu éclata au milieu de l'assemblée. Aussitôt, deux policiers saisirent le tireur, qui portait au cou un foulard bleu et rouge. Le coup visait La Fayette mais il manqua, sans que le général eût même cillé. Ainsi la conspiration se découvrait, les sbires de Laure passaient à l'action. Nicolas prit son tricorne et l'agita au-dessus de sa tête. Ses policiers se jetèrent sur les hommes qu'ils avaient repérés, les garrottèrent et les entraînèrent à l'extérieur. La foule restait tranquille, les policiers purent agir à leur guise, seuls quelques énergumènes continuaient à vitupérer les soldats, qui demeuraient de marbre, le fusil à l'épaule. Nicolas pensa qu'il avait gagné la partie, que les Chevaliers de la foi avaient été prévenus. Il échangea un regard satisfait avec Bourdeau. Puis il se dit que Laure de Fitz-James restait introuvable. Était-elle encore dans la foule ? Ou sur les gradins, un pistolet dans sa poche, attendant un autre moment favorable ? La menace était amoindrie, ils pourraient de surcroît interroger les prisonniers et remonter les filières de la société secrète, qui seraient ainsi démantelées. Logiquement, la jeune femme, voyant l'échec de sa combinaison, aurait dû prendre la fuite. Mais Nicolas connaissait sa folle détermination. Tout danger n'était pas écarté. Il prit la lunette qu'il portait dans son sac, pria Bourdeau de se placer devant lui, posa la lunette sur son épaule et commença à lorgner la foule, invisible derrière son compère pour ceux qui étaient en face de lui.

La Fayette s'était avancé. Il ordonna aux policiers qui avaient arrêté son agresseur de le conduire jusqu'à lui. Il parla cinq minutes puis, dans un style théâtral, voulant apaiser la foule par sa magnanimité, il ôta son chapeau et fit un grand geste d'indulgence. L'homme fut libéré. Éberlué, le sbire ne demanda pas son reste et, au grand dam des policiers, disparut prestement par l'échancrure du talus qui s'ouvrait derrière le général. Des applaudissements éclatèrent dans l'assistance, puis les opérations de signature reprirent leur cours dans une paix revenue.

Nicolas continuait à scruter la foule de sa longue-vue, à la recherche de Laure dont il devinait la présence menaçante. Il y avait désormais plus de trente mille personnes sur le Champ-de-Mars et d'autres affluaient par l'entrée du Gros-Caillou. Il passait de visage en visage, de groupe en groupe, sans distinguer jamais l'altière silhouette de la jeune femme. Il était gêné par la grappe humaine qui s'agglutinait maintenant sur la pyramide et se pressait vers l'autel en le bousculant, chacun voulant ajouter sa signature à l'appel populaire. Les marches pratiquées sur les quatre faces, depuis la base jusqu'au sommet, avaient offert des sièges à la foule fatiguée par une longue promenade et par la chaleur du soleil de juillet. Aussi le monument ressemblait-il à une montagne animée, formée d'êtres humains superposés.

Soudain il s'interrompit. Comme un grondement du tonnerre, un roulement de tambours se fit entendre, venant du Gros-Caillou, résonnant sur la façade de l'École militaire. Il braqua sa lunette de ce côté, qui faisait face à l'autel de la Patrie. Il vit un grand drapeau rouge déployé en avant d'une troupe serrée de gardes nationaux. Près du drapeau, la longue figure de Bailly, le maire de Paris, marchait en tête des soldats, une mâle résolution sur son visage allongé. Bourdeau avait lui aussi vu l'emblème de la loi martiale qui flottait au vent.

– Bailly a cédé, jeta-t-il, la Commune a proclamé la loi martiale. Ils viennent disperser la manifestation. Ils peuvent maintenant tirer sur les patriotes après deux sommations !

Cependant la foule, curieuse et confiante, se précipita à la rencontre de la garde nationale ; mais elle fut repoussée par les colonnes d'infanterie, qui, obstruant les issues, s'avancèrent et se déployèrent rapidement, et surtout par la cavalerie, qui, en courant occuper les ailes, éleva un nuage de poussière, dont toute cette scène fut enveloppée. Au milieu de l'infanterie, composée de plusieurs milliers d'hommes, des dizaines de canons roulaient en faisant trembler le sol.

C'est à ce moment que Nicolas aperçut Laure. Debout, le visage tourné vers la troupe qui arrivait lentement de son côté, elle se dressait, une main dans sa robe où, Nicolas n'en doutait pas, elle cherchait son pistolet. Il était trop tard pour prévenir Rabouine ou ses policiers, de toute manière occupés à emmener les conspirateurs. Nicolas désigna l'endroit où se trouvait Laure à Bourdeau. Les deux policiers descendirent les marches quatre à quatre et se mirent à courir vers l'extrémité opposée du Champ-de-Mars. Il leur fallait fendre la foule, bousculant les badauds, zigzaguant entre les petits groupes, criant qu'on les laissât passer, bientôt en nage sous le soleil brûlant. Ils se rapprochaient de la tribune du fond, ils voyaient Laure attendant que les premiers soldats fussent à sa portée.

Les tambours battaient maintenant le pas de charge dans un vacarme assourdissant. Bailly, rejoint par La Fayette sur son cheval, criait à la dispersion, cherchant à faire peur pour que la foule s'égaye et quitte le Champ-de-Mars. Les patriotes furieux criaient à leur tour, protestaient, ramassaient des mottes de terre pour les jeter sur les gardes. Passant au travers des manifestants, Nicolas et Bourdeau entendaient des imprécations. « À bas le drapeau rouge ! Honte à Bailly ! Mort à La Fayette ! » Les deux policiers arrivèrent enfin devant la tribune où Laure se dressait, immobile et concentrée. Le premier rang des soldats, avec La Fayette et Bailly à leur tête, n'était plus qu'à une dizaine de toises. En désespoir de cause, Nicolas se mit à hurler.

– Laure ! Tu es prise. Lâche ton arme !

La jeune femme se tourna vers lui, leurs regards se croisèrent. Il vit un éclair de fureur dans ses yeux. Puis elle leva son pistolet, ajusta La Fayette et tira.

L'irruption des deux policiers l'avait troublée. Le coup passa à quelques pouces du général et un soldat de la garde s'effondra dans un cri. Aussitôt, sans égard pour les officiers qui criaient de ne pas faire feu, ses camarades levèrent leur fusil et lâchèrent une salve sur la foule. Une dizaine de manifestants furent couchés par terre, les uns foudroyés, les autres tordus de douleur, ensanglantés, gisant en hurlant, les mains sur leurs blessures. La troupe se croyait attaquée. Sans ordres, obéissant à la panique, les autres soldats pointèrent leur fusil et firent feu à leur tour. Les balles abattirent une autre fournée de victimes, où l'on voyait des femmes et des enfants qui s'effondraient dans des éclaboussures de sang. La foule reflua en hurlant, tandis que la fusillade continuait, impitoyable. La garde avança encore, au pas de charge, balayant le Champ-de-Mars, visant maintenant les patriotes regroupés sur les marches de la pyramide, qui tombaient en nombre, tandis qu'au sommet, autour de l'autel de la Patrie, les délégués des Cordeliers ramassaient frénétiquement les feuillets signés de la pétition pour les sauver du désastre. Également saisis de fureur, les artilleurs mirent leurs canons en batterie, les braquèrent sur la foule et allumèrent les torches de la mise à feu. Voyant cela, La Fayette éperonna son cheval et s'interposa entre les canons et la foule, sauvant par son geste plusieurs centaines de personnes. Éperdu, Bailly courait sur le front des troupes en criant « Halte au feu ! Halte au feu ! » Mais les soldats saisis par la peur ne l'écoutaient pas et continuaient d'avancer en rechargeant leurs armes. Plusieurs minutes se passèrent encore parmi les détonations, les cris d'épouvante, les hurlements de douleur, au milieu de l'épaisse fumée dégagée par les fusils.

Puis le Champ-de-Mars se vida et la fusillade cessa faute de cibles. Il ne resta plus sur l'immense place que les cadavres des morts, les blessés qui appelaient à l'aide, les maris qui cherchaient leur épouse parmi les corps, les mères qui découvraient en poussant des cris de détresse leur enfant gisant sur le sol, les soldats et les officiers interdits qui contemplaient en silence le hideux résultat de leur victoire.

Son forfait accompli, Laure avait détalé à toutes jambes vers le Gros-Caillou, soulevant les pans de sa robe pour courir. Nicolas se précipita à sa suite, mais la première salve siffla à ses oreilles. Bourdeau et lui s'aplatirent sur le sol pour éviter les balles. Ils se relevèrent quand les soldats durent recharger. Mais il était trop tard. Ils virent la jeune femme enfourcher un cheval devant l'École militaire et disparaître en piquant des deux vers l'hôtel des Invalides et le faubourg Saint-Germain. Furieux, consternés, décomposés, ils revinrent en arrière pour aider au secours des blessés, mesurant déjà l'horrible bilan de la catastrophe déclenchée par leur ennemie.

Épilogue

Dimanche 17 juillet 1791

Nicolas et son ami Pierre quittèrent la place et rentrèrent dans l'enceinte de Paris, dépités et consternés. Certes ils avaient saisi la plupart des Chevaliers de la foi infiltrés sur le Champ-de-Mars, une quinzaine d'aristocrates exaltés qui rongeaient maintenant leur frein dans les cellules du Grand Châtelet. Ils ne doutaient pas qu'en les interrogeant la police parvienne à démanteler le réseau du comte d'Antraigues dans Paris. Mais Laure de Fitz-James s'était échappée. Et surtout, sa volonté fanatique avait déclenché un massacre que les deux policiers n'avaient pu prévenir. Silencieux, ils s'accusaient, sans le dire, chacun de son côté, d'avoir échoué à empêcher le pire. Combien de morts ? Combien de blessés ? Des dizaines à coup sûr, peut-être des centaines. Dans la confusion, ils n'avaient pu faire le compte. Chacun des partis, ils le savaient, allait gonfler ou minimiser le nombre des victimes selon les besoins de sa cause et la vérité resterait noyée dans la cacophonie des philippiques.

Marchant le long de la Seine pour regagner le Grand Châtelet, tandis qu'un soleil rouge sang déclinait vers Passy et Sèvres, éclairant d'une lumière dramatique la ville choquée par le massacre, ils rencontrèrent la garde nationale de La Fayette qui revenait en tristes bataillons vers l'Hôtel de Ville. Ils virent à son attitude qu'elle marchait entre la gloire et la honte, incertaine de ce qu'elle avait fait. Au milieu de quelques acclamations, elle entendait des insultes proférées en sourdine. Elle passa en silence sous les murs de cette Assemblée nationale qu'elle venait de défendre, plus morne encore sous les fenêtres de ce palais de la monarchie qu'elle venait de sauver en tirant sur une foule désarmée.

Lundi 18 juillet 1791

Le lendemain, Bailly vint rendre compte de son amère victoire à l'Assemblée. Il exprima son chagrin devant les pertes humaines et sa satisfaction d'avoir assuré l'empire des lois. Tel était son regret, expliqua-t-il, mais tel était son devoir. « Les conjurations étaient formées, dit-il, la force était nécessaire. Le châtiment est retombé sur le crime. » En fait de conjuration, il n'y avait que celle des Chevaliers de la foi, dont il ignorait tout. Pour le reste, c'est la peur réciproque des factions, cette idée que l'adversaire était prêt à tout et qu'il fallait user de l'exécution pour ne pas être exécuté soi-même, qui avait déterminé les événements. On prêtait l'intention du crime aux autres pour justifier le sien.

Une nouvelle fois, Nicolas constata qu'en politique les volontés les plus affirmées sont souvent prises à revers, qu'on s'arme de toutes ses forces à vouloir une chose et qu'on obtient le contraire. L'Assemblée avait voulu asseoir sa Constitution, elle pataugeait maintenant dans le sang. Maniant la répression au nom du peuple, elle avait monté le peuple contre elle. La Fayette et Bailly avaient la victoire, mais ils avaient perdu le soutien de Paris, ce qui était une défaite. Robespierre, les Cordeliers, toute la gauche, étaient à terre et encouraient maintenant les affres de la proscription. Vainqueurs, les monarchiens devaient recourir à la répression pour prolonger leur victoire. Danton se préparait à passer à l'étranger pour échapper à l'ire de l'Assemblée, Robespierre alla se cacher dans la soupente que lui offrit le menuisier Duplay au fond de la rue Saint-Honoré, soucieux de se soustraire à la rigueur de La Fayette et de Barnave. Ils avaient le dessous, mais le peuple des faubourgs les voyait en martyrs de la liberté et plaçait plus que jamais en eux ses espoirs de république. Robespierre, Brissot, Danton, Camille Desmoulins, Marat disparurent un moment mais gardèrent confiance et énergie. D'accusés, ils se firent accusateurs. Leurs journaux, réduits momentanément au silence, reparurent bientôt, pour couvrir d'exécration les noms de Bailly et de La Fayette. Ils répandirent la vindicte dans l'esprit du peuple des faubourgs, en invoquant sans cesse le sang du Champ-de-Mars. Le parti constitutionnel de Barnave avait imposé la légalité par les armes. Il avait perdu la légitimité.

Quant à Nicolas, il avait voulu éviter l'effusion de sang, pensant qu'elle ruinerait la cause de la monarchie. C'est au contraire le massacre qui confortait – pour l'instant – la cause de Louis XVI. Ironie tragique : la couronne survivait par le moyen même qu'elle redoutait. Bourdeau se rassurait en tenant que la force restait à loi et que, par ce moyen expéditif, on donnait à la Constitution sa chance. L'idée de monarchie limitée l'emportait sur celle de république. Comme Bourdeau le souhaitait, la Révolution semblait maintenant arrêtée aux principes qui l'avaient commencée. Mais dans Paris, le peuple ne rêvait que de la continuer. Le roi régnait toujours, mais en prisonnier. L'Assemblée triomphait, mais en minant la base de son pouvoir. Le nom du Champ-de-Mars, accolé désormais à celui de massacre, planait comme une malédiction sur les lauriers des vainqueurs.

Ramatuelle apporta aux Tuileries la nouvelle de la mort d'Aimé de Noblecourt, qui s'était éteint paisiblement au milieu des gens de sa maison. Le magistrat avait tenu parole : le souper qu'ils avaient honoré ensemble était bien le dernier. La camarde était exacte au rendez-vous. Deux jours plus tard, Nicolas, Bourdeau, Semacgus et les autres se retrouvèrent à la messe d'enterrement célébrée dans l'église Saint-Eustache. Dans la nef plongée dans la pénombre, seulement éclairée par les cierges, c'était une délégation du temps passé qui s'était assemblée dans l'affliction, prélats en violet, ducs et comtes de la Cour au premier rang dans leur costume de deuil, les dames en robe noire à leurs côtés, magistrats, avocats et fonctionnaires derrière eux, puis, selon l'ordre traditionnel, les policiers, les commerçants et les artisans du quartier qui avaient côtoyé le défunt, les domestiques de son hôtel et enfin une petite foule anonyme de voisins et de connaissances. La cérémonie fut à l'image de Noblecourt, dont le cercueil était posé devant l'autel, sobre, digne et concise. Le curé de la paroisse, que Noblecourt avait aidé souvent, fit en chaire un panégyrique sensible et sincère, dont les notions d'honneur, d'héritage immémorial, de tradition, de fidélité à la couronne et de générosité faisaient la trame. Pendant la messe, rentré en lui-même, amer et meurtri, Nicolas se dit qu'il assistait à l'enterrement de l'ancien monde.

Songeant à son avenir dans une tourmente où tous les repères qu'il avait connus étaient menacés, contestés, effacés, il résolut de se retirer avec Aimée à Fausses-Reposes, puis de repartir avec elle vers la Bretagne, s'occuper enfin des siens sur la terre de Ranreuil. Sa décision lui rendit un début de sérénité. Pourtant, pensant à Laure de Fitz-James qui ne manquerait pas de poursuivre son combat pour la restauration de l'ancienne monarchie, et donc, comme Robespierre à l'autre extrémité du spectre politique, pour la ruine de la nouvelle, il sentait sans se l'avouer que le roi et la reine, objets de sa fidélité, auraient encore besoin de lui.

Notes

II.

1. Voir *L'Énigme du Code noir*.
2. Vénus est la fille de Pluton.

V.

1. Voir *Le Cadavre du Palais-Royal*.

XIV.

1. Ce discours a été prononcé le 13 juillet 1791. Il a été décalé pour les besoins de l'intrigue.

XVIII.

1. L'incident des deux mauvais plaisants est exact. Il a joué le rôle indiqué dans ce récit.

TABLE

COMPOSITION ET MISE EN PAGES
NORD COMPO À VILLENEUVE-D'ASCQ

CET OUVRAGE A ÉTÉ ACHEVÉ D'IMPRIMER
SUR ROTO-PAGE
PAR L'IMPRIMERIE FLOCH À MAYENNE
EN SEPTEMBRE 2023

N° d'impression : 103199
Dépôt légal : octobre 2023
Imprimé en France